# O REFÚGIO DO Marques

## LUCY VARGAS

Editora Charme

Copyright © 2014 por Lucy Vargas
Copyright © 2015 por Editora Charme

Todos os direitos reservados. Nenhuma parte deste livro pode ser utilizada ou reproduzida sob qualquer meio existente sem autorização por escrito dos editores.

Esta é uma obra de ficção. Nomes, personagens, lugares e acontecimentos descritos são produtos de imaginação do autor. Qualquer semelhança com nomes, datas e acontecimentos reais é mera conhecidência.

3ª Impressão 2023

Produção editorial: Editora Charme
Revisão: Luizyana Polleto e Ingrid Lopes
Edição e adaptação de texto: Andréia Barboza
Capa e produção: Verônica Góes

FICHA CATALOGRÁFICA ELABORADA POR
Bibliotecária: Priscila Gomes Cruz CRB-8/8207

| V297r | Vargas, Lucy |
|---|---|
| | O refúgio do Marquês / Lucy Vargas; Produção editorial: Equipe Charme; Revisão: Luizyana Polleto e Ingrid Lopes; Capa e produção: Veronica Góes; – Campinas, SP: Editora Charme, 2015. 312 p. il. |
| | ISBN: 978-85-68056-13-4 |
| | 1. Romance brasileiro | 2. Ficção brasileira - I. Vargas, Lucy. II. Equipe Charme. III. Polleto, Luizyana. IV. Lopes, Ingrid. V. Góes, Veronica. VI. Título. |
| | CDD – B869.35 |

www.editoracharme.com.br

# LUCY VARGAS

Editora
Charme

## Dedicatória

*Para minha mãe. Sem ela eu nunca teria começado a escrever.*

*Para a minhas amigas, que sempre leram e me incentivaram a continuar escrevendo. Especialmente ao grupo AR-RJ, que me ajudou a nunca deixar os romances e a conhecer as melhores amigas que uma autora pode ter.*

*E para cada uma das minhas leitoras, as novas e aquelas que têm me apoiado em cada lançamento.*

## CAPÍTULO 1
### Inglaterra
1804

Era um dia nublado de primavera e, quando a carruagem passou perto da costa, Caroline pôde ver as nuvens carregadas. Não sabia se estavam se aproximando ou partindo, mas o solo já estava úmido, dificultando o avanço do veículo. Para completar, o condutor havia se perdido, e, só por esse motivo, ela havia visto a costa.

Agora, estava atrasada em mais de duas horas, até mesmo para o seu prazo estimado de chegada, já que era difícil marcar horários certos para uma viagem como essa. Tinha certeza de que sua anfitriã não iria gostar.

Quase uma hora depois, Caroline tentou desamassar seu vestido de viagem, enquanto a governanta lhe pedia para aguardar. Seu traje azul não era novo, mas o corte não estava tão fora da moda assim. Mas, para alguém experiente, não era difícil perceber que o tecido não tinha o luxo dos trajes usados pelas ricas damas londrinas.

— Lady Caroline Mooren — anunciou a governanta.

Assim como não teve tempo de apreciar a fachada da bela casa de dois andares, também não pôde apreciar a decoração do corredor. Caroline estampou uma expressão neutra no rosto e adentrou a pequena sala iluminada demais. No fundo do recinto, a Marquesa de Bridington aguardava com um ar de impaciência.

— Já não via a hora que chegasse; até pensei que havia sido raptada no caminho — ela disse, enquanto observava a moça se aproximar.

— Perdão, Milady. O condutor que me trouxe se perdeu no caminho.

— Eu sabia que devia ter mandado alguém buscá-la — resmungou a mulher, finalmente dando-se ao trabalho de se levantar, mas apenas para sentar-se numa poltrona mais perto da mesa de centro.

Caroline notou que a viúva Lady Hilde Preston, sua anfitriã, apesar dos sessenta anos e de alguns quilos a mais que a deixavam um tanto roliça na cintura, continuava exatamente a mesma: mandona, com uma personalidade forte, expressões faciais tão claras que não precisavam de palavras de acompanhamento e o mesmo olhar avaliador. Mas os tons que dava às suas frases eram tão perfeitos que alguém com senso de humor lamentaria se ela não falasse.

— É um prazer revê-la, Milady — disse Caroline, fazendo uma mesura.

— Tudo bem, sente-se. Já que não chegou para o lanche da tarde, imagino que esteja faminta.

Caroline começou a negar com a cabeça como ditava a boa educação de toda dama, afinal, admitir estar faminta era quase um ultraje. Como se fosse bonito morrer de inanição.

— Não precisa apelar para a delicadeza — interrompeu Hilde e balançou uma sineta.

Ela aguardou até a Sra. Harper atender e fez o pedido de chá com acompanhamentos variados e abundantes. Como se Caroline fosse atrever-se a se empanturrar de tortinhas e biscoitos na frente da marquesa viúva.

— Não sei se a espero comer algo ou vou direto ao assunto. Tenho medo de que desmaie no meu tapete novo — declarou Hilde para ninguém em especial.

— Não desmaio com facilidade — respondeu Caroline.

— Ótimo, então vamos direto ao assunto. Sabe por que a convoquei, não é?

Na verdade, Caroline não fazia a menor ideia. Ela havia enviado uma carta à marquesa viúva há seis meses. Temeu até que não houvesse chegado e ficou acanhada de enviar outra. Elas não eram próximas e Caroline a viu poucas vezes em sua vida adulta. A última vez foi quando esteve em Londres, logo depois do seu casamento, e isso já fazia quatro anos. Mas ela era filha de um primo de segundo grau de Hilde. Era uma ligação um tanto distante, mas era a única parente com posses que ela possuía.

— Não exatamente.

— Ora essa, porque você está pobre! — Hilde moveu os ombros como se fosse a coisa mais simples de dizer. — Não que tenha sido rica algum dia, mas sua situação era bem melhor quando aquele ensaio de barão estava vivo.

Caroline adorava a sinceridade da senhora, mas isso não significava que era menos vergonhoso ouvi-la.

— Acredito que não passou fome nesses últimos meses, não é? — Hilde perguntou com ar casual, como se fosse algo corriqueiro.

— O novo barão não se mudou imediatamente e, na casa onde passei a morar, havia uma boa horta — explicou Caroline, sem entrar em detalhes.

A marquesa viúva emitiu um som que foi impossível de distinguir se era de terror ou susto.

— Bem, aquele seu marido inútil não serviu para lhe deixar nem uma renda decente. — Hilde lançou um olhar franco para Caroline. — Imagino que você não tenha desenvolvido afeto por ele ao longo do tempo.

Caroline engoliu em seco e sentiu o estômago revirar, aquela conversa não poderia ficar pior. E isso porque estava sentada ali há poucos minutos.

— Eu o respeitava — ela resumiu, mentindo, mas era o melhor que podia dizer. Não era bonito falar mal dos mortos e ela preferia não contar as partes desagradáveis de sua vida pessoal.

Hilde teve a delicadeza de não rir.

— Eu não sei por quê. Se você dissesse que desenvolveu afeto, eu a levaria a sério. Não imagino por que você respeitaria um homem que armou para vocês se casarem. Afinal, ou você se casava, ou sua reputação iria para o lixo. Eu devia ter dito uma ou duas palavras para aquela parva da sua mãe. — A marquesa viúva empinou o nariz, claramente desgostosa com a situação, mesmo que houvesse acontecido há anos.

— Eu não tinha opção. E mamãe tinha mais duas filhas para casar. Milady sabe como é.

— Não sei, tive só um casal de filhos. Minha filha se casou com o primeiro idiota bonito que lhe fez a corte só porque estava falido e, felizmente, mal vejo a cara dela. Sou mãe, mas não sou cega. Ela nunca foi bonita, mas pelo menos é boa com números. E meu filho, o marquês, até herdou a beleza da minha família, mas, em compensação, nasceu sem discernimento, já que se casou com aquela megera.

A Sra. Harper entrou com uma bandeja pesada na qual estava o serviço de chá e uma mocinha trouxe outra bandeja, repleta de pratinhos com pães minúsculos, umas tortinhas e um cheiro delicioso que fez o estômago de Caroline roncar de novo.

— Mas não lhe trouxe aqui para chorar minhas mazelas. — Hilde serviu o chá e entregou a xícara a Caroline. Depois, pegou um dos pratinhos cheios de tortinhas salgadas e lhe deu. — Coma, você está pálida.

Caroline pousou a xícara e pegou uma das tortas, deu uma mordidinha e se forçou a continuar dando mordidas pequenas, apesar do vazio que havia em seu estômago. Se havia uma pessoa que a fazia lembrar-se de toda a educação que recebeu na vida, era a marquesa.

— Fiquei imaginando se me chamou porque tem uma função para mim — disse Caroline, depois de terminar a segunda tortinha.

— Sim, eu tenho. Aliás, tenho uma missão para você.

— Sou toda ouvidos.

Na atual conjuntura, o que quer que fosse, Caroline iria aceitar. Não imaginava que a senhora pudesse lhe arranjar alguma posição humilhante. Ao menos, não mais degradante do que voltar para a casa de sua família. Era uma casa pequena e agora sua tia estava lá com aquele marido desagradável e dado a comportamentos indecorosos. Sua irmã mais velha morava bem perto e também vivia por lá com aquele bando de filhos que ela não educava.

A irmã mais nova, que se casou há pouco tempo com um oficial, passava lá para causar inveja por sua posição. Ela não estava rica, mas tinha uma casa melhor e podia comprar carne toda semana.

Imagine só que beleza seria: a irmã que fez o melhor casamento, a única a se casar com um nobre real e que partiu para uma grande casa de campo, ser justamente a que voltava sem nada. E com a reputação comprometida, porque agora todo mundo iria lembrar-se de que, na época do seu casamento, ela não foi cortejada. A verdade era que parte das pessoas achava que quem havia armado o golpe havia sido ela. E não seu honrado marido, um futuro barão.

Agora, ela que, por poucos meses, foi a baronesa de Clarington, estava aceitando ser tutora, preceptora, acompanhante.... Tudo para não ficar na pequena casinha reservada à baronesa viúva.

— Você sabe tomar conta de uma casa, ordenar fazer refeições, contratar criados, cuidar para que tudo esteja limpo e todos alimentados. Ficou três anos fazendo isso naquele casarão horroroso do barão. E pelo que me disseram, quando saiu de lá, o lugar parecia novo.

— Sou boa com organização. Mas, pelo pouco que vi, sua casa já parece perfeita. — Caroline franziu o cenho, sem imaginar em que poderia ser útil ali.

— Não seja tolinha, meu bem. Isso só fica bem nas debutantes. Você conhece meu filho?

— Não me lembro de termos sido apresentados.

— Não foram. Mas você sabe da existência dele. E ele tem uma enorme casa de campo, um lugar do qual eu cuidei durante toda a vida de casada. Eu tinha orgulho da nossa casa. Agora moro aqui, perto demais da brisa marinha. Escolhi partir para não ter que conviver sob os comandos da nova marquesa.

— Sua nora? — Caroline pegou uma tortinha doce. Não era tola, mas seguir todos os detalhes do relato de Hilde a estava confundindo.

— Claro. Quando uma nova lady assume o título, nós, velhas sobreviventes, viramos incômodos. E essa casa sempre esteve aqui para isso.

Não teve tempo de ficar apreciando, mas Caroline podia estimar que a casa tivesse, no mínimo, cinco quartos, divididos em dois andares. Parecia mais do que digno como o novo refúgio para a marquesa viúva. E ainda ficava nos domínios da propriedade dos Preston.

— E seu filho está procurando uma... governanta?

— Não. Meu filho está fora de si. Eu estou contratando você para tomar conta dele.

— Dele? — Ela franziu o cenho.

— De certa forma. Preciso que acabe com aquela bagunça. Recupere a casa, arranje criados, mande limpar tudo e sirva boas refeições — resumiu Hilde.

— E o que a marquesa pensa disso? — Caroline perguntou, num tom desconfiado.

— Nada. Talvez até você terminar, ela já tenha ido descansar em paz.

Dessa vez, Caroline quase derrubou a xícara de chá ao descansar o pires sobre a mesa. Hilde se apressou a lhe servir mais chá, achando que a moça ainda precisava de mais para recuperar as forças.

— Ora, não finja que é uma mocinha delicada e facilmente impressionável. Eu não lhe chamei antes porque há seis meses ela teve outra crise. A criatura não para de ter crises de nervos e achei que ela iria, finalmente, bater as botas — contou Hilde, caprichando na expressão de fadiga, como se o assunto fosse repetitivo.

— Ela está doente?

— Que espécie de dama da sociedade é você que não sabe uma fofoca?

— Eu não sou exatamente uma dama da sociedade, Milady.

— Não se casou com um filho de barão, que depois assumiu o título? Sei que foi a contragosto, mas qual casamento nessa sociedade não é assim?

— Sim, mas eu vivi no campo esse tempo todo. Sabe como era meu marido.

— Aquele crápula ciumento e inútil. Já foi tarde. — A marquesa fez um muxoxo e bebeu um pouco de chá. — Nunca ouviu falar do acidente de minha nora?

— Lembro-me vagamente, mas isso não foi há uns cinco anos?

— Sim. Mas ela está lá, supostamente à beira da morte, há cinco anos.

— Isso é abominável, Milady.

— De qualquer forma, acho melhor não se envolver com ela. Mas preciso que você dê um jeito no lugar.

— E o que vai dizer ao marquês?

— Nada. Ignore-o também.

— Como?

— Não vai ser difícil. Trouxe sua bagagem?

— Sim.

— Diga-me, você é rebelde?

— Rebelde? — Dessa vez, Caroline franziu bem o cenho, a conversa só ia subindo nos níveis de estranheza.

— Sim, rebelde. Um pouco megera, desobediente. E dificilmente intimidada.

— Creio que, se eu fosse facilmente intimidada, não teria sobrevivido ao meu maldito marido.

— Bom! Muito bom. Espero que seja muito rebelde; vai precisar.

— Vou?

A marquesa ficou de pé e alisou as saias.

— Ótimo. Vou mandar a Sra. Harper embrulhar as tortinhas e algumas provisões para você, pois não sei o que pode encontrar lá. Vamos logo.

Ela foi andando para a porta e Caroline demorou um momento, pensando que aquela era a tarde mais atípica que já teve em anos. Não foi nada disso que imaginou quando recebeu o recado da velha senhora, dizendo-lhe para arrumar tudo e ir à sua casa.

— Isso é tudo o que vai me dizer? — ela perguntou, seguindo Hilde pelo corredor que levava à porta principal.

— Terminaremos de conversar na carruagem. Mas isso é o que precisa saber; do contrário, pode acabar negando.

— Não vou negar, estou precisando.

— Não seja tão óbvia, meu bem. Nunca deixe o desespero transparecer, isso é coisa da baixa nobreza.

— Mas, Milady, eu sou da baixa nobreza.

— Era. É viúva de um barão. Ele era imprestável, mas vinha de uma antiga família nobre. Finja que aquelas pessoas horrendas com as quais você convivia ficaram em outra vida.

— Mas como governanta estarei bem abaixo da...

A marquesa virou-se de repente.

— Shh! Você será uma convidada.

— Trabalhando como...

— Convidada — ela interrompeu. — Fique repetindo isso na sua mente. Seu trabalho vai muito além das funções que uma governanta teria. Quero que todos os fofoqueiros do campo saibam que você é uma con-vi-da-da.

Elas entraram na carruagem e ficaram aguardando que a Sra. Harper trouxesse a cesta com a comida embrulhada. Hilde ajeitou um cobertor sobre as pernas e parecia muito satisfeita enquanto também fechava o xale em volta de seus ombros.

— Convidadas não comandam limpeza, a cozinha, reformas... — comentou Caroline.

— Isso é um mero detalhe — dispensou a senhora com um abano de mão.

A Sra. Harper entregou a cesta a Caroline, que ficou com o enorme arranjo em seu colo. A carruagem partiu para cobrir o curto caminho entre a casa da marquesa e a grande casa de campo dos Preston. Hilde era tomada por desgosto toda vez que fazia esse trajeto e acabava à frente do local.

— A verdade é que eu saí de lá antes mesmo de ele se casar. Quando ele foi a Londres com o intuito de encontrar uma esposa, eu já tinha mandado fazerem reformas em minha casa. Eu queria que ele se responsabilizasse por sua própria casa.

— Funcionou? — Caroline levantou uma sobrancelha.

— Claro que não. Ele passou um ano na cidade, provavelmente bebendo, jogando e dormindo com mais mulheres do que deveria. Mas fui firme e não voltei para lá. Então, um dos amigos dele morreu, sem deixar herdeiros. Foi um escândalo. Ao menos, eu acho que foi assim. E ele resolveu parar de protelar e casou-se com uma das filhas dos Albert.

— Nunca ouvi falar, Milady.

— Claro que não, você está com o quê? Vinte e três?

— Fiz vinte e seis há pouco, Milady.

— É, já está bem madura. Você tinha uns dezenove na época, já devia estar em temporada. Onde estava?

— Em casa.

— Já sei, sua família não pôde pagar a temporada naquele ano.

— Sim, esperamos minha irmã mais nova fazer dezoito para pagar somente uma temporada de apresentação. São sempre as mais caras...

Hilde revirou os olhos e continuou.

— Espero que, depois de dançar pelos bailes londrinos e se casar com aquele barão, você tenha deixado sua síndrome de gata borralheira lá no interior.

— Eu não morava no interior, Milady.

— Sua família não vive numa cidadezinha ao sul de Darlington?

— Sim.

— Isso é interior, meu bem. Lá só tem lama. Enfim, você tem um ar sofisticado, apesar desse vestido estar tão fora de moda que até eu, uma velha do campo, sei disso. E aparência é o que importa para esses abutres linguarudos.

— Meu vestido é da temporada passada. — Caroline franziu o cenho.

— Nunca mais volte nessa modista mentirosa — instruiu Hilde, levantando a mão. — Com o que meu filho vai lhe pagar, você poderá ir à minha costureira.

— Ele já sabe que vai me pagar? — Caroline levantou a sobrancelha direita.

— Vai saber. — A senhora bateu novamente a mão no ar como se isso não importasse. — Você terá casa, comida e proteção. Não lhe garanto roupas e lençóis lavados, porque, a menos que contrate alguém rapidamente, vai acabar lavando suas camisolas.

— Eu já faço isso, Milady.

— Sim, passe a mentir sobre isso também. — Ela esticou o braço e deu uma boa olhada nas mãos de Caroline. — É, minta. Ainda não está visível. Mergulhe-as em água de rosas, limão e essência de baunilha. Mas só à noite. Lave bem antes de sair ao sol.

Caroline olhou as próprias mãos. Estavam claras e com as unhas limpas e curtas. O que poderia haver para precisar de tanto cuidado?

— E volte a usar luvas. Vou lhe mandar fundos para arranjar algumas antes de o meu filho fazer seu primeiro pagamento.

— Eu tenho luvas.

— Se foram compradas na mesma modista do vestido, não tem não.

A carruagem deu alguns solavancos enquanto pegava a estrada para a casa que abrigava o marquês de Bridington e sua família há gerações.

— Está vendo? Ele nem faz mais questão de que alisem a estrada. Isso nunca ficava assim no meu tempo.

— Milady ainda não foi clara sobre minha missão. Devo mentir que sou convidada, que nunca lavei minhas roupas, provavelmente também terei de dizer que vim direto da casa de meu marido e fingir que não tive de sair de lá por causa do novo barão.

— Ele a colocou para fora? Pensei que era boato.

— Não, ele não colocou. Eu preferi sair. De qualquer forma, além disso, devo dar um jeito na casa. É só? — Caroline tentou esconder o sarcasmo no final da frase.

— Sim, deixe-a perfeita e sempre pronta para visitas. Dê um jeito na educação do meu filho também.

— Eu pensei que ele já fosse adulto.

— É adulto o suficiente para um homem. Você sabe que eles são criaturas tolas. Eu quis dizer que ele deve aparecer para receber as visitas.

— Visitas?

— Ora, mas é claro. Por que eu a chamaria? Enquanto você dá um jeito no lugar, vou arranjar uma esposa para ele.

Caroline franziu o cenho. Aquilo não fazia o menor sentido, mas a marquesa parecia determinada em suas palavras.

— Eu pensei que a atual marquesa estivesse morando lá.

— Está. Infelizmente por pouco tempo — disse Hilde, mas, pela sua expressão, não era possível acreditar que ela estivesse sentida com a iminente partida da nora.

— Segundo a senhora, já faz cinco anos.

— Sim, mas eles cobraram seu preço... — ela disse um pouco mais baixo e virou o rosto para a janelinha da carruagem, observando a casa da qual se aproximavam.

A carruagem parou em frente à casa, onde antes havia um espaço especial para isso, com a grama cortada artisticamente formando um quadrado perfeito na frente da escadaria de entrada. Hilde desceu primeiro e emitiu um som de desprezo. Caroline deu a cesta ao condutor da carruagem e aceitou sua mão. Dessa vez, ela pôde olhar direito o lugar onde estava entrando.

A fachada estava escurecida porque as pedras estavam sujas e cheias de plantas. Aquilo iria demandar uma reforma trabalhosa e uma boa limpeza, além de vários jardineiros. Porque a casa era enorme, Caroline só via duas entradas na fachada, que parecia um paredão interminável e repleto de janelas que um dia foram brancas.

Havia ameias decorativas no topo, mas algumas estavam quebradas. Ela estava até vendo um pedaço ali no canto, perto da escada. Aliás, a escada, que devia ter um tom agradável de creme, estava cheia de veias escuras.

— Vamos logo, antes que comece a chover de novo — disse Hilde, dando um tapinha no braço de Caroline e tirando-a de sua observação.

Caroline subiu a escada atrás dela e as duas bateram à porta umas dez vezes antes de uma senhora aparecer e abrir, com uma cômica expressão de dúvida. Porém, quando deu de cara com a marquesa viúva, ela se aprumou e Caroline achou que a mulher bateria continência.

— Milady, não a esperávamos hoje... — ela disse, em tom de desculpa.

— E quando vocês esperam? — Hilde foi entrando e fez um sinal para Caroline.

Elas pararam um pouco depois, num hall escuro. Olhando lá para dentro, a casa inteira parecia estar sombreada, como se houvesse cortinas fechadas em todas as janelas. O lugar também estava frio, com correntes de ar vindo de algum lugar e não havia lareira acesa em nenhum cômodo próximo.

— Esse lugar está cada vez pior — disse Hilde, voltando o olhar para a senhora que as recebeu. — E esse seu avental, quando foi a última vez que viu um sabão?

— Ontem, madame. Mas não clareia mais...

Hilde se virou para Caroline.

— Está vendo? — Ela apontou o dedo. — Esta é a Sra. Greene. Até onde sei, ela ainda é a cozinheira. Agora, o que ela está fazendo abrindo a porta com esse avental cor de chá, não faço ideia.

— Estamos sem mordomo no momento. — A Sra. Greene lançou um olhar de desculpas para Caroline. — E Paulie está lá em cima.

— Quem vê isso pensa que estamos na miséria — resmungou Hilde. — E quem seria Paulie?

— A menina da limpeza.

— Não era uma tal de Alexia?

— Ela se casou, Milady.

— Então, só há três criados nesse lugar?

— Cinco, Milady. Se contar o cavalariço e a Sra. Bolton, que cuida da marquesa.

— Já viu o tamanho desta casa? — indagou Hilde e se virou para Caroline. — Dê um jeito nisso, não é possível mantê-la com três criados.

A porta principal tornou a se abrir, dessa vez sem precisar que a destrancassem. Elas se viraram naquele vão escurecido e viram um homem alto e coberto com uma capa de chuva marrom escura tomar o espaço da entrada com seus ombros largos. Ele bateu a porta e se aproximou, com suas botas e a capa pingando no chão de madeira, que já dava amostras de estar sofrendo por isso.

— Já era hora — resmungou a velha senhora.

— Milorde! — a Sra. Greene exclamou, como se também não o estivesse esperando retornar para a própria casa.

O homem, que, segundo as duas mulheres, era Henrik Preston, o Marquês de Bridington, andou até lá enquanto tirava as grossas luvas de montaria. O lugar não estava bem iluminado, mas a luz do dia deixava ver que o cabelo ondulado era castanho escuro e estava muito despenteado pelo vento. E, de longe, já era possível notar que sua pele estava bronzeada demais, mas Caroline não podia imaginar o que um marquês fazia passando tanto tempo sob o sol para sua pele se queimar tanto. Só quando ele chegou a um passo de distância delas e seu rosto recebeu mais iluminação é que foi possível ver seus olhos cor de menta.

Mas eram os olhos mais cansados e sombrios que Caroline já vira na vida. E ele estava com olheiras. Ela também não sabia sua idade exata, mas, se era o filho mais velho da marquesa, calculava que já passara dos trinta anos. Mas os cantos de seus olhos já apresentavam leves rugas, de cansaço ou por exposição demais ao sol.

Não dava para ver bem o resto de seu rosto, mas não precisava ver para saber que não estava sorrindo.

— Henrik, por onde você andou? Pensei que teria que mandar procurar seu corpo no rio — disse a marquesa, com um toque de preocupação.

— Eu, certamente, não teria essa sorte — ele respondeu, num tom irônico que revelou uma voz um tanto abafada, de quem não estava se esforçando para se comunicar, mas era um som grave e profundo, que atrapalhava o entendimento.

— Acho melhor sairmos do hall. — Hilde foi em frente e eles alcançaram a sala de visitas, onde havia janelas. Não que isso tornasse o ambiente vivo e iluminado.

A casa realmente parecia estar contaminada com uma sombra persistente. Pelo menos, era assim que Caroline sentia-se.

Ela notou que o marquês continuava com a capa de chuva, pois não havia ninguém para recebê-la na entrada e ele não estava se importando por molhar o tapete desgastado. Ele era alto, mas não estava em sua pose mais ereta. E precisava se barbear. Seu maxilar estava escondido sob a barba escura, dificultando que Caroline examinasse seus traços.

Observando agora, com uma iluminação um pouco melhor, ela não o achou parecido com a mãe. Os olhos pareciam ser o único traço comum entre eles. Seu nariz, que só poderia ter vindo do pai, era largo na base, mas ia afinando até a ponta, dando-lhe um formato que ficaria perfeito no rosto arrogante de um aristocrata. Isso se ele não estivesse tão bronzeado, com aquela barba, a capa molhada, as olheiras e o ar cansado.

Até os marqueses tinham seus dias ruins. Isso fazia Caroline sentir um pouco de empatia. Esperava que ele não virasse um monstro arrogante depois de mergulhado em água e sabão.

— Eu vi a carruagem passando na estrada — ele disse, quebrando o silêncio.

— Só porque nos atrasamos. Esta é Lady Clarington — disse a marquesa, usando o título de Caroline. — E este é meu filho, Lorde Bridington.

Henrik só moveu o olhar, como se não houvesse notado Caroline antes. Ele nem mesmo dignou-se a mover a cabeça e suas pálpebras estavam baixas. Ele podia estar até cochilando em pé.

— Não imagino porque traria uma convidada aqui. Duvido que a impressione — ele disse, voltando a olhar para a mãe.

— É um prazer conhecê-lo também, Milorde — Caroline o interrompeu e fez questão de fazer uma mesura perfeita.

Ele tencionou o maxilar e, dessa vez, virou-se em sua direção, mas a piscada lenta de seus olhos mostrava que ele não estava fazendo isso com prazer.

— Desculpe-me, Milady. Bem-vinda a Bright Hall. Espero que sua breve estadia seja... — ele pausou e acabou levantando os ombros, sem imaginar uma palavra sincera — confortável.

A marquesa lançou um olhar à Caroline, como se dissesse *"eu avisei"*.

— Não há como estar confortável neste lugar. Você ao menos tem chá? — perguntou a mãe.

Ele franziu o cenho e prensou os lábios, remexendo-se e dando um passo para longe. Era possível ver que estava escondendo um bocejo. Passos apressados soaram no corredor e um homem com o uniforme gasto entrou rapidamente e fez uma mesura para todos antes de prosseguir. Ele já estava bem calvo nas laterais da cabeça, mas não escondia isso. Ao menos era robusto e se movia rapidamente.

— Perdão, Milorde. Estava consertando o forno. — Ele apressou-se e tirou a capa de Henrik, além de pegar suas luvas. — É um prazer vê-la em boa saúde, Milady — ele disse a Hilde.

Ela lhe lançou um olhar crítico.

— Este é o Sr. Roberson. Como pode ver, além de consertar fornos, fazer todos os reparos e, acredito que alguma limpeza, ele também se finge de mordomo nas horas vagas. É um faz tudo. Apesar de tal posição não existir na casa de um marquês — Hilde informou a Caroline.

O marquês não pareceu nem um pouco envergonhado, estava exausto demais para isso. E o Sr. Roberson convivia há tempo demais com a marquesa para começar a sentir-se insultado agora.

— Trouxe Lady Caroline para colocar ordem nesse pardieiro no qual você transformou a minha casa — informou a marquesa.

Henrik piscou algumas vezes, como se estivesse forçando seu cérebro a acordar.

— Milady é mestre em algum tipo de magia? — Ele finalmente deu atenção a ela.

— Perdão? — Ela ficou olhando-o, surpresa demais para entender o sarcasmo.

— É a única maneira que vejo para colocar ordem aqui. Ao menos algo que sirva aos olhos de minha mãe.

— Não seja ridículo, Henrik.

— A senhora não vai deixá-la aqui — ele disse à mãe e, subitamente, seu tom estava parecido com algo esperado de um marquês.

— Você nem vai notar, já que virou uma criatura selvagem da floresta — retrucou a mãe.

— Não. Isso não é lugar para deixá-la. E não sei o que ela faria aqui.

— Com licença. — Caroline deu alguns passos à frente e olhou para os dois. — Poderiam, por favor, não discutir minha estadia como se eu não estivesse aqui? Milady, não adianta insultá-lo, ele não vai mudar de ideia sobre isso. Homens são cabeças-duras. — Ela se virou para ele. — E, Milorde, se passa mais tempo fora daqui e sua casa está caindo aos pedaços, realmente, que diferença faz? A menos que seja pão-duro. Eu nem como muito, se é isso que lhe preocupa. Mas, segundo me consta, também não tem tido boas refeições para oferecer aqui. E, ao que parece, terei de lavar meus lençóis, as roupas dos seus criados e as suas também. Talvez até Milorde seja lavado no processo de restauração. — Ela não conseguiu evitar olhar para as roupas dele.

Henrik olhou da mulher para a mãe e voltou a piscar algumas vezes. Então, tornou a olhar a mãe como se pedisse alguma explicação. Ele realmente estava sonolento. Será que imaginou tudo o que escutou?

— De onde você a tirou? — Henrik perguntou a mãe.

— Da minha família, claro. Parente distante. Muito distante, aliás. Mas, ainda assim, trate de ter respeito — avisou a mãe, ignorando seu tom ríspido.

O marquês foi até as cortinas e as empurrou com brusquidão, iluminando o cômodo, apesar de a claridade não ter chegado perto de como estava na sala da casa de Hilde. Ele voltou até Caroline e a olhou bem. Ele havia olhado para ela através do véu de seu sono e da pouca luminosidade e achou ter visto uma jovem, de idade indeterminada, com cabelo escuro e... mais nada, não conseguia ver. E ele também não estava se importando. Sua vida agora não o permitia se preocupar sobre como era ou não era o nariz de uma dama.

— Infelizmente, não fico longe daqui tanto quanto gostaria. Mas isso não é um ambiente para abrigá-la, Milady. Seja com roupas limpas ou roupas sujas. E eu não sou pão-duro. — A parte sobre ser pão duro, de tudo o que ela disse, pareceu ser a única que o irritou. — Mas não vou ficar responsável por uma jovem neste ambiente.

Um grito horrendo vindo do segundo andar os interrompeu bem no momento em que Caroline abriu a boca. Ela franziu o cenho e olhou em volta, o som estava longe, mas ainda era o suficiente para alcançá-los. O marquês soltou o ar e pareceu ainda mais exausto do que antes, mas deixou-as ali e foi rapidamente para a escada.

— Vamos, acho melhor que veja logo — disse Hilde, adiantando-se para a escadaria.

Curiosa e um pouco apreensiva, Caroline resolveu segui-la. O tapete da escada estava péssimo, cheio de marcas de botas sujas. Conforme elas se aproximavam pelo corredor, era possível notar que não eram gritos indistinguíveis. Era alguém falando aos gritos. No final do corredor, uma moça bastante jovem saiu correndo de um cômodo agarrada a uma trouxa de lençóis sujos.

— Onde está minha enfermeira? — foi o grito que saiu do quarto. — Não quero aquela garota gorda!

Caroline observou a mocinha sair correndo, pequena e magra. Hilde lhe fez um sinal e se adiantou para o quarto. Caroline não sabia o que esperar, mas entrou assim mesmo, ainda em dúvida se era o que imaginava. Ela logo viu a mulher sentada na cama, mas não era a imagem que esperava. Havia imaginado alguém debilitado e que mal podia se mover, não uma mulher raivosa que balançava os braços com ódio e se movia no lugar, como se fosse pular dali e bater em alguém.

— O que essa víbora está fazendo aqui? — ela gritou. — Ela me odeia!

— Vejo que melhorou — disse Hilde.

O marquês se afastou da cama onde havia ajeitado a mulher e foi até as cortinas para abri-las, mas ela gritou, dizendo que não queria ver o sol.

— Está chovendo — foi a resposta dele.

A mulher na cama era lady Roseane, a Marquesa de Bridington, que, segundo Lady Hilde, estava para morrer. Caroline não sabia se concordava com isso. A enferma não estava corada nem com aparência saudável, era pálida e esquálida. Seu cabelo loiro estava solto e não era possível saber se tinha aquela cor amarela desbotada ou se era consequência do seu período na cama. Mas os gritos dela eram altos. Caroline também notou que ela se movia bem, mas não tentou levantar-se. Como não tinha informação, iria precisar descobrir.

— E quem é essa mulher gorda? — gritou Roseane, pousando o olhar em Caroline pela primeira vez.

— Não se aflija. Ela só vai colocar ordem neste pardieiro que você chama de casa — informou Hilde.

— Não se meta na minha casa! — ameaçou Roseane.

Era possível notar que o quarto estava limpo e bem cuidado e Caroline imaginava se isso era apenas no quarto da marquesa ou se ao menos os outros aposentos particulares se encontravam no mesmo estado.

— Então se levante daí e venha me impedir — disse Hilde, virando-se e indo para a porta.

Roseane soltou um grito de fúria, mas não se levantou. Até a marquesa viúva, que nunca gostou da nora, já tentara seus truques para provocá-la o suficiente para que se levantasse dali. Mas como não adiantou, ela havia desistido.

— O que você está aprontando? — Roseane perguntou ao marquês. —

Ela também é sua cúmplice?

— Na verdade, ela é da família — intrometeu-se a marquesa viúva, antes de sair.

— Mais uma! Tire essa mulher enorme daqui! — exigiu Roseane.

O marquês a estava ignorando ou era surdo, porque apenas as seguiu para a porta onde quase colidiram com uma senhora que chegava apressadamente carregando uma bandeja com um prato de sopa, pão e uma xícara de chá fraco. Era tudo o que Roseane aceitava comer e não era todo dia.

— Milorde, ela vai jogar a sopa em mim novamente. Tem que convencê-la — disse a senhora.

— Eu sou a última pessoa que pode convencê-la a comer, Sra. Bolton. Sabe bem disso. Entre lá e tente — ele respondeu, antes de seguir de volta pelo corredor.

A mulher soltou um suspiro cansado antes de entrar no quarto.

— Hoje é um daqueles dias — ela murmurou.

Lady Hilde foi andando pelo corredor e Caroline ficou sem saber se devia continuar seguindo-os, mas não queria ficar ali.

— Aquela é a Sra. Bolton. Ela foi contratada para cuidar e fazer companhia a Lady Roseane. Mas vive fugindo para a cozinha e tem dias que é posta para fora — explicou Hilde, enquanto desciam novamente pela escada.

*Se a mulher estava naquela cama há cinco anos, como colocava a enfermeira para fora?*, pensou Caroline, ainda perdida demais.

— Bem, vou deixá-la com seus afazeres. Já me demorei muito aqui, vou aproveitar que a chuva parou novamente.

Hilde foi para a porta tão rápido que outra pessoa diria que estava fugindo.

— Milady, tem certeza que é adequado que eu... — começou Caroline, seguindo-a.

— Pelo amor de Deus! Não faça a desfeita de desistir. Seu trabalho é na casa. Como pode ver, o quarto de Lady Roseane está em ótimo estado. Encontre um aposento adequado e se instale.

Não passou despercebido a Caroline o absurdo da situação. Era ela quem deveria vagar pela casa e encontrar um quarto? E sua bagagem? E como saberia onde era adequado se instalar?

— Tem certeza que não tem mais nada a me dizer? — Ela desceu a escada externa atrás da senhora.

— Acho melhor que descubra por conta própria.

— Isso é muito animador, Milady.

— Não seja sarcástica comigo, mocinha. Eu dei aula nesta escola. Tenho certeza de que nos veremos em breve — ela disse, antes de aceitar a mão do condutor e subir na carruagem.

*Claro, se eu sobreviver,* pensou Caroline.

Ela se virou para a casa e voltou a estudar a fachada que precisava de reparos e limpeza. Esse seria um longo trabalho e ela ficaria ali por um bom tempo. Quando entrou na casa novamente, ainda se acostumando com a penumbra do local, viu o marquês saindo de uma porta do outro lado da sala de visitas.

— Onde está minha mãe? — ele demandou.

— Partiu, Milorde — ela informou.

— E a deixou aqui? — Ele estava horrorizado.

— Isso parece bem óbvio.

Ele andou para perto dela e parou à frente da escada.

— A senhora vai embora amanhã — ele informou.

— Eu duvido muito. — Ela quase revirou os olhos.

— Amanhã. E bem cedo — Henrik decidiu.

— O que sua esposa tem?

A pergunta o surpreendeu, pois ele ia repetir que ela iria partir.

— Nada — ele disse secamente.

— Impossível.

— Nada. Segundo os médicos, não há nada.

— O senhor já chamou outros médicos?

Ele lhe lançou um olhar de advertência, mas que, ao mesmo tempo, indicava-lhe como a pergunta era tola. Claro que ele chamara inúmeros médicos.

— De todos os lugares. Todos dizem o mesmo.

Ele tornou a se virar e foi subindo a escada. Ela queria bater nele por não tirar aquelas botas sujas.

— Onde devo me instalar, Milorde?

— Não sei. Algum quarto em que possa passar a noite adequadamente, se é que isso é possível.

— Isso é ultrajante! — ela reclamou.

— Nem me diga — ele resmungou, lá do topo da escada.

26   LUCY VARGAS

# CAPÍTULO 2

Por sorte, o Sr. Roberson reapareceu e levou as malas de Caroline para cima, assim como a ajudou a encontrar um quarto adequado.

— Os quartos estão apenas empoeirados, Milady. Mas tudo continua igual — ele informou.

Ela concordava plenamente, o quarto no qual entrou parecia não ter sido mexido pelos últimos dois anos. Só de bater na colcha, ela começou a espirrar.

— Acho melhor chamar Paulie para que ela o deixe arejar um pouco — ele disse com a voz esganiçada enquanto arrastava uma mala grande.

— Deixe... — Ela abriu as janelas, que rangeram em protesto.

Ainda não era noite, mas, com o tempo ruim, estava mais escuro do que deveria.

— Só me diga que há velas aqui. — Caroline ficou apreensiva de passar a noite naquela casa apenas com a pouca iluminação disponível no quarto e que logo se extinguiria.

— Nós estamos bem supridos, Milady. Nesse quesito, não falta nada — ele informou.

Ela deu um suspiro de alívio. Então jogou as cortinas para fora e puxou a colcha, dando a ele para arejar. Tinha certeza de que no dia seguinte estaria com o nariz entupido. Uma casa tão bonita e malcuidada assim. Não era como se fosse cair, só precisava mesmo de atenção, reparos e limpeza.

Quando ele a deixou, Caroline ainda estava tentando assimilar a situação. Era como se não estivesse ali. Não havia criados querendo lhe servir, o dono da casa sequer devia saber onde ela estava e ela também não sabia voltar para a escadaria. Não sabia se serviriam o jantar e a dona da casa não fazia nada além de gritar da cama onde estava deitada.

Sua sorte era que a cesta com as tortinhas e pães que trouxera da casa da marquesa viúva ainda estava com ela, assim não precisava se arriscar por aí a essa hora. Mas, pela manhã, resolveria a situação.

Às oito da manhã, exatamente como Caroline imaginou, nada aconteceu. Ninguém apareceu, não havia som de passos de nenhum criado nem uma oferta falsa para ajudá-la. Ela vestiu-se sozinha. Felizmente, já vinha fazendo isso há algum tempo. Ao sair do quarto, a casa estava silenciosa demais, mas, com a luz do dia, era mais fácil se guiar. Ainda estava nublado e a casa parecia estar toda na penumbra. Ela foi até uma janela e abriu as cortinas, só para descobrir que o problema não eram só elas. Além de não estar um dia claro, as vidraças estavam sujas.

Enquanto vagava pelos corredores, anotando mentalmente todos os problemas que via, ela encontrou novamente a Sra. Bolton. A mulher não era idosa, talvez estivesse na casa dos quarenta anos, mas seu vestido era sem graça e também não parecia ser o uniforme que deveria usar. Seu avental estava melhor do que o da Sra. Greene, mas seu rosto era a máscara do cansaço. De certa forma, fê-la lembrar-se do marquês. Ontem, ele estava com essa mesma expressão, só que nele havia um toque sombrio por trás, causando uma intensidade severa.

— Milady, que surpresa! Pensei que já teria partido — disse a Sra. Bolton enquanto levava a mesma bandeja que carregava ontem.

— Não vou embora tão cedo. Ela não comeu? — ela perguntou, olhando o pão e boa parte da sopa ainda no prato.

— Comeu a quantidade de sempre.

— Mas está quase tudo aí.

— Não, Milady. Metade da sopa se foi. Ela raramente come o pão.

— Mas por quê?

— Não creio que uma pessoa que passa o tempo na cama possa ter muito apetite — disse a Sra. Bolton, indo embora com a bandeja.

Caroline empurrou a porta e deu uma olhada, mas o quadro que viu era diferente do dia anterior. A mulher estava na cama com uma longa camisola branca e, como era muito magra, ficava escondida no meio de todo aquele tecido. Hoje, seu cabelo desbotado estava arrumado e ela estava com as mãos sobre um livro que repousava em seu abdômen e uma cesta de costura ao lado.

— Você ainda está aqui. Aquela velha também? — a mulher perguntou, mas hoje falava mais baixo, como se estivesse cansada. Ela claramente não se importava em tratar alguém cordialmente ou dentro do socialmente adequado.

— Estou. Imagino que a velha a qual se refere seja a sua sogra, a marquesa viúva. Ela não está.

— Você é o que dela?

— Sou uma parente distante — resumiu Caroline.

A mulher voltou a olhar para frente e fechou os olhos, soltando o livro que esteve segurando.

— Logo vi, é redonda como ela. Vocês são todas redondas.

Caroline franziu o cenho e resolveu deixá-la em paz. Ela não era redonda. Ontem, a mulher disse que ela era gorda. Mas ela não era, considerava-se dentro da média. Estava bem com sua forma e seus vestidos antigos continuavam cabendo. Tinha o quadril bem arredondado, mas sua cintura era marcada e seus seios não eram grandes. Também viu que ela chamou a Sra. Bolton de gorda, mas a mulher mal podia ser chamada de rechonchuda.

Decidida a deixar a marquesa em paz, ela seguiu pelo corredor, encontrou a escadaria principal e de lá foi andando pelos cômodos até encontrar a descida para a cozinha. Não deixou de notar, ao passar pela sala de jantar, que não havia vestígio de que alguém havia comido. Ela também olhou a saleta matinal e o lugar parecia ainda mais abandonado.

— Afinal, ninguém toma o desjejum nesta casa? — Caroline perguntou assim que entrou na cozinha.

A Sra. Greene levou um susto tão grande que derrubou tudo que estava à sua frente. A Sra. Bolton, que estava no canto comendo um pedaço de pão escuro, começou a tossir.

— Milady, eu pensei que havia partido e... — começou a Sra. Greene com aquele seu tom de desculpas.

— E eu teria partido sem que vocês sequer tomassem conhecimento, que lugar é esse?

— Gostaria de uma xícara de chá? — A cozinheira correu para buscar o bule.

— O Marquês não tomou café?

— Bem, sim, mas...

— Em seu quarto? — arriscou Caroline, já que não havia sinal de vida nas salas de refeição.

— Claro que não! — a cozinheira respondeu como se fosse a ideia mais estapafúrdia. Ela nunca havia visto o marquês comer o desjejum em seu quarto. — Ele vem até aqui, pega um pão fresco e parte.

Pelo olhar de Caroline, a Sra. Greene percebeu que era melhor não continuar o relato.

— Isso é absolutamente inaceitável. — Ela andou pela cozinha olhando o local, que ao menos estava limpo, mas parecia um tanto desorganizado. — O Marquês não tem que vir aqui. Este é o seu território, o dele é daquele corredor para fora. Não imagino que a presença dele aqui possa ajudar em qualquer coisa.

— Eu concordo plenamente, Milady. — A Sra. Greene assentia tão rápido que seu rosto até balançava. — Eu gostaria muito que ele não viesse aqui. Mas... eu não consigo fazer os pães e o chá, iniciar os preparos para a refeição do dia e ainda levar lá para cima.

Caroline cruzou os braços enquanto as duas mulheres corriam para lhe servir chá, alguns biscoitos sem graça e fatias de pão.

— Pelo que notei ontem, a senhora cozinha. A Sra. Bolton faz alguma coisa além de cuidar da Marquesa?

A mulher corou e fez mais barulho do que deveria ao pousar a bandeja com biscoitos.

— Um pouco, Milady... — disse a Sra. Bolton.

— Mentira, ela é uma preguiçosa. Mas ao menos mantém tudo da enferma perfeitamente limpo.

— Ela não é a enferma, Sra. Greene. É a Marquesa. — Caroline sentou-se, afinal estava mesmo com fome. — E há uma menina chamada Paulie, que tenta limpar parte da casa. E o Sr. Roberson. Só?

— É o que sobrou, Milady — informou a cozinheira.

— E onde estão os dois? — quis saber Caroline.

— Paulie já deve estar limpando, talvez esteja lá em cima. O Sr. Roberson... ele tem tido dificuldade para acordar cedo.

— Quer dizer então que estamos todos de pé, o Marquês até já saiu e o Sr. Roberson está dormindo?

Quando a questão era colocada dessa forma, ficava tão absurdo que as duas mulheres até coraram.

— Digam-me uma coisa. — Ela pausou enquanto servia o chá. — O Marquês faz o pagamento devido a vocês?

— Sim, Milady! Ele nunca atrasa — a Sra. Greene disse rápido.

— O pagamento é justo ou está baixo demais para as suas necessidades?

— Ele aumentou, já que acumulamos tarefas. E nós vivemos aqui, então temos comida, um teto...

— Sou a única que tem uma casa na vila, Milady — esclareceu a Sra. Bolton. — Mas quase não vou até lá, é minha irmã quem cuida.

Caroline pareceu satisfeita com a informação enquanto se ocupava com seu desjejum.

— Se tudo isso está acertado, então alguém pode me explicar por que a casa está imunda; não há nada servido na sala matinal; estou comendo um pão preto, sem geleia; os reparos não estão sendo feitos; a grama não é cortada; e, pelo amor de todos os santos, quem deixou o marquês vir à cozinha pegar pão?

As duas mulheres começaram a gaguejar.

— Ora essa, parem de fazer teatro. Não vou demitir ninguém. Preciso da verdade, senão como vou trabalhar?

— Eu posso fazer geleia, temos frutas... — A Sra. Greene correu e começou a cortar morangos, tão nervosamente que Caroline temeu que decepasse um dedo.

— Sra. Bolton? — Caroline aguardava, enquanto bebia o chá.

— Estamos sem criados adequados, Milady — ela explicou.

— E sem um guia — completou a cozinheira. — Eu juro que sei fazer as coisas, Milady. Sei fazer geleias, bolos, tortas e banquetes finos. Eu sei! Mas sou péssima sem alguém me dizendo quando e por que fazer algo. E estou sem uma assistente de cozinha. Não consigo fazer tudo isso sozinha.

— E o Sr. Roberson?

— Ele é o faz tudo. Mas, na verdade, ele queria ser mordomo.

— Mas o mordomo é o primeiro a acordar — disse Caroline, pousando sua xícara e então ficando em pé. — Pois bem, Sra. Greene, vamos conversar com todos vocês. Sra. Bolton, encontre a menina da limpeza.

Elas partiram pelo corredor. A cozinheira, morrendo de vergonha, levou Caroline até os aposentos do Sr. Roberson. Ele não estava com roupas de dormir, pois, segundo a Sra. Greene, ele acordava e ajudava-a com a fornada de pães e outras tarefas matinais para que o marquês ao menos tivesse o que buscar na cozinha e os criados que sobraram tivessem o desjejum pronto, mas depois acabava cochilando.

— Sr. Roberson — chamou Caroline, parada ao lado dele.

O homem estava debruçado em sua mesa de trabalho e roncava ocasionalmente.

— Me dê esse copo de água — ela apontou para a cozinheira.

A Sra. Greene entregou a ela, já temendo pelo resultado. Ela mal sabia quem era a nova lady, mas já sabia que, a partir daquele dia, tudo iria ficar diferente ali.

Chegando mais perto, Caroline virou lentamente um pouco do líquido do copo na testa do Sr. Roberson. Ao menos não o assustou, ele foi acordando lentamente e seu susto se deu mais pela presença dela do que pela constatação de que estava molhado. Ela não devia pregar peças, mas teve muita vontade de rir. E a Sra. Greene estava atrás, emitindo sons engraçados quando o Sr. Roberson ficou parecendo um peixe fora d'agua.

— Milady! — Ele ficou em pé imediatamente e começou a se ajeitar. — Mil perdões, mil perdões! — Ele ajeitou a roupa. — Eu não deveria estar nesses termos. — Ele aproveitou que a testa estava molhada e usou a umidade para ajeitar seu pouco cabelo.

A Sra. Greene queria rir, mas não se atreveu, só ficou com a mão sobre a boca. Caroline apenas o olhou, nem um pouco impressionada.

— Sr. Roberson, fiquei sabendo que gosta de tirar cochilos.

— Mil perdões, Milady!

— Esqueça. A questão é que o senhor está atualmente no cargo de faz tudo. Cargo este que sequer existe — continuou Caroline, partindo para a parte prática.

— Sim, Milady, mas eu faço o que aparece e...

— Mas eu também soube que almeja ser mordomo.

Ele ficou muito sem graça quando ouviu seu sonho sendo dito por ela. Ser dito em voz alta por uma pessoa a quem ele serviria como mordomo tornava seu desejo exposto demais.

— Eu pensei sobre isso, Milady — ele respondeu com hesitação.

— Deve conhecer tudo sobre essa casa, não é? — perguntou Caroline, num tom afável.

— Sim, estou aqui desde sempre.

— O senhor tem qualificações?

— Meu pai foi mordomo aqui na época do antigo Marquês e aprendi o ofício dele...

— Parece bom. — Ela pensou por um momento. — Se quiser o cargo de mordomo, vai ter de providenciar um uniforme adequado, não só para o senhor como para todos os outros. E quero que me consiga criados novos. Vou entrevistar todos.

— Milady vai... entrevistá-los?

— Claro que sim. Não me venha com mocinhas bobas, quero moças espertas. E um jardineiro bom. Onde está o outro?

— Foi embora, Milady. Disse que o local estava amaldiçoado e...

— Odeio pessoas facilmente impressionáveis. Arranje um jardineiro com um cérebro funcional. Quero começar a ver candidatos amanhã cedo, Sr. Roberson. Acha que consegue?

Ele começou a gaguejar, mas assentiu. A determinação dela era contagiante. Ouvi-la dizer o que queria fazia a pessoa ter certeza que, de um jeito ou de outro, ela iria conseguir.

— Ótimo — declarou Caroline. — Tenho certeza de que o senhor vai ser um ótimo mordomo. — Ela lhe deu um sorriso satisfeito e voltou para a porta. — Agora, Sra. Greene. — Ela esperou a cozinheira olhá-la. — Nós vamos ter um jantar servido hoje. Vamos à cozinha falar sobre isso.

A Sra. Greene olhou para o Sr. Roberson com olhos arregalados e ele moveu a mão para ela correr atrás da lady, que já estava no corredor. Eles que não iam perguntar nada. A marquesa viúva disse que a moça era uma parente distante. E, com certeza, era melhor ter Caroline ali dando ordens a ter que encarar Hilde. Mas eles nem podiam imaginar o que o marquês iria achar. Isso se ele notasse.

Caroline passou toda a manhã na cozinha e na despensa, vendo o que tinha de material para trabalhar. Iria precisar que o Sr. Roberson adquirisse determinados mantimentos mais refinados para certos pratos. Ela fez uma lista com o cardápio para uma semana inteira, horários para a Sra. Greene seguir e ter as refeições prontas e servidas adequadamente pelo Sr. Roberson.

— Tudo bem, Paulie, pode trazer sua irmã. Se ela souber limpar e vocês não ficarem brigando, o Marquês a contratará — disse Caroline para a mocinha pequena que a olhava esperançosamente.

— Ela é ótima, Milady! Está mesmo precisando de um emprego. Obrigada!

— Tudo bem, agradeça depois que eu olhar bem para a cara dela. Agora, por favor, termine de limpar a sala de jantar para podermos usá-la hoje.

Claro que Caroline também não ficou de fora. Ela estava sentada à mesa com um pano e um balde, tentando tirar a poeira de todos os vidros e cristais que conseguiu encontrar no primeiro andar. E era muita coisa. A cristaleira estava imunda e o Sr. Roberson disse que Paulie não tinha controle para limpar aquilo e ele não a deixava chegar nem perto da prataria.

— Milady, minha irmã tem um cunhado e ele está precisando de uma colocação — disse a Sra. Bolton, amassando um pano entre as mãos e tentando não parecer tão nervosa.

— E o que ele sabe fazer?

— Ele já trabalhou em outras casas de campo. Não tão grandes quanto esta, mas ele é forte e sabe consertar de tudo.

— De tudo? Saberia consertar janelas? Ameias quebradas? Fazer reparos nos fornos e na tubulação e tanques do porão? Estou pensando em implantar algumas modernidades na lavanderia, mas não sei ao certo como se faz, apenas ouvi falar. Acha que ele saberia algo sobre isso?

— Sim, Milady! E ele tem um filho que sempre é contratado pelas maiores casas das redondezas para mexer em tudo relacionado à água e outras utilidades.

— Ótimo! Mande-os vir aqui amanhã.

Bem mais tarde, quando Henrik entrou em casa, a princípio, não viu nada diferente. Mas ele logo deu dois passos na sala de estar e o Sr. Roberson apareceu imediatamente.

— Milorde, que bom vê-lo novamente. Espero que o dia tenha sido proveitoso. — Ele pegou suas luvas de montaria.

Henrik levantou a sobrancelha direita e depois o olhou de cima a baixo. Ele estava usando um uniforme preto impecável?

— Tirou as roupas do seu pai do baú, Sr. Roberson? — perguntou o marquês.

— Ah, sim, Milorde. Pelo menos até meu uniforme ficar pronto. Ainda bem que temos tamanhos similares.

Sem entender porque o Sr. Roberson estava de uniforme de mordomo e tão bem colocado ali, Henrik foi subindo a escada.

— Paulie preparou seu banho, Milorde. Hoje serviremos o jantar às sete.

— É mesmo? É alguma ocasião especial? — o marquês perguntou lá de cima.

— Não, Milorde. Mas a Sra. Greene preparou um ótimo cardápio.

— Imagino... — murmurou o marquês, já sabendo que a Sra. Greene podia cozinhar muito bem, mas inexplicavelmente armava as piores combinações de cardápio que se podia imaginar.

O marquês foi andando pelo corredor, sentindo-se melhor do que no dia anterior. Seu dia havia sido cansativo, mas pelo menos estivera nas redondezas. Ele estava auxiliando na instalação do novo sistema de irrigação que iria facilitar muito a vida de seus arrendatários. A produção iria aumentar e seria proveitoso para todos, inclusive para as vilas próximas e seus mercados.

Ele passou em frente ao quarto de Roseane e respirou fundo, torcendo para hoje ser um dos dias calmos. Entrou e parou a alguns passos da cama.

— Você já não deveria estar dormindo? — ele perguntou.

Roseane só virou a cabeça na cama.

— Estava na vila, não estava?

— Não.

— Seu maldito mentiroso.

— Está se sentindo melhor hoje?

— Eu nunca me sinto melhor!

— Parou de chover. Amanhã estará um dia bonito.

— Não me venha com essa conversa, seu marquês incompetente. Você sabe que nem está mais se parecendo com um. Mas garanto que aquela mulher enorme não liga!

— O médico disse que ar puro seria bom para seus pulmões. Estão fracos — ele seguiu, ignorando o que ela dizia.

— Você sabe o que eu quero.

— Um passeio é tudo o que posso lhe oferecer.

— Você quer que aquela mulher gorda veja como estou, não é?

Ele a ignorou novamente e, pelo seu olhar, parecia que nem estava ali.

— Tomou sua sopa? — Henrik voltou ao assunto.

— Não vou tomar aquilo!

Ele foi até as cortinas e as fechou para que ela pudesse dormir. Quando estava quase chegando à porta, ela disse:

— Mande aquela mulher horrorosa vir aqui.

— A Sra. Bolton?

— Quem mais? Acha que eu iria chamar aquela sua parente gorducha?

Ele assentiu e saiu. Roseane geralmente falava coisas que ele nem sempre entendia ou preferia ignorar. Se assimilasse tudo o que ela dizia, provavelmente ficaria louco. Não que ele acreditasse estar em seu juízo perfeito, considerava-se anestesiado. Era o único jeito de lidar com aquilo. Mas depois de cinco anos assim, já não conseguia mais se reconhecer. Sentia-se oprimido sob um peso que nunca ficava mais leve. Não carregava os céus, como Atlas, mas já não sabia se a pesada opressão vinha da idade, do tempo, dos seus erros ou daquele segredo que morreria com eles.

Uma hora depois, Henrik entrou na sala de jantar e ficou olhando para o local como se algo estivesse errado. Para começar, o Sr. Roberson estava de pé, com o uniforme de mordomo do seu pai, pronto para servir. E a mesa estava posta, com a melhor porcelana da casa e ele nem sabia onde esses pratos, talheres e taças estiveram. Ele não sabia que ainda não haviam terminado com o cômodo, mas parecia muito mais limpo do que estivera nos últimos tempos.

— Ah, Milorde, que bom ter chegado — disse Caroline, entrando na sala.

Se antes ele esteve estranhando, agora estava chocado.

— Não deveria ter ido embora hoje de manhã? — ele indagou, sem o menor tato.

— Como pode ver, não fui — ela proferiu as últimas palavras num tom comicamente insolente. — Pelo contrário. Que tal nos sentarmos para o jantar?

— Você arranjou isso — ele acusou.

— Bem, Milorde, até na minha antiga casa, que era menor do que esta, nós comíamos à mesa. Como gente civilizada.

— Acho que não gosto do seu tom. — Ele puxou uma cadeira e sentou-se, porque o Sr. Roberson era um só e estava ocupado puxando a cadeira para a dama.

— Imagino que tenha apreciado o banho quente. — Ela ignorou o que ele disse.

— Se isso é uma forma sutil de se assegurar de que me lavei antes de me sentar à mesa...

— Jamais, Milorde. Mas é uma maneira sutil de saber se percebeu que o banho estava pronto. E que havia sabão no lugar certo, toalhas limpas, apesar de cheirando a armário, e a sua roupa não estava tão amassada assim. Posso ver os vincos daqui, mas foi o melhor que pôde ser feito em tão pouco tempo.

— Meu Deus, como você fala. — Ele franziu o cenho para ela.

— Ainda não viu nada, Milorde.

— Juro que não foi uma reprimenda. Mas faz tempo que um adulto não fala tanto dentro dessa casa, muito menos comigo. Não que neste momento eu não esteja desejando enfiar esse pãozinho na sua boca. — Ele pegou o pão e cortou um pedaço.

Ela o fulminou com o olhar. Até o meio da frase, ficou um pouco tocada, porque ainda continuava desinformada sobre o que vinha acontecendo naquela casa. Mas, pelo que sabia, ele era solitário. Só que ele teve que finalizar falando do pãozinho.

— Posso ver que está enferrujado nas boas maneiras para lidar com uma dama. Eu gostaria de informá-lo que esse pãozinho foi feito à tarde, especialmente para o jantar.

— Mesmo assim, você ainda vai embora amanhã cedo — ele avisou, enquanto espalhava manteiga no pão.

— Esqueceu-se de agradecer — ela disse, naquele tom de provocação.

— Obrigado pelo jantar, Milady. — Ele até inclinou a cabeça, num arremedo de bons modos.

— Não vou a lugar nenhum — ela avisou.

— Vai. Embora. Não tenho como mantê-la aqui, não posso lhe fazer companhia e tampouco sou companhia adequada para uma dama.

O Sr. Roberson havia saído, mas voltou acompanhado da Sra. Greene. Cada um com uma grande travessa. Havia torta de abóbora; peru assado com licor de laranja; e cenouras refogadas com manteiga, alho e cebola, acompanhados de molho de mostarda. Era sorte eles estarem no campo e terem uma fazenda em perfeito estado, assim como uma estufa muito bem mantida. Era exatamente o contrário da casa.

— Hoje vamos servir apenas os pratos principais. Espero que Milorde entenda — disse Caroline, apreciando os pratos que chegavam à mesa.

O marquês estava pouco se importando se não iam começar com sopa, passar para a entrada e ter que aguentar mais três pratos. Aquilo já era muito mais do que esperava.

— E sobre minha estadia, eu sei me virar sozinha. Além disso, amanhã espero vê-lo, pois precisamos tratar de assuntos práticos. E, fora isso, não creio que eu apreciaria sua companhia no momento. Como eu disse, Milorde está um bocado enferrujado no trato com damas.

— E vou sair daqui mais ofendido do que nunca — ele completou.

O Sr. Roberson começou a servi-los, demonstrando que sabia o que fazer e não iria decepcionar no cargo de mordomo da casa.

— Não trouxeram Lydia ainda? Acho que ela gostaria de um jantar de verdade — comentou o marquês.

— Ela ainda está com a Sra. Rossler, desde que fugiu naquele dia e a levou até lá, Milorde. Creio que Bertha está lá também — informou Sr. Roberson.

— Era para a Sra. Rossler tê-la trazido hoje... — resmungou o marquês, aborrecido.

Caroline ficou alternando o olhar entre eles e resolveu se meter.

— Afinal, quem é Lydia? Por que ela fugiu? E eu espero que não seja uma agregada sua, Milorde.

— Não tenho agregadas — ele respondeu, de mau humor.

— É Lady Lydia, Milady. A filha do Marquês — informou o mordomo.

— O quê? — exclamou Caroline.

Ela pulou de pé e olhou o marquês como se pudesse matá-lo.

— Por que ninguém me disse que ele tinha uma filha?

— Milady não perguntou — murmurou Sr. Roberson, pressentindo o perigo.

— De onde saiu essa menina? — ela exigiu saber.

— Até onde eu sei, ela saiu do ventre da Marquesa. Aquela que está lá em cima — ele opinou.

Caroline voltou a se sentar, chocada demais para continuar com sua faceta escandalizada. Eles tinham uma filha? Mas como?

— Minha filha tem cinco anos, a mãe engravidou logo após o casamento — explicou o marquês.

— E onde está essa menina? Ela fugiu? E o senhor não fez nada? Seu bruto!

Ele só lhe lançou um olhar atravessado, mas não pareceu nem um pouco insultado. Tampouco estava se preocupando em lhe explicar tudo.

— Sr. Roberson, acho bom alguém começar a falar — avisou Caroline.

— Milady... — O mordomo olhou nervosamente para o marquês. — A Sra. Rossler recebe para cuidar da menina.

— Isso é inacreditável. Ela tem cinco anos e fugiu? Sozinha? — Ela ainda não podia acreditar no que ouvia.

— Ela está acostumada — disse o marquês. — Eu acho que prefiro que ela visite a Sra. Rossler a passar seu tempo presa aqui. E não é exatamente fugir, ela sai por um pedaço do jardim e nós a capturamos e levamos, pois é longe para uma menina caminhar.

Mas nada daquilo estava surtindo efeito em Caroline. Ela olhou para o marquês, cruzou os braços e determinou:

— Vá buscá-la.

O marquês recostou-se na cadeira e olhou as próprias mãos por um momento.

— Às vezes, ela prefere ficar brincando com Bertha. — O tom dele ao dizer isso foi tão estranho que não passou despercebido a Caroline, ela só ficava mais perdida naquela situação.

— Coloque-a no ombro. Nós esperaremos para o jantar — ela disse mais sutilmente.

Henrik a encarou, mas sua mente não estava nela. Estava no fato de que, às vezes, ele também preferia deixar a filha ficar lá. Em certos dias, ele até a levava até a casa da Sra. Rossler. Especialmente no último ano. Agora, Lydia tinha cinco anos e entendia mais do que deveria. Antes, era mais fácil. Ele só precisava aninhá-la em seus braços, carregá-la por aí e se preocupar em lhe colocar um chapéu para não queimar sua pele.

Agora, ela conversava, fazia perguntas demais, tinha inúmeros pedidos, precisava ser confortada e tratada como a pequena lady que era. Também precisava ficar longe da mãe. E não ter que escutar o que ela dizia. E ele ainda não havia procurado uma preceptora para ela. Lydia era pequena demais para já ser tão rejeitada, não precisava de uma megera lhe dando ordens e lições como se estivesse educando um soldado.

— Para quê? Podemos guardar o jantar para ela. E amanhã você não estará aqui para olhá-la. Ela fica feliz enquanto brinca com Bertha.

— Milorde! — Caroline soltou o guardanapo sobre a mesa e ficou em pé. — Se não for buscá-la, eu mesma irei. Há algo de muito errado com este lugar. E amanhã eu estarei bem aqui. Depois de amanhã também. A menos que me coloque no seu ombro e vá desovar meu corpo no rio para ver se a corrente me carrega. Aviso logo que não sou tão leve assim.

O marquês ficou em pé também e soltou o ar, mas, ao contrário dela, ele jogou o guardanapo e o tecido acabou dentro do prato dele.

— Não me tente, Milady. Afinal, ninguém consegue falar sob a água. — Ele foi se afastando. — E está certa. Há algo de muito errado com este lugar. Errado o suficiente para eu preferir que minha filha passe um tempo longe daqui. E Milady também.

Pouco depois, ela ouviu o som do cavalo se afastando. Então, voltou para a sala de jantar e foi atrás do Sr. Roberson.

— Trate de falar. Por que eu não soube que havia uma criança aqui?

— Milady não deve ter ido ao berçário ainda. A menina fica lá ou do lado de fora com o Marquês. Ele não gosta que ela fique perambulando pela casa sozinha.

— E por que ela não pode andar pela própria casa?

— Ela pode, Milady — ele pausou, tentando escolher melhor as palavras. — Mas é que... a menina não deve ir atrás da mãe, pois ela é instável. E não há ninguém para tomar conta dela além do pai. Sabe como crianças podem se machucar.

— Mas isso é absurdo...

— Talvez seja melhor, Milady. Com o tempo acabará entendendo. Está aqui só há um dia, as coisas ainda não ficaram claras. E felizmente este lugar ainda não a afetou. — Ele lhe lançou um olhar que parecia conformado e triste, mas voltou para o trabalho.

O Sr. Roberson pediu licença, pegou a travessa do assado, levando-a de volta para a cozinha. Caroline voltou até a primeira sala com janelas que davam para a frente da casa, sentou-se ali e ficou aguardando. O marquês só retornou quarenta minutos depois; pelo jeito a Sra. Rossler morava mesmo perto dali. Ele desmontou e botou uma criança no chão. O rapaz, que ainda trabalhava ali cuidando dos cavalos, foi buscar a montaria dele. Ele pegou novamente a criança no colo e entrou na casa. Caroline escutou os passos dele e correu para encontrá-lo, temendo um pouco pelo que estava por vir.

Quando chegou à sala de visitas e viu o que ele colocou à sua frente, percebeu que era tudo o que não esperava.

— Mas o que você fez? — ela perguntou, com olhos arregalados, sem conseguir se conter.

— Eu sabia que iria me culpar — ele disse, abaixando e batendo nas roupas da menina.

— Isso é uma menina? — ela indagou.

Ele olhou feio para ela e voltou a ficar de pé.

— Lydia, esta é Lady Caroline. Ela é uma parente distante de sua avó. E ela resolveu se instalar aqui em casa porque é completamente insana e nunca para de falar. Mas é uma dama, então a trate como tal.

Caroline tinha sérias dúvidas se aquele moleque que ele estava chamando de Lydia saberia como tratar uma dama adequadamente.

— Ela também vai embora... — a menina murmurou, com sua voz baixa e infantil, enquanto só olhava para as saias de Caroline.

— Vai. Assim que o juízo dela retornar — afirmou o marquês.

Agora foi Caroline quem olhou feio para ele. Ela se aproximou e olhou bem para a menina que estava usando uma roupa que ela nem conseguia entender. Era uma mistura de vestido com calções. A saia era armada e curta e, por baixo, havia calções fofos que cobriam seus joelhos. Estava usando meias que um dia foram brancas e sapatos pretos, o que não combinava de forma alguma. O cabelo dela era ondulado e cor de ouro, mas estava armado porque alguém o cortou um pouco acima de seus ombros. E muito mal cortado.

— Milorde, acho que está precisando levar uma surra. Quem fez isso com a menina?

— Eu lhe asseguro que ela não saiu daqui assim.

— A Sra. Rossler disse que eu estava com bichinhos na cabeça — disse Lydia.

— E ainda está? — indagou Caroline.

— Não, ela colocou coisas na minha cabeça. — Ela começou a mover o corpo no lugar, de um lado para o outro, mas sem mover os pés. — Mas depois ela cortou, para pentear.

Henrik acariciou a cabeça dela e tentou abaixar um pouco o seu cabelo. Caroline foi para perto da menina e empurrou as mãos dele para dar uma olhada no estrago. Depois, ela levantou o rostinho de Lydia e sorriu levemente enquanto via seus traços e reparava que ela se parecia com o pai, tinha até os seus olhos. Mas tinha um queixinho pontudo que, até onde havia visto, não viera da mãe.

— Está com fome, meu bem? — Caroline tocou seus ombros.

— Eu devia ter comido... mas hoje era sopa de novo. E é tão ruim, cheia de coisinhas...

— Você não vai mais para lá — decidiu Caroline, antes mesmo de consultar o marquês. Duvidava que ele estivesse confortável com essa situação, mas era algo que necessitava.

O olhar de Lydia era de pura descrença, até demais para uma menina de apenas cinco anos, mas ela só assentiu. Caroline levou-a para lavar as mãos e acabou lavando seus braços também. Ela não parecia suja nem cheirava mal, mas não sabia se confiava. Na dúvida, iria dar um banho nela antes de colocá-la na cama.

— Acredito que lhe ensinou modos à mesa. — Caroline lançou um olhar nada simpático ao marquês.

— Sabe, Milady, tenho certo limite de provocações por noite — ele advertiu.

Ele colocou a filha sobre a almofada que já havia posto na cadeira e ajeitou-a no lugar. O Sr. Roberson retornou com o assado, que foi cortado em suculentas fatias. O marquês ainda estava ensinando a filha a cortar, então, por essa noite, ele cortou para ela. Lydia ficou animada com a mesa posta, cheia de comida e a sala toda iluminada.

Caroline achava que os modos da menina precisavam melhorar, mas ela não fez vergonha ao comer com os adultos. Como o humor do marquês tinha chegado ao nível do intolerável e Caroline já havia provocado-o mais do que um humano deveria ser capaz de aguentar, o jantar seguiu quase silencioso. Não fosse por Lydia que, nos intervalos das colheradas, contava o que acontecera na casa da Sra. Rossler nesses dias que passou lá, enquanto o marquês estava fora.

46   LUCY VARGAS

# CAPÍTULO 3

— Não me diga que tem medo de água — disse Caroline, abaixada ao lado da banheira, enquanto livrava a menina das roupas horrendas.

— Não. Eu já nadei no rio com papai. E ele me levou para ver a praia, mas era cheia de pedrinhas.

— Então porque está se remexendo toda?

— Fica coçando... — A menina riu.

— Ah! Você sente cócegas! — Caroline brincou com ela, fazendo cócegas em sua barriga, aproveitou e a livrou daquele calção infame.

Ela a levantou e a colocou dentro da banheira com água morna e ajudou-a a se lavar, aproveitando para ver se não estava mais com piolho e lavando também seu cabelo.

— Então, Lydia, você fica muito com a Sra. Rossler?

— Eu vou para lá... papai não pode brincar sempre e não posso ficar sozinha.

— E lá eles te dão comida, cuidam de você e brincam?

— Quando a Bertha está lá, nós brincamos. Mas odeio os dias de sopa. — Ela fez um bico que demonstrava bem sua insatisfação com a tal sopa.

Caroline se assegurou de esfregar bem e limpar as unhas da menina. Ela resolveu que Lydia era uma ótima fonte de informações. Podia não saber tudo e o que via era através dos olhos de uma criança, mas não haveria nada mais sincero.

— Venha, mostre-me onde você dorme — disse Caroline, depois de enrolar uma toalha na menina e secar seu cabelo. Precisava descobrir onde estavam suas roupas e se havia pelo menos um roupão para ela.

Lydia não era pesada, então ela carregou-a, seguindo pelo corredor que ainda não estava iluminado como deveria. Era mais um item para sua lista. Elas não passaram pelo quarto da marquesa, mas, desde que chegara ali, Lydia não perguntara nem uma vez pela mãe. O que era muito estranho para uma menina tão nova.

Para surpresa de Caroline, o marquês apareceu no quarto e se abaixou na frente da filha, para ver melhor o que fizeram com seu cabelo. Lydia pulou no pescoço dele e o abraçou, iniciando uma torrente de palavras rápidas, nem sempre bem pronunciadas, e ainda em sua voz infantil, mas o marquês as entendia perfeitamente.

— Amanhã eu vou cortar as pontas irregulares e vai crescer de novo — Caroline prometeu à menina.

Lydia puxava as pontas do cabelo e continuava como se estivesse tocando tranças imaginárias e compridas que estiveram ali antes. Depois ela fez um bico, olhando tristemente para o pai e depois para Caroline.

— Amanhã a senhorita vai embora — a menina murmurou.

— Não vou nada — disse Caroline e foi investigar as gavetas da cômoda mais próxima.

Henrik só bufou e foi pegar a camisola de Lydia.

— Ora essa, então ela tem roupas! — Caroline remexeu nas gavetas depois que ele acabou lhe mostrando onde ficavam.

— É claro que ela tem. Muitas roupas e de boa qualidade. — Ele estava insultado por ela ter imaginado que ele não vestia bem a própria filha.

— Ótimo, porque vou queimar aqueles trapos que ela estava usando.

— Cuidado com as suas saias quando for atear o fogo. Eu odiaria ter que jogar água numa dama — ele disse, enquanto vestia a filha.

Caroline entrecerrou os olhos, mas observou enquanto ele cuidava de Lydia e a colocava para dormir na cama cheia de almofadas, quase tudo cor de framboesa. Pelo jeito, era a cor favorita da menina. Até agora, aquele era o melhor aposento da casa, ao menos em termos de cuidados. Quando terminasse de limpar e arrumar o resto, a casa estaria novamente à altura de sua história.

Assim que eles saíram do quarto, Caroline se aproximou e olhou bem para o cabelo escuro do marquês, aproveitando que ao menos ali estava iluminado.

— O senhor não estaria com piolho, não é?

Ele olhou para a cara que ela fazia e como observava atentamente o seu cabelo e não pôde se segurar. Gargalhou e com vontade. Podia até vê-la catando piolhos em seu cabelo escuro e falando sem parar sobre como ele era inadequado.

— Muito obrigado por isso, realmente — ele disse e foi andando pelo corredor.

— Não respondeu minha pergunta.

— Não, acho que já estou um tanto passado para os piolhos.

Quando voltou para o próprio quarto, Caroline se lembrou de que ainda estava poeirento e novamente iria fazê-la espirrar. Pelo menos, com as janelas abertas, estava mais arejado e sua colcha havia sido batida pelo Sr. Roberson.

No dia seguinte, Caroline acordou cedo, afinal tinha muito que começar. Antes de deixar o quarto, ela checou suas tarefas do dia e leu um pouco. Depois de se vestir, desta vez com um vestido borgonha que estava bem fora de moda em Londres, ela se dirigiu para o berçário que, na verdade, era um quarto grande que funcionava como dormitório de Lydia e também seu espaço de atividades. Aliás, atividades educacionais nas quais ela não estava sendo instruída.

— Bom dia, Lydia — disse Caroline, afastando as cortinas. — Gostou de voltar para sua cama?

— Muito! — ela respondeu, afastando as cobertas e sentando-se com uma disposição matinal que causou inveja a Caroline. — E você ainda não foi!

— Eu lhe disse que não iria.

— Ainda — lembrou a menina.

Depois de constatar que Lydia fora ensinada a subir no banco e lavar o próprio rosto, Caroline ficou feliz em instruí-la melhor na tarefa. Após vesti-la, Caroline percebeu que a questão que a vinha perturbando desde ontem não podia mais ser ignorada. Era assim que funcionava sua mente, questões apareciam e ela ia resolvendo como uma listinha.

Só deixava de lado questões teóricas que não tinham solução prática, coisas inexplicáveis ou dolorosas demais para tocar.

— Está com fome? — ela perguntou, rondando o assunto e achando-se ridícula. Uma menina de cinco anos jamais entenderia que ela estava só "rondando". Mas não conseguia ser indelicada com a garotinha.

— Sim... posso comer ovos? E pãezinhos? E bolo? E torta de fruta?

— Acalme-se, garotinha. Não cabe tudo isso nessa barriguinha. — Ela deu uma batida leve sobre o estômago da menina.

Lydia a olhou com aqueles grandes olhos, doces e cor de menta, pelos quais era impossível não se enternecer. Seus cílios mais escuros faziam-na parecer uma boneca. Caroline penteou o cabelo dela e lamentou ter esquecido a tesoura. Faria o corte mais tarde; por hora, conseguiu prender as ondas douradas de forma a deixá-la encantadora. Ninguém mais precisava saber do incidente com as madeixas.

— Meu bem... Antes do café, não gostaria de ver sua mãe?

O franzir de cenho da menina foi intenso demais.

— Ela quer me ver?

— Você não quer?

Lydia pareceu ficar em dúvida.

— Gostaria — disse por fim com um toque de esperança.

Caroline pegou-a pela mão e levou-a até o quarto da marquesa. Mas antes deu uma olhada para ver se ela parecia calma. Roseane estava recostada nos travesseiros, a bandeja de café da manhã estava parcialmente comida. Mas as cortinas estavam cerradas, então o quarto estava com os candelabros acesos.

— Bom dia, Milady. Veja que belo presente eu trouxe para animá-la.

A mente de Caroline também funcionava de uma maneira incompatível com a realidade atual. Em seus pensamentos, para uma mãe naquele estado, ver sua filha limpa, bem vestida e cuidada devia ser como um raio de sol pela manhã. Algo que a alegraria. O Sr. Roberson disse que Lydia não podia permanecer ali porque a mulher era instável. Caroline não iria deixá-la com Roseane, mas talvez ver a menina tão bem animasse a marquesa.

Roseane olhou-a com asco, como Caroline já estava começando a se acostumar. Até esperou que ela a chamasse de redonda ou qualquer outro insulto que viesse à sua mente. Mas o olhar da marquesa se fixou na garota por um longo tempo, só que Caroline percebeu tarde demais que ela dirigiu a Lydia o mesmo asco que dirigia a ela.

— Uma garota! — ela gritou, surpreendendo-a. — Uma maldita garota! Fêmea! Inútil! E vai ficar redonda como você e essa maldita família! Inútil!

Para o horror de Caroline, que ficou petrificada, ela bateu na bandeja que voou na direção delas, mas caiu no chão, ainda longe de seus pés.

— Maldita fêmea! Fêmeas não servem para nada! Só dão despesas e ludibriam homens. Jogue fora! Eu quero o meu herdeiro para carregar o título! — Então, ela irrompeu num pranto feio e raivoso. — Meu herdeiro! Meu garoto! Um homem! Varão!

Ela continuou falando e a Sra. Bolton entrou correndo e falando também. Mas Caroline não observou nada disso, ela agarrou Lydia e saiu correndo. Seu coração batia rápido em seu peito e ela só continuava correndo para longe do quarto. O susto e a decepção que tomavam conta dela não eram pelo que escutara. Mas pelo que Lydia escutara. E essa não era a primeira vez. Por que ninguém lhe disse que esse era o problema?

Só quando chegou à escada e olhou para a menina foi que Caroline percebeu que ela não estava aos prantos, nem tremia em seus braços, assustada pela cólera da mãe. Lydia devolveu o olhar dela, os grandes olhos verdes estavam tristes e seu rosto estava molhado, mas ela sequer emitia sons.

Apenas piscava e mais lágrimas apareciam. Será possível que até a menina estava ficando anestesiada?

Até Caroline queria dizer impropérios e chorar de frustração. Sentia-se culpada e com o coração em pedaços pela menina. Aos poucos, as coisas iam fazendo mais sentido. Mas Lydia, na ingenuidade da infância, quis ir lá. Apesar de já saber o que poderia acontecer.

Havia tanta coisa que Caroline não sabia. Parecia que precisaria entrar numa investigação digna de um romance para desvendar tudo. Duvidava que conseguisse apertar o marquês para fazê-lo falar. E, estranhamente, nem os criados queriam falar a respeito.

— Mil perdões, meu bem. — Ela se abaixou, colocando Lydia no chão, mas apertou seus ombros para lhe dar conforto. — Sinto muito.

Ela não tinha filhos, nem teve irmãos pequenos. Não tinha experiência com crianças, além de encontros desagradáveis com seus sobrinhos malcriados e mal-educados. Mas achava que crianças precisavam de carinho, cuidado, educação e proteção. E ela já falhara no último quesito. Como poderia ter protegido Lydia de algo que desconhecia?

— Ela não gosta de mim. Nunca vou lá... — A menina olhava para os botõezinhos do vestido dela.

— Há muito tempo? — indagou Caroline, usando a saia de seu vestido para secar o rosto de Lydia.

— Eu gosto do papai. Não conheço... ela — murmurou Lydia, em sua linguagem simples de criança.

Aquela frase era para ser mais bem composta. Explicava que Lydia vivia com o pai e não conhecia a mãe direito porque ela sempre a rejeitou. O problema é que agora a garota entendia.

— Ainda quer ovos, pãezinhos e bolo? A torta eu não posso prometer para agora, mas, para mais tarde será ótimo. Tenho certeza que a Sra. Greene fez um bolo delicioso — ela ofereceu, tentando animá-la.

Elas desceram e foram tomar o desjejum. Mas Caroline perdera a fome. Precisava imaginar tarefas para Lydia também e lhe arranjar uma preceptora para lhe ensinar. Ficaria ocupada com a reforma do lugar, como cuidaria da menina? Além disso, sua experiência com crianças não era vasta.

Enquanto Lydia comia, o marquês desceu as escadas e se aproximou da mesa. Ele olhou para ambas e chegou perto da filha, acariciou suas costas como se lhe desse conforto e a menina se inclinou para ele.

— Coma toda a sua refeição, Lydia. Depois eu a levo para passear a cavalo — ele prometeu.

Os olhos dela iluminaram-se, mas logo se lembrou de outra coisa.

— Vou ter que ver a Sra. Rossler de novo?

— Não — disse o pai.

— Mesmo?

— Eu prometo.

Como ele nunca havia quebrado uma promessa, ela acreditou e voltou a comer. Caroline, que ainda não recuperara o apetite, ficou em pé e achou melhor falar baixo, para a menina não ouvir.

— Não vou mais levá-la até lá. Eu sinto muito. Não sabia que...

Ele podia ver a culpa que ela sentia, mas como poderia culpá-la? Deveria ter lhe dito antes que passasse por sua mente cheia de ideias. A verdade é que esse era um dos fatos de sua vida que fazia de tudo para esquecer. Ignorar era a palavra certa. Fingia que não estava lá e seguia vivendo.

— Tudo bem. Era o mais normal a se fazer — ele pausou e disse mais baixo: — Ela está lá até agora reclamando.

Caroline aproveitou e resolveu perguntar mais uma das coisas que não faziam sentindo.

— Por que ela fica dizendo que somos todas redondas? Lydia está mais magra do que deveria. Paulie é magrinha e pequena. A Sra. Bolton também não é redonda. E eu, sinceramente, considero-me apenas na média.

Ele soltou um suspiro cansado. Lá vinha mais uma coisa desagradável. Era melhor explicar logo, teria que abrir mão ao menos dessa parte do passado e dizer a ela.

— É algo antigo — começou o marquês.

— Claramente não ficou para trás.

Ele fez um movimento com a cabeça e eles se afastaram mais da mesa para que Lydia não pudesse ouvir.

— Antes de nos casarmos, eu tinha uma amante — ele informou, mas não havia vergonha em seu tom, era algo mais parecido com pesar.

— Isso é realmente chocante — ela disse, ironicamente. — Sua mãe já me contou de sua vida agitada.

— Faz seis anos. Essa vida ficou para trás. — O tom dele era uma mistura de arrependimento e tristeza. — Eu tive essa amante e ela era uma atriz. E era famosa especialmente por ser voluptuosa. Quero dizer...

— Eu entendi, ela era bem provida em todas as áreas e enchia bem um vestido.

— Sim. Quando conheci Roseane, ela era saudável. Ficamos noivos e nos casamos em uma temporada. Meu caso com a atriz terminou, mas o escândalo não. E ela continuava circulando por Londres, com outros protetores. Roseane a odiava e cismava que o caso não tinha acabado, falava disso o tempo todo. Então, ela engravidou de Lydia e engordou um pouco. E ficou ainda mais...

— Obsessiva? — ela sugeriu.

— Com essa ideia fixa. Depois que teve Lydia, começou com essa mania de comer cada vez menos e ficou tão magra que precisou de tratamento para a saúde. E continuava me acusando de ter um caso com a atriz. Tudo que ela queria era ter um filho. Pois bem, ela engravidou de novo e não deu certo. — A pausa foi mais longa dessa vez. — Até hoje ela me acusa, acha que a mulher está instalada aqui em algum lugar e estendeu essa ideia para todas as outras mulheres. Então, por favor, desconsidere e não se insulte. Ela apenas... precisa de repouso.

Ela franziu o cenho, apenas olhando para ele por um tempo, mas resolveu mudar de assunto.

— Vamos entrevistar novos criados hoje, Milorde.

— Vamos?

— Sim. Já tenho candidatos para a limpeza, para a reforma e consertos.

— Imagino...

— E eu imagino que queira conhecer seus novos criados e decidir quais contratará.

— Tanto faz.

— Faça o favor de retornar após o passeio com Lydia e me encontrar na saleta da frente, afinal é a única decente para receber alguém.

— Percebe que fala comigo no mesmo tom que dá ordens ao Sr. Roberson, não é?

— Perdão... — ela não parecia tão arrependida. — E o Sr. Roberson precisa de mais um uniforme.

— Que tal a senhorita tentar não fazer um rombo em minhas economias e eu concordar em aceitar as suas escolhas para criados?

— Senhora — ela corrigiu.

Ele franziu a testa e a observou por um momento, parecendo realmente surpreso.

— E onde está o seu marido que permitiu que viesse tomar conta da minha casa?

— Morto e enterrado há um ano, graças aos céus, mas eu duvido que ele esteja lá.

— Isso não foi exatamente digno de uma lady — ele disse, divertindo-se.

— Ah, foi sim. Só eu sei como foi.

— Concordo — ele disse, enigmaticamente.

O marquês saiu para passear com Lydia e Caroline se instalou na saleta da frente com papel, tinteiro e penas. O Sr. Roberson apareceu com duas meninas da vila mais próxima. Duas bobas, pois tinha que perguntar tudo duas vezes para elas assimilarem. As respostas não iam direto ao ponto. Imagine só a dificuldade que seria para elas memorizarem e seguirem instruções.

— Se o senhor aparecer aqui com mais duas macaquinhas de circo, eu as colocarei e ao senhor para fora pela janela — disse Caroline, depois que as duas foram embora. — Meu dia não começou bem hoje. Não me tente.

Ele saiu correndo e resolveu fazer uma "triagem" antes de levar mais candidatas para a saleta ou todas sairiam dali falando que Caroline era louca ou uma megera de marca maior. Quando as moças já entravam com aqueles olhos arregalados e cara de que viram um fantasma, ela queria matar a todas.

A porta se abriu e Lydia entrou correndo. A primeira coisa que Caroline viu foi o vestido que havia colocado nela. Estava imundo. O cabelo que ela penteara com tanto cuidado para esconder que estava irregular, estava todo para o alto, parecia um sol. Suas mãos estavam sujas também.

— Meu Deus! Você caiu num buraco? — ela perguntou, agarrando as mãos da menina antes que ela transformasse seu vestido em um tapete.

— Não! — Lydia riu, era a primeira vez que a via rindo assim. — Brinquei com papai! E os cavalos!

*E a lama,* pensou Caroline.

— E onde foi parar o seu pai? — ela quis saber, reprimindo o "maldito" da frase.

A menina moveu os ombros sem saber e olhou para trás, porque o tinha visto entrando em casa depois dela.

— Gostei de voltar — ela disse, com uma expressão feliz e recostando-se contra o braço da poltrona de Caroline.

Ela sorriu ao olhar para a pequena e passou a mão pelo seu cabelo, ajeitando-o do jeito que podia, mas chamou o Sr. Roberson e lhe pediu uma tesoura.

— Milady! — Paulie entrou trazendo outra moça pela mão. — Esta é a irmã de quem falei.

Caroline soltou o ar e levou a entrevista à frente. A irmã de Paulie, uma moça um pouco mais nova que ela e também pequena, era rápida e animada. Entendia tudo na primeira vez e parecia saber limpar direito. Era a melhor que encontrara até agora e Caroline decidiu que merecia uma chance. Elas poderiam trabalhar bem juntas, já que eram irmãs.

Quando estavam saindo, trombaram com o marquês que entrava na sala de visitas. Atrás dele estavam dois homens que ele identificou como os rapazes que queriam emprego na reforma.

— E o senhor abriu a porta? — Caroline perguntou, no meio da rápida explicação sobre como os deixou entrar.

— Eu estava passando...

— O senhor quer fazer o favor de não abrir a porta? Estou tentando limpar a fama desta casa — ela disse, batendo o pé para se conter e não dar um empurrão nele.

— Ora essa...

— Um Marquês abrir a porta não é apropriado — ela resmungou, enquanto andava até perto da janela e depois olhava os homens. — Sabem onde fica a porta de serviço?

— Acho que nem funciona — comentou Henrik.

Ela o fuzilou com o olhar.

— O Sr. Roberson disse que estava travada — ele continuou, soltando-se numa poltrona.

Ela se virou novamente para os homens, que ficavam alternando o olhar entre eles enquanto cada um segurava seu chapéu entre as mãos.

— Querem o emprego? — ela perguntou, surpreendendo-os.

— Sim, Milady.

— Sabem mesmo consertar telhados, rachaduras, escadas, assoalho, paredes, infiltrações e entendem de suprimento de água?

— Sim, Milady. E nossos rapazes também.

— Ótimo. Consertem a porta de serviço e estarão contratados. Vamos acertar os termos quando retornarem.

Os dois olharam para o marquês ao mesmo tempo.

— Não olhem para mim com essas caras de paspalhos. — Ele colocou as mãos atrás da cabeça e permaneceu nessa posição. — Ela contrata, eu pago.

Ao ouvir isso, os homens saíram rapidamente da sala e foram em busca da porta de serviço. Caroline andou até a porta, olhou os dois indo pelo corredor e viu o Sr. Roberson fazendo testes com as candidatas ao trabalho de arrumadeiras. Ela voltou e foi até o marquês, colocando as mãos na cintura. Queria bater nele para se sentar direito.

— Não está dando um bom exemplo à sua filha, Milorde. — Ela indicou Lydia, que estava sentada perto da janela, olhando um livro de pinturas. Ela havia limpado as mãos no próprio vestido, o que não melhorava em nada o problema.

— A senhora já é mais do que um exemplo. Quando eu morrer, ela vai ficar aqui com um porrete na mão, pronta para bater em todos que a desobedecerem.

Caroline estreitou os olhos para ele.

— E nunca mais diga que só paga. São todos seus criados — ela disse, um pouco mais baixo.

— Tenho certeza de que terão medo de você e apreço por mim.

— Também preciso que limpe suas botas. Não vai adiantar nada trocar todos os tapetes e consertar o piso do hall. — Ela balançou a cabeça, pensando nas marcas de bota na escada. — Seria pedir muito que ao menos não deixasse Lydia nadar na lama? Não sei como ela ainda tem o que vestir.

Ele ficou em pé e ajeitou a camisa no lugar.

— Sabe, Milorde, é adequado levantar quando uma dama está em pé no recinto. Fui informada de que esqueceu todas as regras de boas maneiras.

— Boa parte delas. Como minha mãe deve ter feito questão de dizer, tenho vivido como um selvagem nos últimos anos. Aliás, vou me retirar, se

Milady não se incomodar. — Ele fez uma mesura afetada, de propósito. — Tenho que lidar com os meus arrendatários, os outros selvagens com quem tenho passado o tempo.

O marquês acenou para a filha e saiu da sala, indo direto para a porta que ele acabou abrindo para mais duas moças da vila que estavam em busca de trabalho. Caroline iria querer matá-lo, o que o fazia ter ainda mais vontade de abrir a porta para todas as visitas. Henrik desceu pelo jardim que ele sabia estar em péssimo estado, pois lembrava como era na época de sua mãe. Ele franzia o cenho, de volta a sua habitual carranca. Era um pouco cansativo conversar com Caroline. Não vinha conversando muito ultimamente, ainda mais com damas. E menos ainda com damas como ela. A mulher simplesmente não parava.

Era ao mesmo tempo revigorante e assustador. Em certos momentos, achava-se um completo idiota. E ela estava certa. Ele já estava tão além de tudo que não se importava com regras de etiqueta.

— Vai sair, Milorde? Trago Event num minuto — disse o cavalariço, referindo-se ao garanhão cor de trigo.

— Você ainda está aqui, Dods? — ele perguntou ao rapazote, ainda jovem e magricela enquanto o seguia para o estábulo.

— Sim, Milorde! Eu estou sempre aqui.

Parando para pensar, era verdade. Dods sempre estava lá, ao contrário de todos os criados que foram embora, arranjaram outros empregos ou, sem a liderança, não sabiam o que fazer e não cumpriam seus horários.

— Não volta para casa nunca?

— Eu moro aqui, Milorde.

— Aqui? — Henrik indagou. — Mas onde?

Dods apontou para a parte de cima do estábulo.

— E lá tem lugar para alguém morar?

— Eu me arranjo, Milorde.

— Você não morava na vila?

— Morava. Mas não posso mais. — O rapaz olhou para o chão.

— Ora essa! Se é o cavalariço chefe, você precisa de um aumento.

Os olhos do rapaz brilharam. Henrik se virou e olhou para a outra construção perto do estábulo.

— Vá morar lá. Deve ser melhor do que dormir em cima dos cavalos. Se é o único que sobrou, precisa de um lugar. Lealdade precisa ser recompensada. — O marquês voltou a se virar para pegar as rédeas do cavalo e murmurou para si mesmo enquanto dava leves tapinhas no pescoço do animal. — E Deus sabe que é só o que me sobrou.

Ao final do dia, Caroline já tinha criados para limpar a casa toda e dois jardineiros para arrumar todo o jardim em volta da casa. E ainda teriam que pagar os dias que trouxessem mais ajudantes, porque a área era extensa. E os homens da reforma, tanto interna como externa, estavam quase todos contratados. Faltava uma auxiliar de cozinha para a Sra. Greene. Veriam isso no dia seguinte, pois a cozinheira tinha alguém para indicar. E o Sr. Roberson ainda estava procurando pelos rapazes adequados para o auxiliarem.

No horário do jantar, ela ficou sozinha, porque Lydia tinha sentido muita fome antes e comeu mais cedo. E o marquês estava desaparecido, obviamente fora da casa. Ela só não podia imaginar onde ele estava naquela escuridão, mas também não deveria se importar. Ele havia se transformado num verdadeiro fanfarrão, apesar de ter se comportado decentemente à mesa no dia anterior quando jantaram.

— Ela está muito agitada — disse a Sra. Bolton. — Por causa de todo o barulho de entrada e saída da casa.

— Não imagino como ela pode saber disso, trancada lá em cima — respondeu a Sra. Greene enquanto tomava sua sopa.

— Ela sabe — completou a Sra. Bolton, mas logo mudou de assunto. — Tem certeza que a Lady não vai mandar trocar os criados?

— Claro que não, deixe de ser tola. Se ela está à procura de mais criados, por que se livraria dos que já tem, os únicos que conhecem a casa?

— É, tem razão. — A Sra. Bolton voltou a se concentrar em sua sopa.

O Sr. Roberson entrou apressadamente e tomou seu lugar à beira da mesa na qual os criados da casa faziam suas refeições.

— Desculpem o atraso, estava terminando as coisas lá em cima. — Ele se sentou. — Assim que tivermos o quadro de criados completo, nossos horários e tarefas voltarão ao normal.

— Foi o que a Lady disse? — A Sra. Bolton parou para observá-lo.

— Foi o que ela ordenou — ele disse, com um sorrisinho de divertimento. — Provavelmente virá aqui e escreverá cronogramas para cada um se não voltarmos a nos ater aos nossos deveres.

A Sra. Bolton ficou um tanto pensativa ao receber essa notícia.

— Está gostando de ser mordomo, não é? — A Sra. Greene deu um sorriso de cumplicidade para ele.

— Ah, sim. Gostarei ainda mais quando estiver pleno em minhas tarefas. — Ele deu um sorriso radiante.

— E também quando seu aumento sair — comentou a Sra. Bolton.

— O Marquês já me paga além do meu cargo atual, já que eu era o... — agora, até ele estava com escrúpulos para pronunciar o que fazia — o faz tudo.

— Viram que o menino Dods se mudou para a casa do estábulo? Ele disse que o Marquês o promoveu a chefe dos cavalariços — comentou a cozinheira.

— Coitado, ser posto para fora de casa assim. Se não ficasse aqui, iria ter que morar na floresta — lamentou-se o Sr. Roberson.

Na manhã seguinte, depois de colocar mais um de seus vestidos de temporadas passadas com os quais não devia ser vista por outras damas para que não rissem, Caroline descobriu que o marquês já havia vestido Lydia e a levado para o desjejum. Ela seguiu para lá, decidida a eliminar o item mais urgente de sua lista de tarefas.

Ao entrar na sala de refeições matinais, ela encontrou o Sr. Roberson observando Lydia devorar um pedaço de torta de frutas.

— Onde está o Marquês? — ela perguntou após uma rápida inspeção no local.

— É provável que esteja lá fora, Milady.

— Foi mexer no depósito de esterco! — exclamou Lydia, repetindo as palavras que escutara.

— Lydia, isso não é coisa que se fale à mesa. — Caroline se sentou e lhe lançou um olhar reprovador para corroborar o que disse.

A menina olhou para ela e prensou os lábios, então voltou a comer a torta.

— Quanto ela já comeu? — Caroline olhou a torta no meio da mesa.

— Três pedaços, Milady — respondeu o Sr. Roberson.

— Pelo amor de Deus, você vai passar mal! — Ela afastou a torta da menina, deixando que ela terminasse só o que havia em seu prato.

Ela já havia decidido e isso só reforçava suas ideias. Lydia já estava com cinco anos e precisava de uma preceptora, alguém que começaria a instruí-la não apenas em línguas e números, mas em etiqueta. A menina não tinha ninguém para limitá-la, ninguém tomava conta do que ela comia, do que fazia, como se comportava, onde brincava, o que falava e o que aprendia.

Era óbvio que o marquês não estava apto a isso nem tinha tempo para ficar o tempo todo com ela, mas era justamente quem ensinava à Lydia. Aquela tal Sra. Rossler, que Caroline nem conhecia, mas já antipatizava, era uma inútil. Ela ainda acertaria contas com a mulher por cortar o cabelo de Lydia, dar-lhe comidas pavorosas, as quais a menina não comia e por isso perdera peso e por vesti-la com aquelas coisas. Sim, "coisas" era a única definição que Caroline dava aos trapos.

Naquele dia, a confusão já havia começado. As novas criadas chegaram, foram instaladas e receberam a primeira tarefa: limpar tudo. Cada canto da casa, de cima a baixo. Os rapazes da reforma também chegaram com carroças e listas de material para entregar. Começaram a fazer o que era possível, mas precisariam comprar e produzir a matéria-prima.

No início da tarde, Caroline colocou um chapéu, que também seria seriamente desaprovado pela marquesa viúva, calçou suas luvas e desceu pelo jardim. Em volta da casa, os jardineiros já estavam cortando aquele mato excedente, arrancando ervas daninhas e limpando os caminhos que foram invadidos pela grama.

— Veja se isso é lugar para um Marquês despachar... — ela resmungava, enquanto seguia pelo jardim com a cabeça baixa para se proteger do sol, apesar do chapéu.

O marquês tinha um escritório na selva. Ou ao menos assim descreveria sua mãe. Aquilo não era selva, era simplesmente a entrada do bosque que cobria aquele lado da propriedade. Entre as árvores, havia um caramanchão que havia sido parcialmente destruído em uma tempestade que derrubou vários galhos de árvore sobre ele. Aproveitando-se da estrutura suspensa e ainda firme, Henrik consertou o local, repondo o teto e retirando aqueles detalhes brancos adoráveis.

Era ali que ele passava parte do seu tempo quando não estava cavalgando para outro ponto da propriedade, trabalhando embaixo do sol para consertar alguma coisa ou nas plantações dele e dos arrendatários, ajudando a carregar sacas de sementes, cavando poços de irrigação, plantando ou derrubando árvores onde fosse necessário.

Qualquer atividade ao ar livre, ele aceitava. E despachava do escritório na selva. Havia duas cadeiras, uma mesa e uma caixa de madeira onde ele deixava papel, tinteiro e penas. O lugar tinha teto, mas as laterais eram abertas, não o protegendo das intempéries.

Henrik havia acabado de se sentar e esticar as longas pernas doloridas quando foi obrigado a parar de olhar suas botas gastas. Lá vinha a "lady". Era assim que todos a chamavam, até porque era tudo o que sabiam dela. Ela simplesmente apareceu ali e agora era bom dançar conforme sua música. Ele não podia imaginar o que ela estava fazendo naquele vestido vinho, que, por sinal, até onde ele sabia, nem a cor nem o corte eram adequados para esse horário e local.

Até mesmo um homem como ele, que aparentemente se tornara um marquês selvagem, lembrava-se dessas coisas. Teve uma mãe, irmã, esposa e frequentou bailes o suficiente para não querer voltar. Vestidos, cores e outros assuntos desagradáveis viviam acontecendo a sua volta.

E o chapéu dela era azul, ou seja, não combinava. Por que diabos ela estava com um chapéu? Será que não podia pegar sol pelos três minutos que levava para caminhar até ali? Ele a havia visto bem de perto ontem, ela não era uma criatura pálida. Era saudável, devia pegar sol às vezes.

Por que ele estava se preocupando com isso enquanto a via se aproximar, era ainda mais misterioso.

— Nós precisamos falar seriamente, Milorde — ela avisou assim que subiu os três degraus que a levavam ao antigo caramanchão.

— É ótimo vê-la também, Milady. Passou bem o dia? — Ele indicou a cadeira à frente dele.

Caroline lançou um olhar crítico para a cadeira rústica feita de madeira e ferro. Provavelmente iria manchar seu vestido e ela não podia se dar ao luxo de perdê-lo por estar com duas manchas de ferrugem no traseiro.

— Na verdade, não — ela disse ao sentar-se com cuidado.

— Devo me preocupar?

— Claro que sim. Ao menos deveria se ainda tivesse um pingo de sensibilidade.

— Estou me sentindo sensível no momento. Acho que foi o sol — ele caçoou.

Ela lhe lançou um olhar mais demorado que o habitual, talvez por estarem finalmente se encontrando sob a luz natural e clara de um dia ensolarado. Henrik sentiu vontade de se ajeitar ou virar o rosto. Não vinha nem se preocupando em olhar no espelho, só o fazia quando aparava a barba. E ele se preocupava com a barba mais por consideração à mãe, que aparecia sem avisar e sempre reclamava.

Sob a luz natural, Caroline viu que o marquês estava mesmo bronzeado demais. E a parte de baixo do seu rosto era um tanto escondida pela barba que ele ostentava. Era curta, ao menos hoje estava mais curta, mas era densa e castanha-escura como seu cabelo. Aliás, o cabelo dele precisava de um corte, as ondas castanhas estavam se enrolando sobre o seu colarinho. E faziam leves cachos que pendiam livremente, sendo movidos ao bel prazer do vento. A cor da sua pele fazia seus olhos cor de menta parecerem mais claros do que eram, especialmente ao refletirem a luz solar.

As mangas da camisa dele estavam dobradas e ela pôde ver que seus braços e mãos estavam até mais bronzeados que o rosto e, pelo colarinho aberto e o botão de cima que ele não se importava em fechar na presença de uma dama, ela podia ver que ao menos o pescoço e o início do peito dele também estavam bronzeados.

*Mas que escândalo!*, ela pensou. Será que o marquês ficava trabalhando ao sol e sem camisa como um estivador? E como, apesar de todos esses problemas, ele conseguia continuar atraente? Caroline decidiu que estava vendo coisas.

Ele se ajeitou no lugar e se sentou direito, limpou a garganta e tossiu de leve. Não estava com olheiras hoje, mas, quando franzia a testa, ela podia ver as marcas ali e perto de seus olhos. Calculava que ele estava em torno dos trinta e cinco anos, mas, apesar de não ter cabelos brancos, aquelas marcas mostravam que algo podia ter adiantado um pouco o seu envelhecimento.

— Sim, é provável, já que parece ter paixão pela luz solar.

— A senhora deveria experimentar, faz bem.

Ele a observou, reparando em sua coloração saudável e no cabelo cor de café que estava preso para trás, com o coque escondido no chapéu que ela empurrara para o pescoço. Henrik bateu os olhos em seu nariz pequeno e bem feito, era uma graça. Não combinava com uma megera de personalidade forte e que nunca parava de falar, dar ordens e provocar os outros. Ela tinha mesmo que ter algum parentesco, mesmo que distante, com sua mãe.

— Não tanto assim — ela resmungou.

— Logo será inverno novamente e estamos perto da temporada de chuvas, como se nesse país chuvoso nós precisássemos de mais chuva. Então tanto faz, vou ser obrigado a não pegar mais sol.

Ela achava isso ótimo, tirando a parte das chuvas.

— E tem deixado Lydia tomar sol demais. Ela está queimada como uma fugitiva.

— De fato...

Não dava para saber se ele falara isso sobre o sol ou sobre a filha fugitiva.

— Aliás, eu vim falar dela.

— O que ela fez?

— Nada. Deixei-a brincando sob a vigília de Paulie. O caso é que, não sei se notou, mas sua filha está com cinco anos.

— É, eu notei — ele disse, claramente a contragosto.

— Ela sabe ler?

— Eu ensinei, mas ela ainda não tem segurança para escrever.

— Também ensinou francês?

— Não.

— Matemática?

— Ela já conta até cem. É uma menina inteligente.

— Etiqueta?

— Seria no mínimo duvidoso eu ensinar tal coisa.

— Milorde, sua filha precisa de uma preceptora. Imediatamente.

— Pobre menina.

— Não me obrigue a apelar e acusá-lo de não cuidar direito da menina.

Ele lhe lançou um olhar mal-humorado.

— Eu cuido dela. Ao menos faço o que acho certo. Era mais fácil quando ela era menor e só ria. Eu lhe ensinava a falar, andar e ela gostava de brincar na água. Ela ainda gosta. Mas ficou esperta e faz perguntas demais. Faço tudo o que eu posso, mas não sei bem o que fazer com uma garotinha de cinco anos. — Ele olhou para as próprias mãos, desolado por talvez ter errado em alguma coisa em relação à filha.

Caroline ficou olhando-o e sorriu levemente, arrependida de tê-lo pressionado. Podia ver que Lydia era tudo o que ainda importava para ele e não sobraram muitas coisas.

— Eduque-a. Ela precisará de mais do que carinho e amor no futuro. Contrate uma preceptora.

— Onde vou arranjar uma?

— Sua mãe.

— Minha mãe não tem paciência para...

— Não seja tolo. Sua mãe pode conseguir uma com boas referências.

Ele ficou pensativo, lembrando-se dos tutores que teve antes de partir para o colégio e mesmo depois. E ainda relutava um pouco sobre o tipo de pessoa que arranjaria para ensinar sua filha. Lydia iria crescer e cada vez entender mais as coisas e saberia que havia algo muito errado ali. Ela já sabia, mas, na cabeça de uma criança de cinco anos, as implicações ainda não haviam ficado tão feias. Dolorosas sim, mas ela ainda conseguia superar rapidamente.

— Não quero nenhuma megera tomando conta de Lydia. Ela já tem... — ele soltou o ar, procurando a palavra — desvantagens demais com as quais lidar.

— Tudo bem. — Ela assentiu. Agora já entendia bem a situação da menina.

— Ela precisa mesmo ser instruída e ter atividades mais de acordo para uma menina de cinco anos...

— Continue levando-a para brincar — disse Caroline, surpreendendo-o.

— Ela continuará voltando imunda — ele a lembrou.

— E feliz — completou Caroline.

Ele tornou a olhá-la; até que a convidada que ele mantinha a contragosto não era tão megera e, pelo jeito, guardava suas provocações só para ele. Do contrário, não teria se envolvido com Lydia tão rápido.

— Precisa ir à casa de sua mãe para pedir-lhe que consiga a preceptora.

— Casa da minha mãe? Nem pensar. — Ele cruzou os braços e negou com a cabeça.

— Milorde! Acabou de concordar em...

— Vá até lá e fale com ela.

— Não se atreva a não ir junto. — Ela quase apontou o dedo para ele.

— Agora vamos todos? A casa da minha mãe não é exatamente um passeio de final de tarde.

— Vamos pela manhã.

— Não, vamos à tarde, porque tenho mais o que fazer pela manhã. E não tente me dizer o que fazer, Milady.

Ela cruzou os braços e voltou a olhar para as árvores.

— Não estava fazendo isso.

— Estava sim. De novo.

— Desculpe — ela disse. Mas como era ela, não conseguia se conter por muito tempo. — Vai mesmo nos acompanhar até a casa de sua mãe?

— À tarde.

— Feito. — Ela ficou em pé e dessa vez o marquês também ficou.

— Não vai apertar minha mão para selar o acordo? — ele ironizou, porque no fim foi exatamente o que pareceu.

Caroline olhou para a mão dele e levou as dela ao peito como se precisasse protegê-las e até se virou para os degraus, já pronta para partir. Mas antes lhe lançou mais um olhar.

— Damas não fecham acordos dessa forma — ela disse, como um lembrete para a mente esquecida dele. Pelo seu tom, ele sabia que ela estava novamente o provocando — Além disso, suas mãos estão sujas. Esse é o último par de luvas de renda branca que me sobrou. Lydia disse que estava envolvido com esterco.

Henrik olhou as mãos e elas não estavam sujas coisa nenhuma. Ele as havia lavado depois de mexer com terra.

— Homens do campo precisam lidar com essas coisas, Milady. Mas nós já aprendemos a usar pás e luvas. Além disso, eu lavei as mãos com sabão. E eu não sei o que está fazendo com luvas de renda branca.

— Não achei outras. E isso não é algo que se diga. Pode afetar a sensibilidade de uma dama ficar criticando suas luvas. — Também não iria falar que foi a mãe dele que lhe disse que ela precisava de luvas novas.

— Mil perdões — ele disse sarcasticamente. — Espero que suas adoráveis luvas de renda branca não caiam na lama.

Caroline lhe deu as costas e foi embora. Henrik ficou observando-a se afastar, torcendo para as malditas luvas realmente irem parar na lama.

# CAPÍTULO 4

Lydia gostou de saber que iriam visitar a avó e ficou especialmente interessada nos bolinhos que só havia lá. Eventualmente, o marquês voltou para o escritório da casa porque precisava resolver com os homens da reforma quanto gastariam comprando o material.

No início da tarde do dia seguinte, Caroline arrumou Lydia da melhor forma que pôde. Depois de cortar as pontas irregulares do cabelo da menina e dar-lhe um banho, ela parecia novamente uma princesa. Ela vestiu Lydia com um alegre vestido amarelo, prendeu seu cabelo com fitas e estava pronta para seu papel de filha do marquês.

O problema era o marquês.

Ela o encontrou no primeiro andar com o cabelo ainda úmido, botas de cano longo que pelo menos estavam limpas, calça bege, camisa branca, sem colete e ainda tentava vestir o paletó. A camisa estava mal-ajeitada e o maldito botão de cima estava aberto, mostrando seu pescoço e o início do seu peito rijo. Caroline achava que, além de bronzeado, ele estava um bocado forte para um nobre que supostamente não se mete em determinadas atividades.

Parecia mesmo que ele fazia muitos trabalhos braçais e extenuantes. Suas mãos estavam arruinadas, não eram mais aquelas coisas macias e brancas. Ainda bem que ele não se misturava mais com os almofadinhas da corte. Eles correriam dele, com medo de que seu mal fosse contagioso.

Afinal, qual lorde branquíssimo e bem vestido da sociedade, provavelmente acima do peso com todas aquelas comidas repletas de creme, iria querer se meter com um marquês sem modos? E ainda por cima, ele era dado a grosserias; mantinha um bronzeado escandaloso, o cabelo sem corte, com certeza tinha mais músculos do que deveria e com péssimos hábitos diários que não incluíam bebida e cortesãs. Era demasiado sem graça para o gosto de tais almofadinhas presunçosos. Sim, Caroline estava tentando não rir ao pensar sobre tudo isso.

— Pare de me olhar desse jeito — ele resmungou, quando finalmente conseguiu enfiar os braços pelo paletó, que ficou justo nele.

— Esse paletó está pequeno, Milorde — Caroline informou.

— É velho.

— Também notei. Se eu posso ver isso, imagine os olhos de águia de sua mãe.

— Minha mãe já viu coisa pior.

Lydia estava rindo do pai e sua dificuldade com a roupa. Caroline virou-se para o Sr. Roberson, que estava mesmo provando ser um bom mordomo, já que conseguia ver cenas como essa e permanecer impassível e silencioso.

— Sr. Roberson, faça a gentileza de buscar um paletó para o Marquês. Algo que tenha sido feito nessa década.

— Não é tão velho assim — Henrik resmungou. — Acho que encolheu. — Ele arrancou o paletó, tendo que puxá-lo com força do braço direito. A manga se soltou e balançou no ar, batendo em Caroline, que lhe lançou um olhar assassino.

E Lydia ria mais ainda, agora, dos dois.

— Estou surpresa por ele estar lavado. Já que ele encolheu ou Milorde aumentou, sabe-se lá como, poderia doá-lo — sugeriu Caroline.

— A senhora sabia que metade do meu guarda-roupa sumiu? — Ele a olhava atravessado.

— Não sumiu, está lavando — ela informou com a maior calma. — Temos lavadeiras novas. Suas roupas precisam ser todas lavadas e passadas.

— Eu não ando com roupas sujas. Um pouco amarrotadas às vezes, mas não sujas — ele se defendeu, brandindo no ar o infame paletó apertado.

— Na concepção de quem? Para mim, cheiro de armário ou amarelado por estar guardado é o mesmo que sujo — disse Caroline com petulância.

— Se algum estranho ouvir isso... — ele começou, estreitando os olhos para ela.

— Sabe, Milorde — ela começou naquele tom que fazia com que Henrik não soubesse mais se queria rir ou esganá-la —, se me permite dizer algo pessoal...

— A senhora não acha que deveria ter feito essa pergunta no dia em que chegou aqui? — ele interrompeu. — Já ultrapassamos essa barreira há dias. — O marquês tinha um raro talento para o sarcasmo misturado a uma irritante levantada de sua sobrancelha direita. Ato que o deixava com uma expressão tão arrogante que merecia levar um soco.

— Não, pois o senhor estava ocupado me mandando embora — ela contrapôs.

— Missão da qual não desisti totalmente — ele a lembrou, lançando-lhe um olhar irritado.

Ela apenas estreitou o olhar para ele, algo que Henrik já estava começando a reconhecer. Quando ela o fazia, era porque lá vinha problema.

— Voltando ao assunto, se me permite opinar em uma questão pessoal, creio que Milorde deveria chamar seu alfaiate e encomendar roupas novas e maiores.

Ele teve vontade de rir. Na verdade, deixou escapar umas risadas junto com a respiração, o que só deixou Caroline irritada.

— Papai está sem roupa! — disse Lydia, intrometendo-se.

— Não estou sem roupa. — Ele sorriu para ela. Lydia não sabia, porque era a exceção e ele sempre ria com ela e lhe sorria. Mas o marquês não estendia essa gentileza para outras pessoas simplesmente porque não tinha motivos nem vontade. Mas Caroline o provocava tanto que ultrapassava a constante dormência na qual ele costumava viver.

— De fato — Caroline concordou e suas bochechas adquiriram um tom avermelhado.

Ah, claro. *Sem roupa.* É, isso era um comentário infeliz para se fazer na presença de uma dama. Apesar de, na opinião dela, ele estar sempre seminu.

Agora ela seria obrigada a pensar na possibilidade de o marquês ficar sem roupas em algum momento e foi isso que a deixou corada, não as palavras. Ele estava tão sem prática que demorou a fazer a conexão.

— Eu nem sei mais quem é o meu alfaiate, acho que o último que me atendeu aqui já morreu. De toda forma, não quero roupas novas, estas estão boas.

— Tão boas que estou vendo a costura do seu paletó. Pode não querer as roupas, mas precisa delas.

— Sabe, Milady, se me permite ser inconveniente...

— Não permito! — ela interrompeu rapidamente, pois, se ele já sabia ser indelicado sem pedir permissão, imagine só o que não faria quando avisava que seria inconveniente.

— Também deveria ter avisado isso quando chegou aqui — ele completou. — Voltando ao assunto, com todo o respeito, a senhora tem ido à modista nos últimos anos?

— Claro que... — ela começou a resposta, mas se deu conta do que ele insinuou e seu olhar foi uma promessa de morte. — Como o senhor é grosseiro! Nunca faça uma insinuação dessas a uma dama. Jamais!

O Sr. Roberson retornou com um paletó um pouco mais novo e maior. O marquês o vestiu, abotoando-o, mas deixando o maldito botão de cima da camisa aberto. Isso obrigava Caroline e sua ideia de boas maneiras a manterem o olhar longe dele, porque era muito inadequado ficar espiando o peito de um homem. Mesmo que ele o estivesse mostrando e por mais bem provido e musculoso que fosse. Bronzeado também. Levemente coberto por pelos escuros...

— Vamos lhe arranjar um alfaiate. Ele deve confeccionar lenços e coletes — disse Caroline quando os três se ajeitaram na carruagem.

— Odeio aqueles malditos esganadores brancos — ele disse, passando a mão pelo pescoço.

— Duvido que frequentasse os bailes sem usar um.

— Não frequentava, mas há anos não coloco os pés em um baile.

Nem pretendo. Não preciso de gravatas onde vivo — ele pausou e a olhou. — Já reparou que alguns desses homens, especialmente dependendo de sua constituição física, ficam parecendo toupeiras saindo do buraco quando usam aqueles lenços? Parece que não têm pescoço.

Ela soltou o ar disfarçando uma risada, pois isso era verdade. O que ele faria com um lenço preso no pescoço no meio do campo, embaixo do sol e se comportando como um roceiro?

Eles desceram à frente da casa da marquesa viúva; Caroline ajeitou seu vestido, que tinha uma cor leve, salmão em tom pastel. Mas o modelo devia ser de três temporadas anteriores, só que era um dos mais bem conservados e lhe vestia muito bem. Era também com ele que suas luvas combinavam e não queria aparecer à frente de Hilde com luvas trocadas. Até estava sem chapéu, porque não tinha nenhum que combinasse. Nesse caso, preferiu pecar pela falta. Suas sapatilhas também não eram novas, mas eram claras e combinavam.

— Vovó! — Lydia correu para se agarrar às saias da senhora, que ficou em pé assim que os viu entrando.

Atrás da menina, Caroline havia tropeçado quando a barra do seu vestido se prendeu e o marquês teve que usar seus reflexos rápidos para agarrá-la pelo braço e impedi-la de cair. Foi assim que os dois adentraram a sala de visitas da marquesa viúva, o que causou uma impressão errada.

— Pelo amor de Deus, Henrik! Não precisava arrastá-la até aqui para devolvê-la. Saiba que isso é muito feio. E não vou aceitar devolução do pacote.

Hilde lançou um olhar mal-humorado para eles e voltou sua atenção para a neta.

— Você está linda, minha querida! — Ela a puxou para um abraço. — Está até cheirosa e limpinha. Completamente diferente de quando a vi chegando do campo. Eu só acho que está faltando algo... — Ela virou Lydia e viu o pequeno coque. — O que aconteceu com o resto do cabelo dela?

— Cortaram... — Lydia fez um bico e repetiu aquele movimento, como se passasse as mãos por tranças imaginárias que deveriam estar caindo por cima de seus ombros.

— Francamente, Henrik — disse Hilde num tom de reprimenda.

Caroline estava tentando ajeitar a manga do seu vestido e olhava de cara feia para o marquês, achando que o estrago era permanente.

— Não fui eu que cortei. — Ele foi se sentar na poltrona no canto da sala.

— Pior ainda. E pare de tentar mandar Lady Caroline embora.

— Eu não a estou arrastando por aí pelos cabelos, se é isso que está insinuando.

Hilde lhe lançou um olhar longo e avaliador.

— Bom, pelo menos, hoje está se dando ao trabalho de conversar. Pena que esteja vestido como um dos seus arrendatários. Aliás, ontem o Sr. Kellog passou por mim e estava mais arrumado do que você.

Henrik apenas deixou a cabeça cair para trás, apoiando-a no encosto da poltrona. Caroline foi sentar-se no sofá de dois lugares que ficava próximo à mesinha de centro.

— Afinal, a que devo a visita inesperada?

Caroline lançava olhares para o marquês esperando que ele falasse, mas, sentado lá no canto, podia até estar cochilando e não prestava a menor atenção no que elas faziam.

— A senhora poderia ter se lembrado de me avisar que havia uma criança na casa — disse Caroline.

— Claro que não, você precisa saber como se portar em situações inesperadas.

— Sinceramente, Milady...

— Supere, meu bem. É sempre o mais adequado. — Hilde tocou a sineta e pediu o chá.

— Bem, viemos aqui falar sobre sua neta.

— Minha garotinha adorável! Se conseguirmos salvá-la a tempo, não vai virar uma selvagem como o pai. — Ela apertou levemente a bochecha de Lydia e passou a mão pelo seu cabelo.

— Ela precisa de uma preceptora — disse Caroline e se virou para olhar o marquês. — Não é, Milorde?

Henrik se remexeu no lugar e levantou a cabeça para olhá-las.

— Sim. Por isso viemos, mãe. Por favor, seja útil e encontre alguém com boas referências.

— Sinceramente, Henrik. Você está pior a cada dia. — Ela balançava a cabeça.

— A senhora é o meu exemplo, o que esperava?

— Venha logo para cá, vou fingir que não estou vendo que está sem gravata e que continua com essa mania abominável de não fechar o primeiro botão da camisa. Pelo menos hoje suas botas estão limpas, o que já é um avanço e tanto.

— Sua sorte é que os bolinhos realmente são bons. — Ele sentou-se mais perto e colocou a filha em seu colo.

— Ah, meu filho... — ela disse num tom de lamentação enquanto lhe lançava um olhar terno. Gostaria tanto que tudo se resumisse aos bolinhos.

A Sra. Harper chegou acompanhada de outra moça trazendo chá, bolinhos e biscoitos. Lydia ficou entretida com seu bolo doce.

— Não arranje uma megera. Não quero ninguém traumatizando minha filha — disse o marquês.

A parte do "mais traumatizada do que ela já pode estar" nenhum adulto comentou, mas todos entenderam.

— Pode deixar, vou conseguir uma boa preceptora para ela — assegurou Hilde.

Antes que Caroline conseguisse morder seu bolinho, a marquesa viúva ficou em pé e olhou para ela.

— Caroline, meu bem, venha comigo. Vou lhe dar aqueles tecidos dos quais falei e o contato da minha modista. Vejo que a situação é crítica. — Ela lançou um olhar para o vestido da moça.

Henrik sentiu vontade de rir, pois também já havia feito insinuações sobre isso, para provocá-la e devolver um pouco de suas críticas. Mas ouvir sua mãe falando e assistir Caroline se resignando a aceitar a crítica era muito mais divertido. Ele vinha se divertindo nos últimos dias, o que era absolutamente inesperado. Mas, ver sua pequena megera aceitar os desmandos da grande megera que era sua mãe, era diversão demais para um dia só.

Quando chegaram aos fundos da casa, Hilde entrou em uma saleta bem menor e menos iluminada, com algumas costuras espalhadas.

— Afinal, já está fazendo a reforma? — ela perguntou logo.

— Sim, Milady. Há vários criados novos e já começaram a trabalhar. Acredito que em breve estaremos com o quadro completo. E os jardineiros até já conseguiram retirar aquele mato que havia em torno da escada.

— E em quanto tempo acha que estará decente o suficiente para receber visitas?

— A sala amarela, logo na entrada, já está limpa e estará arrumada essa semana. Os jardins vão levar um longo tempo. Mas estar limpo é suficiente?

— Sim, por hora é. E ele?

— Seu filho?

— Quem mais?

— Não sei o que espera que eu diga... — Caroline apertou as mãos.

— Pode ser recuperado?

— Duvido, Milady. Ele é grosseiro e sem modos.

— Ah, Deus! — Lady Hilde cobriu a testa com a ponta dos dedos como se uma dor de cabeça repentina a houvesse tomado.

— E descobri que anda por aí sem roupas e sob o sol.

— Nu? Meu Deus! — Hilde arregalou os olhos, entendendo errado. — Precisamos chamar um médico. Disso eu não sabia.

— Não, Milady. Não inteiramente sem roupas, ele deve trabalhar sob o sol. Seminu — ela disse a última palavra como quem encerra um discurso com efeito.

— Ah, aquele bronzeado escandaloso — ela disse mais calma. — Mas como você pode saber disso? Mal chegou.

Caroline ficou levemente rubra enquanto formulava a resposta.

— Não é possível ficar bronzeado dessa forma usando uma camisa o tempo todo.

— De fato. Bem, arrume uma maneira de fazer aquela gola dele se fechar — decidiu Hilde, voltando ao seu plano.

— Não imagino como. Devo amarrar uma corda em seu pescoço? Não asseguro que ele saia vivo.

— E mantenha Lydia parecendo uma menina com modos. Nenhuma mulher quer chegar numa casa e ter que lidar com uma pestinha antes de desenvolver algum afeto pela criança. Já basta o marido selvagem que terá de aturar, mas isso são ócios do ofício.

— Devo lembrá-la que a Marquesa continua na casa?

— Sim, há esse pequeno contratempo — disse Hilde, num tom de lembrança inoportuna.

Caroline resolveu arrumar uma forma de descobrir mais. Afinal, aquele assunto continuava a incomodá-la e era obrigada a pensar nisso toda vez que olhava para Lydia e a menina lhe lançava aquele olhar de expectativa. Não havia como não gostar daquela criança. Odiava o fato de ela ser tão rejeitada pela pessoa que mais deveria amá-la.

— Milady, a Marquesa odeia a menina — ela explicou.

— Sim, eu sei. Desde o dia em que ela nasceu, por ser menina, não foi vista pela mãe com animação. Quando aconteceu aquela tragédia com o menino, ela passou a odiá-la. Estou contando logo, porque sei que iria perguntar e não gosto de enganação. Doeu-me demais perder um neto, mas nós sabemos que bebês morrem. Eu perdi um depois de ter Henrik. Eles simplesmente morrem. — Ela soltou o ar e voltou ao assunto. — Apenas mantenha Lydia longe dela, para a segurança de minha neta. E continue a reforma.

— Mas isso é... abominável. Ela é mãe.

— Esqueça isso. Sabe, você é mais sentimental do que pensei. Já está apegada a uma menina que conhece há pouco tempo. — A marquesa viúva olhou-a curiosamente.

— Ela é só uma menininha... — Caroline disse mais baixo, desviando o olhar.

— É. E vamos arranjar uma preceptora para ela. Acho melhor que, além de cuidar dela, passe também na modista. Assim não é possível fingir que é uma convidada. Não quero que pensem que é a prima pobre.

— Meus vestidos são de ótima qualidade.

— Claro que são! Como teriam sobrevivido até agora se não fossem? É uma pena que estejam tão antiquados. As mocinhas não estão mais se cobrindo assim, devo adicionar que é tudo um tanto indecente. Mas vai se acostumar.

Caroline duvidava um pouco disso, aliás, duvidava de qualquer plano que a marquesa viúva propusesse. Já havia percebido que a mulher era pura encrenca. Elas retornaram à sala de visitas e, assim que entraram, Hilde retomou o assunto que supostamente estavam tratando.

— Vou lhe dar fundos adicionais como prometi. Mas imagino que, com a ótima quantia que meu filho está lhe pagando, vai poder comprar mais tecido e itens para cuidado pessoal.

Henrik tirou a xícara das mãos de Lydia para que ela não a derramasse e pousou-a na bandeja.

— Quando a senhora pretendia me lembrar de que eu deveria lhe pagar uma "ótima quantia"? — ele perguntou.

— Em algum momento... — ela disse, sem querer entrar na questão.

— Ora essa, não faça essa pose humilde. Já lhe disse que é coisa da baixa nobreza. — Ela se virou para o filho. — E seja bondoso. Pelo que andam dizendo nas redondezas, a tal Lady hospedada em Bright Hall vai pôr a casa abaixo.

Henrik achava que Caroline não podia ser exatamente classificada como humilde, afinal, uma pessoa humilde e submissa não teria tomado o controle da casa dele e de todos os criados em dois dias.

— Vamos acertar isso quando voltarmos. — Ele levantou-se. — Devia mesmo ser obrigada a lhe dar fundos adicionais — ele disse à mãe —, já que a trouxe para se meter naquele lugar. Mas não precisa, ela merece um bônus por tudo que já fez.

Hilde deu um leve sorriso satisfeito e foi sentar-se perto da mesinha de chá. Ela ofereceu um biscoito amanteigado à neta e ficou lá, satisfeita que tudo estivesse se desenrolando conforme o planejado. Em breve, Bright Hall estaria decente e de volta à vida. Ela só esperava que eles conseguissem também limpar aquela sombra que cobrira sua antiga casa.

O marquês decidiu que era hora de partir, pois tinha muito a fazer e ficar sentado na sala de visitas da mãe o deixava inquieto.

— Ele já quer voltar para o trabalho braçal — comentou Hilde, acompanhando-os e levando Lydia pela mão.

Caroline estava novamente levando uma cesta cheia de biscoitos e bolinhos, mas essa era menor e não era para ela; era presente da avó para Lydia.

— Pelo menos agora já há comida decente, você não precisa levar provisões — disse Hilde, com um sorriso irônico.

— Nunca faltou comida em minha casa — disse Henrik, parado à porta da carruagem.

— Só não tinha ninguém para prepará-la devidamente, não é? Você continua indo à cozinha buscar pão? — perguntou a mãe.

Ele lançou um olhar de aviso para a mãe.

— A entrada dele na cozinha está proibida, pois deixa a Sra. Greene nervosa — informou Caroline levantando o queixo.

— Eu não aguento as duas. — Ele mandou os bons modos às favas e entrou na carruagem.

— Bridington! — exclamou a mãe, fingindo-se escandalizada. Ela só o chamava pelo título quando estava falando sério. Depois, ela lançou um olhar à Caroline e sussurrou. — Está vendo? Dê um jeito nisso antes que eu apareça lá com a primeira vítima para o sacrifício.

Caroline não disse nada, mas imaginava que "vítima para o sacrifício" era a primeira coitada que Hilde iria levar para tentar encantar seu filho. Ela sabia o que a marquesa viúva pretendia, mas devia lembrá-la de que era melhor não levar jovens desesperadas por casamento, porque achava que o máximo que conseguiria era deixar o marquês com um humor ainda mais sombrio. Imagine só se ele se encantaria por uma dessas moças...

Na manhã de sexta-feira, Caroline estava passando pelo corredor, desesperada para pôr algo em seu estômago quando escutou o grito irritado vindo do quarto da marquesa e deu um pulo no lugar. O som saiu justamente quando a Sra. Bolton abriu a porta e deixou o quarto. Ela levantou o olhar; estava segurando algumas toalhas.

— É hora do banho dela — comentou a mulher.

— E você a deixou sozinha na água? Não acha que pode acontecer um acidente?

— Não, Milorde está lá dentro — ela pausou e com um pouco de pesar adicionou: — Geralmente, só ele consegue forçá-la a se banhar.

Sem saber o que pensar disso, Caroline só pôde ficar contente por não estar com Lydia. A menina ainda estava na cama.

Henrik colocou Roseane na pequena banheira depois de ter lutado para conseguir levantá-la da cama. Ela estava irritada, não parava de reclamar da agitação e não queria ninguém consertando coisas e fazendo barulho.

— Duvido que isso atrapalhe sua leitura — ele disse, apoiando-se no joelho. — Mas, se quiser, posso levá-la para ler no jardim.

— Não vou lá fora! Não tente me levar para o sol, seu maldito marquês de mentira. Eu sei o que você quer fazer, sei bem porque quer que eu vá lá fora.

Ele não conseguia entender porque o ar livre e o sol haviam entrado na lista de coisas que Roseane odiava. Ele lembrava que, antes de se casarem, durante a temporada, quando tinham que fazer aqueles passeios pelos parques, ela sempre estava com uma sombrinha e se recusava a andar pelo sol. Mas parecia ser só mais uma das besteiras que as mocinhas fazem para continuar com a pele pálida, como ditavam as regras de beleza da alta sociedade. Agora, ela se recusava e era capaz de ter sérios ataques se tentassem levá-la lá fora.

— Sua pele está com um aspecto imundo — ela disse, reclamando do bronzeado dele. — Parece um bicho.

Passar um tempo com ela não ajudava em nada a autoestima do marquês, mas ele já deixara de se importar com isso há muito tempo.

Roseane usava uma combinação branca de linho fino, ela sempre a usava, mesmo para tomar banho. Quando ele a colocou na água, o tecido se grudou a ela, o que atrapalhava o trabalho dele de ajudá-la a se lavar. E ela parecia magra demais sob aquele tecido colado ao seu corpo.

— Dr. Koeman virá lhe fazer uma visita — ele avisou e puxou mais as mangas de sua camisa para não molhá-las. — Ele não gostará de ver que continua perdendo peso.

— Como você pode saber disso?

— As bandejas voltam quase completas. — Ele lhe deu uma barra de sabão, mas ela a jogou longe. — Quanto tempo mais acha que seu corpo vai suportar? — Ele ficou em pé e foi buscar o sabão. — Quanto tempo mais acha que vamos aguentar isso?

Quando Henrik tornou a se ajoelhar ao lado da banheira, Roseane o agarrou pela camisa.

— Você sabe o que eu quero — ela disse, olhando-o daquele jeito febril que o incomodava.

Ele agarrou o braço dela e começou a esfregá-lo com o sabão.

— Eu ainda posso lhe dar o que precisa! — ela insistiu, afinando a voz como se fosse chorar. — Eu sou magra e capaz! Pari aquela garota inútil! — Ela agarrou a combinação clara e puxou-a para o lado, o que expôs seus seios que sempre foram pequenos, mas costumavam ser firmes e femininos. Agora, eram quase inexistentes.

— Pare de falar assim de Lydia, ela é nossa filha. — Ele puxou o outro braço dela, obrigando-a a largar a roupa e pacientemente cobriu seus seios. A visão o transtornava; ele havia conhecido aquela mulher, havia tocado nela e não importava se não haviam se casado por amor, eles podiam ter tido uma relação normal. E tiveram dois filhos. Infelizmente, um morreu no parto, mas isso não mudava o passado.

Roseane deu um grito de frustração e bateu na água, molhando o piso e a roupa dele.

— É a única coisa que eu quero! Seu maldito! Eu quero um garoto! Você se deita com aquela mulher enorme e nojenta, então, deite-se comigo e use o que você tem entre as pernas. Eu sou fértil!

A ideia sinceramente o apavorava. Henrik imaginava se ela não percebia como estava doente. Ele nem sabia como o corpo dela ainda aguentava o que ela se impunha e, depois de cinco anos, havia parado de repetir que não havia mulher nenhuma. E se houvesse, que diferença faria? Ele nunca mais iria tocar nela, isso havia ficado acertado naquela noite que mudou a vida deles.

Mesmo que ainda houvesse desejo em seu corpo, ele não poderia. Desde aquela mesma noite, nunca mais tocou em mulher alguma.

— Maldito! — Ela se deixou afundar na água. — Eu quero morrer — ela declarou.

Quando a Sra. Bolton entrou novamente no quarto, o marquês havia enrolado Roseane em uma toalha e estava colocando-a na cama.

— Vista-a com algo quente, pois ela está tossindo de novo — ele avisou.

Antes que chegasse à porta, Roseane, que ficou sentada na cama, jogou uma almofada em sua direção.

— Você tem um bastardo com aquela mulher! — ela gritou. — Onde é a casa que você colocou aquela mulher enorme? Ele não pode herdar o título! Ele é só um bastardinho! — Ela olhou para a Sra. Bolton daquela forma raivosa que olhava para ele. — Onde é a maldita casa?

Ambos já estavam acostumados a essas situações, mas a Sra. Bolton nunca sabia o que dizer quando o marquês estava lá. Quando ele não estava, ela ficava sempre repetindo que não havia casa alguma nem bastardo.

Assim que deixou o quarto, Henrik foi andando cegamente pela casa, estranhando a quantidade de criados com os quais encontrava, mas não prestava atenção neles. Quando chegou do lado de fora e respirou o ar do campo e o sol tocou seu rosto, ele se sentiu melhor. Tinha coisas a fazer longe da casa, muitas delas. Tinha que terminar o plano de irrigação e havia arrendatários novos que estavam atrasados e perdidos. Algo lhe dizia que logo ele teria mais gente chegando para ocupar as casas novas.

No domingo à tarde, Caroline desceu até a cozinha para conversar com a Sra. Greene e ver se ela conseguira uma auxiliar. Sabia que havia uma garota em fase de testes. Lydia a seguia; ainda era cedo para terem notícias da preceptora e, quando se cansava de brincar, correr pelo primeiro andar, conversar com as arrumadeiras novas e fugir para o jardim, a menina ficava seguindo Caroline.

— Milorde virá jantar? — perguntou a cozinheira enquanto batia vigorosamente o creme que fazia.

— Não faço ideia. Ele deve estar despachando do caramanchão — disse Caroline, ocupando-se em olhar a despensa. — Acho que precisamos de uma governanta. Havia uma?

— Ah, ela pediu as contas. Estava muito velha e não se dava bem com Lady Roseane. Elas viviam brigando, porque a senhora ia lá em cima falar com ela, querendo que tomasse decisões. Certo dia, até a arrastou para o corredor, mas a Lady a derrubou. Depois disso, ela foi embora.

Podia imaginar o desastre, mas esse era o único terreno no qual Caroline não queria se meter, até ela tinha seus limites.

— Neve! — Lydia enfiou as mãos na farinha e bateu palmas, achando divertidíssimo ver a poeira branca que levantou no ar. Depois, ela deixou a marca de sua mão na porta do armário. Caroline segurou seu pulso e a levou para a mesa.

— Bem, precisamos de outra. Será que terei de roubar a governanta de alguém? — disse Caroline, dando batidinhas nas mãos de Lydia para limpá-la.

A mocinha que estava no canto descascando legumes levantou a cabeça e trouxe sua tigela para a mesa.

— A Sra. Daniels está muito insatisfeita na casa dos Elliot — comentou a moça. — Eu sei, porque o sobrinho dela é casado com a minha irmã.

Caroline virou-se rapidamente e a olhou, sem reconhecer a moça.

— E essa, quem é?

— É Alberta. Está indo bem como primeira assistente — informou a Sra. Greene, esticando uma toalha para que ela limpasse as mãos da menina.

— Insatisfeita a ponto de ir embora? — Caroline voltou ao assunto e manteve Lydia em seu colo enquanto limpava suas mãos e impedia que aprontasse mais alguma coisa.

— Ela iria. Mas Milady sabe como é difícil encontrar emprego por aqui — continuou Alberta. — Ainda mais para uma governanta. Todas as casas já têm uma e ela não quer trabalhar como uma simples criada.

— Ótimo. Diga a Sra. Daniels para vir me encontrar — determinou Caroline. — Peça que não conte a ninguém, pois não posso ficar com fama de estar assediando os criados dos outros. Mas encontrar uma boa governanta é muito difícil.

O marquês não apareceu para o jantar, de novo. Desde sexta-feira, ele estava passando seu tempo perdido pelo campo e o Sr. Roberson disse que ele não estava despachando lá do caramanchão. Caroline estava a ponto de dizer que, se ele não aparecesse logo, iria despachá-lo para o fundo do lago. Mas não seria de bom tom que a convidada dissesse algo assim sobre seu anfitrião.

Afinal, agora que todos estavam curiosos com o fato de Bright Hall estar em reforma e preenchendo novamente o quadro de criados, a presença de Caroline precisava ser explicada. E exatamente como a marquesa viúva havia dito, ela se passava por convidada. Hilde estava dizendo por aí que era sua parente distante e nesse "momento de dificuldade" era que podiam contar com familiares leais. Ela também estava plantando a ideia de que o humor terrível de seu filho e o comportamento atípico se deviam ao fato de ele já estar sofrendo pelo luto adiantado.

Bronzeado ou não, selvagem ou não, um marquês a ponto de ficar viúvo e precisando urgentemente de um herdeiro era um assunto que sempre atraía atenção das matronas precisando casar filhas. Só que esse assunto ia e voltava ao longo dos últimos cinco anos.

Mas Hilde estava decidida. Ela queria salvar o filho de si mesmo, de sua vida, de suas circunstâncias. De qualquer coisa. Só que, para isso, ele tinha que sair do torpor. Ela achava que a melhora na casa, a permanência de Lydia, os inúmeros criados novos, além da constante perturbação que Caroline representava, já estavam obrigando-o a responder para conseguir acompanhar tudo. E iria piorar, pois Hilde já estava em contato com uma preceptora e com planos de perturbá-lo ainda mais. Todos os dias, ela pedia para que o resto se desenrolasse naturalmente.

88   LUCY VARGAS

# CAPÍTULO 5

No meio da manhã, Caroline estava na sala com vista para os jardins frontais da casa. No momento, não havia jardim nenhum, mas era onde eles ficariam quando o trabalho dos jardineiros começasse a dar frutos. O dia estava barulhento, aparentemente os homens da reforma estavam trabalhando no telhado e estavam quebrando todas as ameias decorativas que circundavam a casa, porque iam colocar tudo novo.

— Fiz o primeiro pagamento dos rapazes da reforma — disse o marquês, assustando-a ao aparecer de repente. — E dos jardineiros que trabalham por dia.

Ela virou a cabeça, vendo-o passar por perto da janela e parar ali, o que atrapalhava para ver os detalhes de seu rosto, porque as janelas limpas e o dia nublado, mas claro, ofuscavam a sua visão.

— Eu pretendia contratar alguns capangas para encontrá-lo, já que nem no escritório do bosque era possível achá-lo.

— Ontem eu passei parte do dia com Lydia — ele comentou.

— Só vi os estragos que resultaram disso. Aliás, ela precisa de mais vestidos, alguns já estão pequenos, outros não têm salvação.

— Leve-a à costureira quando for ver os seus vestidos. — Ele colocou uma caixa sobre a mesa e estendeu a ela um envelope. — Está chegando o dia dos criados antigos receberem e espero que faça com que seja o mesmo dia para os novos também. E aqui está o seu bônus. Decida quanto pretende receber e use.

— Não disse que eu contratava e o senhor pagava?

— Precisarei me ausentar por uns dois dias. Faria o favor de cuidar de

Lydia para mim? Assim ela não precisa voltar para a casa da...

— Ela não vai para lá! — disse Caroline, interrompendo-o. — Sabe-se lá o que a mulher cortaria dessa vez. E para onde o senhor vai, se me permite perguntar?

— Já perguntou. Deveria perguntar isso antes, não?

— É um segredo, por acaso? — Ela teria colocado as mãos nos quadris se estivesse em pé, mas apenas lhe lançou um olhar atravessado.

— Não. Tenho negócios a resolver com meu advogado, infelizmente preciso ir. Estou sem um administrador.

— Contrate um.

— Tenho um advogado e um administrador de bens, mas prefiro ir vê-los a chamá-los aqui. — Ele tinha que admitir que aproveitava todas as oportunidades que tinha para cavalgar para longe, sentir o vento no rosto, ver outros locais, pensar em outras coisas, resolver problemas, manter-se ativo e são.

— Você não deveria ter um secretário? — ela perguntou, tentando enumerar em sua mente as obrigações dele.

— Não preciso de um.

— E onde está seu administrador?

— Administrando outro lugar, eu espero.

— Chame-o de volta. Vai lhe dar mais tempo para... não sei, viver sua vida.

Henrik já estava parado, mas teria estacado se estivesse andando pelo cômodo. Ele a observou e franziu o cenho, sabendo que ela não fazia ideia. Claro, ela chegara ali agora, resoluta e com o humor intacto. Era como uma brisa fresca andando pela casa, achando que podia limpar tudo com o vento sul que trazia por trás de suas saias.

Por isso ele insistira tanto para ela ir embora. Não queria vê-la acabar como ele. Mas não parecia que ela acabaria assim, tinha seu próprio cronograma e suas próprias resoluções. Talvez ele a estivesse invejando um pouco. Ou o tempo fosse lhe provar que, em algum momento, seria melhor ela partir.

Só não sabia que vida ela esperava que ele vivesse. Essa era a sua vida e cuidava como era possível, fugia como podia e sempre havia o ar livre onde se esconder.

— Vejo-a em breve, Milady. Obrigado.

Caroline virou-se na poltrona e o observou sair. Ele era abrupto, entrava de repente, falava do mesmo jeito e partia como chegava. Nem teve tempo de lhe falar que estava a ponto de conseguir uma governanta experiente. Mas a quantia que ele parecia ter deixado era suficiente até para subornar a mulher para deixar seu trabalho.

Ela também notou que ele não acertou uma quantia para lhe dar, Caroline não precisava de muito enquanto estivesse ali, mas usaria seu bônus para comprar novos vestidos e acessórios. Ao menos para não passar vergonha quando a marquesa viúva aparecesse ali com visitas. Tinha que fingir bem no seu papel de convidada.

Ao ouvir o som do lado de fora, já que escolhera uma sala estrategicamente localizada que permitia que visse tudo o que acontecia na entrada da casa, Caroline se levantou rapidamente e foi olhar pela janela. O marquês estava partindo e Lydia estava de pé na escada de entrada, dando adeus para o pai. O Sr. Roberson observava tudo, parado ao lado da menina.

Caroline soltou o ar, apesar de o marquês passar a maior parte de seu tempo do lado de fora, dava-lhe uma estranha sensação de vazio vê-lo partir.

No dia seguinte, a Sra. Bolton avisou a Caroline que a marquesa queria vê-la. Foi com uma sensação de perigo que ela entrou no quarto da mulher, seguindo a acompanhante que levava a bandeja com limonada e biscoitos. Essa combinação parecia ser algo que Roseane apreciava mais do que comida real.

— Deseja algo em especial, Milady? — perguntou Caroline, sem se aproximar da cama, porque ela já sabia que Roseane era capaz de arremessar coisas com muita força.

— Sim, faça-me um favor e desapareça daqui.

— Mas a senhora me convocou.

— Eu quero que você, seus malditos criados, seus homens horrorosos e toda essa bagunça vá para o quinto dos infernos! Vocês estão destruindo minha casa!

— Pelo contrário, Milady. Estamos reformando. Sinto que não tenha podido ver como a situação estava, mas...

— Suma daqui! Vá embora! Mande todos embora. Eu estou ordenando que faça o que eu quero. E eu não quero esses homens aí em cima. Todas essas garotas gordas e enormes passando pelo corredor! Eu vi três delas! Três!

Caroline respirou fundo e juntou as mãos na pose mais calma que poderia fazer. Quem sabe assim Roseane também adquiria alguma calma.

— Milady, gritar assim não é bom para seus pulmões — avisou a Sra. Bolton, tentando ajudar.

— Cale a boca! — Roseane disse a ela. — E saia daqui. Eu só quero a limonada. Odeio o cheiro desses biscoitos, quem mandou fazer isso? Eu não gosto dessas porcarias doces. Traga os biscoitos antigos!

A Sra. Bolton não teve escolha a não ser olhar para Caroline, afinal, era ela quem mandava no cardápio e agora quase todos os dias havia fornadas de biscoitos. E Alberta fora contratada como assistente de cozinha e tinha talento para doces. Os biscoitos eram maravilhosos. Lydia estava no céu, a moça estava até fazendo biscoitos em forma de flor para a menina.

Ninguém se lembrara de informar que a marquesa só comia biscoitos simples, sem absolutamente nada. Agora, Caroline estava envergonhada e iria ter que mandar fazer os outros para ela.

— Não fique olhando para essa inútil redonda! Ela só serve para causar barulho! Tire esses biscoitos daqui. Não como isso.

— Que tal se eu pedir aos homens para fazerem menos barulho e... — sugeriu Caroline.

— Eu não a mandei ir embora? Eu sei que meu maldito marido não está aqui. Na ausência dele, eu mando neste lugar. Você vai embora e vai levar toda essa gente com você.

Caroline lançou um olhar assassino na direção da Sra. Bolton, que ficou pálida. O único jeito de Roseane ter informações, já que se recusava a deixar o quarto, era se alguém lhe dissesse. E a única pessoa que entrava ali era a Sra. Bolton. Todas as outras eram rechaçadas pela marquesa.

— Com todo respeito, Milady, há quanto tempo a senhora não manda neste lugar? Quero dizer, na casa toda, além de dar ordens a Sra. Bolton.

Roseane arregalou os olhos e ficou olhando para Caroline de forma ultrajada.

— Você tinha mesmo que ser parente daquela bruxa velha. Por isso é gorda como ela.

Claro que Caroline não iria abrir a boca para explicar o quão distante era o parentesco.

— Juro que a casa está ficando bonita novamente, Milady. Deve lembrar-se dela do jeito que era quando chegou aqui e...

— Eu odeio este lugar — Roseane a interrompeu, mas ao menos não gritou isso. — Odeio esses campos verdes demais. O maldito rio! A proximidade da costa. Tenho terror a praias. Odeio cavalos, aquelas criaturas malcheirosas. Acho todos esses homens rurais uns biltres. Aqui faz mais sol do que em Londres! — Ela apontou para as cortinas e a Sra. Bolton foi fechar os pequenos espaços que sobravam.

— Quer voltar para Londres? — perguntou Caroline, imaginando se esse poderia ser o motivo para o mau humor dela.

— Jamais! Aquele lugar fétido, cheio de atrizes gordas e escandalosas. Ao menos aqui não tem nada disso. Não há clubes e teatros. Nem meretrizes!

— Acho que a última... — começou Caroline, porque sabia que na cidade mais próxima havia alguma distração. E ela também não iria falar que a maioria das atrizes que conheceu tinha corpos formosos.

— Cale a boca, garota! Garotinha insolente. Ande, pegue seus trapos e suma daqui. — Ela apontou para a porta.

— Já que está me pondo para fora, Milady, eu gostaria de saber... por que é tão cruel com a sua única filha? — perguntou Caroline, incapaz de engolir a petulância e ainda se sentindo incomodada com o assunto.

Mal sabia Caroline o que estava causando ao colocar as palavras "única" e "*filha*" na mesma frase. Roseane ficou vermelha e o olhar que lançou foi tão raivoso que tanto a Sra. Bolton quanto Caroline se afastaram. A segunda se abaixou a tempo, porque o copo de limonada, ainda pela metade, voou por cima de sua cabeça.

— Sua vadia gorda! Desapareça daqui!

— Vá, Milady, vá! Agora ela ficará incontrolável — disse a Sra. Bolton, empurrando Caroline para fora e fechando a porta atrás delas.

Logo depois, elas escutaram o som de algo batendo contra a porta e, pelo som, devia ser a bandeja de prata.

— A senhora e sua boca grande! — Caroline acusou, assim que ficaram sozinhas no corredor.

— Eu tenho que dizer algo, Milady. Ela sabe quando minto. E fica ameaçando me mandar embora. Eu preciso do emprego — defendeu-se a Sra. Bolton.

— Ela não vai mandá-la embora, mulher! Mas que inferno! Você possivelmente é a única com quem ela consegue passar um tempo. Eu nem sei por que ela gosta de você, mas pare de ser fofoqueira. Veja só a posição em que me colocou.

— Milady vai embora? — O desespero transparecia pela expressão da Sra. Bolton.

— Bem, ela teria que levantar de lá para me colocar para fora. O que, de certa forma, seria até bom. Mas não vou a lugar nenhum, tenho mais o que fazer.

Nos dois dias seguintes, a marquesa continuou reclamando e mandando Caroline embora. Até que ela resolveu que Caroline poderia ficar, se lhe desse informações sobre a tal atriz e seu bastardo.

Enquanto isso, Caroline estava ocupada programando atividades para

Lydia, ajudando-a a aprimorar a leitura e coordenando o trabalho dos novos criados. Ela realmente pediu aos rapazes da reforma para tomarem cuidado com o barulho naquela área da casa.

E, para piorar tudo, a marquesa viúva avisou que havia conseguido uma candidata à preceptora que chegaria logo. Mas que ela iria até lá ver as melhorias e levaria convidadas.

— Mas eu nem consegui ir à modista ainda — lamentou-se Caroline.

No dia seguinte, ela pegou uma carruagem e foi com Lydia até a vila onde ficava a tal costureira que atendia as damas da redondeza. Claro que elas encomendavam seus vestidos para a temporada em Londres. Mas precisavam de outros vestidos para o tempo no campo e a permanência em suas residências. Sem contar que o valor era mais em conta e sobrava mais dinheiro para ostentar na temporada.

— A Marquesa comentou que Milady precisaria de um guarda-roupa completo, pois estava em uma situação delicada — comentou a Sra. Garner, enquanto olhava Caroline de cima a baixo.

É claro que ela não gostou nada que a modista já soubesse de sua situação.

— O caso é que preciso de um vestido atual e simples para a semana que vem. O resto você pode ir entregando conforme seu cronograma.

Felizmente, a Sra. Garner não era como os alfaiates esnobes de Londres que às vezes precisavam que seus egos fossem mais alisados do que as próprias ladies. Era uma mulher prática e trabalhava rápido, tinha a ajuda de duas filhas e uma irmã, além de algumas mocinhas locais a quem pagava apenas para costurar.

— Tenho um molde pronto, vou precisar medi-la. Para uma emergência, ele vai servir.

Lydia adorou seu dia na costureira. Ela podia ser uma pestinha quando estava correndo pelo campo e se sujando toda, mas também sabia ser um amor e ficou apenas tagarelando enquanto a filha mais velha da Sra. Garner tirava suas medidas.

— Suas meninas são comportadas? — Caroline perguntou, vendo que a Sra. Garner já tinha duas netas e sua irmã chegou com uma entrega de tecido e trazendo mais duas meninas.

— Claro, Milady. Nós as educamos para serem mulheres decentes. A menina de seis anos até já sabe ler.

— Acha que poderíamos fazer um piquenique num sábado? Sei que Lydia adoraria recebê-las.

A mulher arregalou os olhos e olhou para a filha do marquês que estava sentada num banco, conversando com sua neta mais velha. Ela podia não reclamar, mas Lydia não tinha outras crianças para brincar. Ainda mais agora que não estava mais indo à casa da Sra. Rossler e não estava vendo Bertha, a única amiguinha de quem ela falava.

— Em... em... Bright Hall, Milady?

— Claro, onde mais?

A Sra. Garner apertou a seda azul que estava em sua mão e tomou coragem para perguntar.

— Mas... elas ficarão só do lado de fora?

— Ora essa, Sra. Garner. Uma mulher do mundo como a senhora acreditando em boatos malucos? Piquenique é ao ar livre, mas nada as impede de entrar. A casa está em reforma, mas em perfeito estado e não há nada lá que impeça as pessoas de entrarem.

— Se me permite perguntar, Milady, a Marquesa continua lá ou já foi descansar em paz?

Caroline teve vontade de rir, sinceramente. Ainda mais depois de passar os últimos dias sendo o alvo dos gritos da mulher, já que o marquês não estava lá.

— Claro que sim, o fantasma dela toma o chá conosco todos os dias. — Ela não resistiu a essa provocação. — Não seja tola. Ela está lá.

Foi mais um momento inesperado para Caroline. Desacostumada com toda a fofoca que rondava esses locais, ela teve que receber uma carta da marquesa viúva, avisando que todos na redondeza já sabiam que Bright Hall estava recebendo visitas novamente e depois de tanto tempo. Era a maior curiosidade local. O pior é que já estavam fora da temporada em Londres, muitas pessoas estavam no campo, fugindo do calor da cidade e participando das atividades sociais campestres.

— Milady, o Marquês retornou — disse o Sr. Roberson quando abriu a porta para Caroline, que estava entrando pelo jardim traseiro.

Ela tirou o chapéu e foi andando pela casa, olhando em volta.

— E imagino que ele esteja exausto, como no dia em que cheguei aqui.

— Está certa, Milady.

— E o banho dele? Recebeu sua refeição no quarto?

— Estava pronto antes que subisse para o quarto — informou o mordomo, num tom de orgulho. — Sim, a Sra. Greene preparou a bandeja e eu a levei pessoalmente.

— Ah! — Caroline bateu palmas. — Estamos começando a entrar nos eixos, Sr. Roberson. Só mais alguns ajustes e ninguém dirá que esta casa ficou esse tempo todo perdida no limbo.

— Ainda falta um bocado, Milady. Mas estamos indo bem nas tarefas mais simples.

— Parabenize a todos quando se reunirem para o jantar. — Ela sorriu e foi para a escadaria.

Agora, seu quarto estava sempre arejado, os lençóis, cortinas e tapetes não estavam mais repletos de poeira. A roupa de cama havia sido trocada e Paulie sempre se lembrava de aparecer para ver do que ela estava precisando.

Na manhã seguinte, assim que chegou ao térreo, o marquês encontrou Caroline andando de um lado para o outro no pequeno hall.

— Acordou cedo demais. — Ele parou e a observou se aproximar.

— Estou numa situação muito incômoda, Milorde. Supostamente, devo dar informações sobre uma famosa atriz de Londres em troca da minha permanência nesta casa.

Ele soltou o ar, ela nem precisava explicar mais.

— Eu já lhe disse que isso é passado, aconteceu há seis anos.

— Não precisa dizer nada a mim, juro que jamais me intrometeria em sua vida mas...

— Milady — ele disse, num tom que chamava sua atenção —, eu não vejo atriz alguma há anos. Estou preso aqui no campo há cinco anos e só vou a Londres em caso de necessidade e por poucos dias. Mesmo que se passassem vinte anos, nada mudaria para ela. Não vê que essa não é a questão? Eu simplesmente não assimilo mais e aconselho que faça o mesmo. Pelo que vi, está indo muito bem no seu trabalho.

— Creio que sim... — Ela cruzou os braços, ainda inconformada com aquela situação.

— Lydia disse que a senhora vai fazer um piquenique para ela e algumas convidadas. Acho que ela está animada, ontem até custou a dormir.

— Não vou fazer nada, só tive a ideia. Mas vou preparar um cardápio refrescante e apetitoso para as meninas se divertirem. A nova assistente de cozinha é talentosa, pode fazer a maior parte sem atrapalhar a Sra. Greene.

Ele abriu um sorriso para ela e Caroline pensou que era a primeira vez que ele ria diretamente para ela. Não conseguiu evitar sorrir de volta.

— Ela vai adorar — ele disse.

— Sim... — Ela engoliu a saliva e continuou. — Mas nem tudo são flores, Milorde.

— E o que mais pode ter acontecido em minha ausência?

— Seus vizinhos estão se convidando para visitá-lo.

— Negue.

— É sua função fazer isso. Sou só uma convidada, lembra-se?

— Diabos! — Ele foi andando para fora da casa.

— Isso não é adequado para se dizer na frente de uma dama, não faça isso quando tivermos visitas — ela disse mais alto.

No dia seguinte, o Dr. Koeman chegou à propriedade para visitar Roseane. Ele ficou muito surpreso quando a carruagem parou e viu todos aqueles homens trabalhando no jardim e na fachada da casa. Ficou como um bobo olhando para o mordomo que lhe abriu a porta. O Sr. Roberson estava com seu uniforme novo e até parecia um daqueles mordomos metidos e requintados que atendiam os lordes em Londres.

— Devo pensar que houve uma mudança drástica desde minha última visita e o Marquês não teve a delicadeza de escrever? — o médico cochichou para o mordomo enquanto ele pegava seu chapéu.

— Houve uma mudança drástica, senhor, mas não creio que seja o que imagina. — Ele balançou a cabeça e depois o guiou para a sala de visitas.

Henrik obviamente não estava dentro de casa, então ele levou o médico para ser recebido por Caroline, já que não podia deixar o homem ao acaso dentro da casa. Apesar de que era isso que acontecia antes, quando tudo ali era absolutamente inadequado. Mas, naquela época, que já parecia ter sido há tempo demais, nem havia gente para abrir a porta para o médico que já teve de chegar ao cúmulo de se sentar nos degraus para esperar o marquês ou alguém aparecer.

— Milady, o Dr. Koeman está aqui para ver Lady Roseane. Ele permanecerá conosco por um dia ou dois.

— E, dessa vez, com gosto — disse Dr. Koeman, entrando após o anúncio.

Ela se levantou e sorriu para ele. O médico piscou várias vezes com a visão inesperada.

— Bom dia, doutor! Sou Lady Caroline Mooren. Sou convidada aqui, uma parente distante — ela informou. Já havia até decorado isso e não ficava mais se sentindo mal por mentir. Como dizia a marquesa viúva: finja e sorria.

De certa forma, ela era mesmo convidada e sua família tinha parentesco com a marquesa viúva. Verdade que ela era paga, mas ainda assim, era convidada. A contragosto, mas o marquês parara de tentar mandá-la embora.

— Milady. — O médico fez uma reverência. — Que prazer ter uma visão tão bela e inesperada. Está tudo muito diferente desde a última vez que estive aqui.

— E vai ficar ainda mais. — Ela manteve o sorriso e o médico abriu um maior ainda.

Caroline esperava que o médico de Roseane fosse um senhor tão deprimente quanto a situação pedia. Mas ele tinha quarenta anos e uma aparência jovial. Seu cabelo loiro disfarçava os poucos fios grisalhos que apareceram recentemente em suas têmporas. E ele tinha olhos castanhos claros, brilhantes e inteligentes. Também não era de se esperar que alguém que cuida de males desconhecidos pudesse ter um humor tão afável.

Lydia entrou correndo na sala de visitas e surpreendeu o médico, que ficou realmente em choque. Não porque a menina estivesse imunda. Dessa vez, ainda estava limpa e arrumada. As criadas já a adoravam e estavam até se revezando para arrumá-la toda vez que ela voltava de suas incursões aos jardins.

— Da última vez que a vi estava bem menor! Foi na penúltima vez que estive aqui. Está parecendo uma pequena Lady. — Ele se virou para Caroline. — O Marquês me instruiu a examiná-la também, só por checagem habitual. Aliás, ele se encontra?

Ele olhou com curiosidade quando Caroline se abaixou e arrumou a gola de Lydia, que se agarrou ao braço dela e exigiu atenção, cheia de coisas para contar.

— Deve estar despachando do bosque — disse Caroline, com muita naturalidade.

— Sei... — respondeu o médico, mas não sabia nada, só não queria ficar com cara de bobo na frente dela.

Depois de se instalar e se refrescar em seu aposento de hóspedes — que também surpreendeu o médico por já estar preparado e o aguardando — o Dr. Koeman foi ver Roseane.

— Sabia que o som daquela carruagem não podia ser algo bom — ela resmungou, assim que ele passou pela porta.

Ele não estava satisfeito com ela e não se importava em esconder isso. Continuava indo para checar sua saúde, que estava em declínio. Mas não tinha uma solução para o mal dela, simplesmente porque, por mais que a examinasse — e ele já era o décimo médico e também um com uma visão mais arrojada —, não havia o que tratar.

Dr. Koeman era um médico com ideias inovadoras, tratara muitas mulheres que apresentaram problemas emocionais inexplicáveis, especialmente após o parto. E também outros males que vinham com partos difíceis, como a saúde delas subitamente decaindo. Ele tinha pacientes das quais já tratava há anos e muitas de suas visitas eram mais conversas longas do que consultas físicas.

Seu sucesso era amplamente conhecido. Fizera muitas damas que se encontravam enfurnadas em casa voltarem aos bailes e a vidas normais.

Mas Roseane não se encaixava em nenhuma dessas descrições e deixara de representar um desafio para ele. Já estava tratando-a há três anos e, além dos médicos que vieram antes, ela ainda era visitada por um especialista em doenças nos pulmões e há pouco tempo foi vista por um jovem médico que vinha tendo sucesso em Londres para encontrar soluções para fraquezas inexplicáveis. Ele resolveu que ao menos fraqueza não era o problema dela.

Nenhum deles podia explicar ou aplicar um tratamento efetivo.

— Perdeu peso. Posso ver antes de examiná-la — ele disse, descartando os cumprimentos habituais, pois a irritavam.

— Não posso ficar redonda, sabe disso.

— Também sei que, no atual estado, levantar-se deixou de ser uma opção que a senhora não quer obedecer e passou a ser algo que não consegue mais fazer sozinha.

— Você é outro maldito mentiroso que fica dizendo que tenho opção! Saia daqui!

— Eu vim direto de Londres para visitá-la. A senhora não gostaria de saber das peças que vi nesta temporada? A ópera estava particularmente fantástica — ofereceu o médico, tentando iniciar uma conversa, mas ele não escolheu aquele tópico ao acaso. Tinha seus truques para fazê-la se interessar.

— Todas aquelas cantoras gorduchas! Todas elas são mulheres horrendas, mal faladas, imorais e com mais amantes do que podem atender.

Dr. Koeman nunca teve uma atriz ou uma cantora como amante, mas tinha algumas como pacientes e por muitas vezes ouviu algumas confissões. Nem tudo era o que parecia e elas também não eram do jeito que Roseane descrevia. Segundo lhe dissera o marquês quando teve que lhe contar algumas coisas sobre sua paciente, Roseane sempre desprezou as artistas. Assim como sua mãe e irmãs. Era provável que a ideia houvesse vindo daí. Mas ela a levara a outro nível.

— Por que não se casou ainda? Está dormindo com atrizes? Eu sei que elas se consultam com você.

— Apenas não achei a mulher certa — ele disse, inclinando-a para frente e checando sua respiração.

— Vai ser mais um enredado por uma dessas mulheres imorais.

Depois que o médico voltou para seus aposentos, a Sra. Bolton desceu com mais uma das bandejas quase intocadas. Caroline estava coordenando a mudança do tapete que cobria a escadaria. Os rapazes da reforma estavam prendendo o novo tapete no lugar e o antigo provavelmente iria para o lixo, com todas aquelas marcas de botas, lama e pedaços gastos demais.

— Ele era nossa última esperança — disse a Sra. Bolton, num dos poucos momentos que abria a boca antes de perguntarem.

— E o que ela tem? Podemos tratar?

— Não sei, Milady. Parece que não é nada. Sabe, sou boa com pacientes como ela. Mas não há nada que eu consiga fazer.

Pouco depois, como se o dia já não estivesse agitado demais para os padrões atuais de Bright Hall, a Sra. Daniels apareceu e entrou escondida pela porta dos fundos. Ela foi levada à sala de estar principal onde Caroline estava resolvendo seus assuntos.

— Milady... — Paulie chamou baixinho. — Milady!

— O que foi agora?

— A Sra. Daniels está aqui.

Ela custou a lembrar de que esse era o nome da governanta, mas, quando se lembrou, ergueu-se em um pulo e fez um sinal para a mulher se aproximar.

— Alguém a viu vindo para cá? — Caroline indagou.

— Não, Milady. Vim pelo bosque.

— Bosque? A senhora por acaso não viu o Marquês? Seria bom se ele aparecesse por aqui para opinar na sua contratação.

— Vi sim, Milady. Creio que aquele vindo pelo corredor é ele.

Caroline virou-se rapidamente e viu Henrik de longe. Se ele não vivesse com aquele semblante sério e geralmente absorto, ela diria que ele estava se divertindo. Mas não era possível saber só pelo movimento do canto de sua boca.

— Pois bem, a senhora tem anos de experiência no cargo e está com os Elliot há seis anos — começou Caroline, lembrando as informações que Alberta lhe dera.

— E antes trabalhei na casa dos Fawler, mas eles se mudaram permanentemente para Londres e lá já havia uma governanta. Felizmente, Lorde Elliot precisou de uma governanta nova após o falecimento da outra. Infelizmente, não aguento mais conviver com Lady Elliot, suas ordens duvidosas e seus ataques de maldade. Fui informada que Milady é uma pessoa franca e receptiva.

— Muito esclarecedor — disse o marquês se aproximando e meneando a cabeça em cumprimento à governanta.

A Sra. Daniels ficou observando-o como se ele fosse um fantasma e depois foi ficando pálida, então ficou vermelha e depois parecia que ficaria roxa a qualquer momento.

— Quer dizer que está roubando os criados dos vizinhos? — perguntou

Henrik num tom provocador. — De tudo que eu esperava da senhora, roubar criados é realmente surpreendente.

— Não estou roubando nada! — Caroline desviou o olhar para a Sra. Daniels. Ia olhar para o marquês, mas a apoplexia da mulher chamou sua atenção. — Estou apenas fazendo uma proposta a ela. O senhor vai lhe pagar algumas libras a mais e ela virá para cá, já que essa tal Lady Elliot é tão terrível.

— Pagarei? — Ele levantou a sobrancelha e pegou um biscoito da bandeja sobre o aparador. — E Lady Elliot sabe que vai perder a governanta?

A Sra. Daniels continuava muda. Agora, não estava mais roxa, mas passara por um estágio azulado de quem tinha prendido a respiração. Caroline temeu que ela chegasse ao estágio verde.

— Claro que não! Acha que eu passaria como ladra de criados? — reagiu Caroline.

— É exatamente isso que acontecerá, mas creio que a culpa cairá em mim, já que milady é apenas a convidada — ele enfatizou sarcasticamente a última palavra.

O marquês colocou a mão no aparador, inclinando um pouco o corpo enquanto comia o biscoito doce. A Sra. Daniels gaguejou e voltou a ficar só vermelha. Ele estava parado ao lado de Caroline, que só o via se virasse bem o rosto. Mas, quando reparou que ele estava com outro biscoito, ela descobriu porque a Sra. Daniels tinha mudado de cor e quase caído dura ali mesmo.

— Milorde! — Caroline esticou o braço e o tocou. Como isso era supostamente inadequado dadas as circunstâncias, ela deu um tapinha em seu braço. — Trate de se recompor!

Ele engoliu o biscoito e franziu o cenho enquanto a olhava. Afinal, o que ela queria que ele recompusesse agora? Ele sequer estava com as botas sujas. Ela tentou indicar, apenas movendo os olhos, mas a governanta estava de olho neles. A mulher podia sair por aí achando que Caroline se dava à liberdade de ficar "apreciando" certas coisas. Então ela apontou disfarçadamente.

Henrik olhou para baixo e com um ar entediado puxou a camisa. Ele tinha vindo da fazenda e passara pelo rio para se refrescar, depois recolocara a camisa, agora seca, e a enfiara para dentro de sua calça justa de montaria.

A camisa ficara aberta. Estava presa, cobrindo a maior parte de seu peitoral e abdômen, mas uma faixa no meio estava à mostra, já que os botões não estavam presos.

Ele não estava mais acostumado a ter ladies respeitáveis morando em sua casa nem uma governanta pudica. Caroline foi obrigada a ser visualmente informada que o peito dele também estava escandalosamente bronzeado. Como um estivador. Pior que isso. Ela não sabia mais com o que compará-lo. Esperava que, ao menos embaixo de sua calça justa de montaria, não estivesse tão queimado assim. Para a sua sorte, a calça estava bem presa no lugar. Mas não tanto assim, porque ela foi obrigada a tomar conhecimento da existência de seu umbigo. Aliás, um umbigo bem atraente no meio de sua barriga rija.

Ela sabia que não havia olhado muito, mas a Sra. Daniels teve tempo suficiente para conhecer cada detalhe exposto. O que já era ultrajante.

— Tenho trabalho a fazer. Contrate-a se for de acordo com a posição. Sabe quais são minhas condições. E tente não dar um grande desfalque na minha renda mensal. — Ele saiu pela porta do corredor, ainda abotoando a camisa.

Caroline estava com as mãos unidas, numa pose recatada e fingida, porque numa situação como essa, ela precisava parecer inocente. Imagine só a fofoca que poderia sair disso, o marquês andando seminu pela propriedade e na frente dela. *Oh, Deus, seria um desastre!* E eles não conseguiriam se livrar das visitas das matronas. Afinal, um marquês que anda por aí exibindo seu umbigo está bem o suficiente para conversar com matronas caçadoras de marido.

— Sra. Daniels, pelo amor de Deus! Uma mulher em sua idade e sendo governanta há tanto tempo, já tem vivência suficiente para não ficar escandalizada com... com... umbigos e peitorais masculinos. Que, por sinal, estavam apenas parcialmente expostos. — Caroline deu ênfase ao "parcialmente" como se isso deixasse a situação um pouco mais aceitável.

A Sra. Daniels, de volta a sua cor normal, lançou um olhar divertido à Caroline e acabou abrindo um sorriso.

— Ah, Milady! Eu tive um marido; um homem bom e amável que eu adorava. Barrigudinho também e, antes de deixar esse mundo, já não comparecia devidamente. Já vi certas coisas, mas um peitoral como esse e uma barriga no lugar? Eu já tenho vivência suficiente para apreciar as coisas belas da vida! E que coloração escandalosa! Nunca havia notado como o bronzeado pode cair tão bem em alguém.

Caroline ficou realmente vermelha. Muito mais do que quando o marquês estava ali.

— Eu começo a imaginar porque não se dá bem com Lady Elliot.

— Ah, não! — A governanta bateu a mão no ar. — Lorde Elliot é branco como leite e não tira nem a gravata em público. Desconfio que na intimidade também não. Aquela mulher detestável não nos deixa ter ideias próprias, é como não viver. E nos dá ordens de caráter duvidoso. Eu já passei da idade disso. Sei bem o que pensar. E sei que vou gostar de trabalhar aqui.

— Por causa do peitoral do Marquês? — Caroline levantou a sobrancelha, um tanto perplexa pela sinceridade da senhora. — Saiba que isso foi um episódio inédito!

— Não seja boba, Milady. Vou gostar porque terei liberdade, criados novos para treinar e, se depois de tudo o que eu disse ainda não fui posta para fora, adorarei servi-la.

— A senhora deve saber que não ficarei aqui por muito tempo — ela lembrou.

— Sei... — Ela lançou um olhar descrente. Afinal, se ela não ficasse, quem tomaria conta do lugar? A Sra. Daniels sabia sobre a situação da casa.

O marquês e o Dr. Koeman conversaram por um tempo, dessa vez, no escritório de verdade, dentro da casa. Ele até havia sido limpo e arrumado pelas novas arrumadeiras. Ao menos ele disse que Lydia estava em ótimo estado de saúde e que, se continuasse se alimentando bem, logo ganharia o peso que perdeu por fugir da sopa. Mas a opinião dele sobre a marquesa não se alterou, o que deixava Henrik exatamente no mesmo lugar, em um monte de nada.

A questão do problema alimentar, a perda de peso e os músculos das pernas — que ela não exercitava porque se recusava a levantar e não gostava da Sra. Bolton ou qualquer outro auxiliando — eram preocupantes. Mas, novamente, era assim há anos. E todos continuavam no mesmo lugar. Tudo que ouvia só deixava o marquês mais letárgico. Não havia como ir ou voltar. Depois de tanto tempo, também não era mais um desafio para ele. Havia Lydia. Saudável e crescendo a olhos vistos. Sempre haveria Lydia e ele se lembrava disso constantemente.

— Estou simplesmente maravilhado — disse o médico, quando já estavam à mesa e o Sr. Roberson e o lacaio que ele escolhera estavam servindo os pratos preparados para o jantar. — Foi bom ter resolvido fazer a reforma, Milorde.

Como estavam recebendo seu primeiro convidado, ele era também o primeiro teste. Por enquanto, estava tudo indo bem. Caroline melhorara o cardápio e a Sra. Greene se esforçara para preparar tudo magistralmente. O mordomo arrumara a mesa com a melhor louça e estava fiscalizando tudo.

— Não fui eu, foi ela — disse Henrik, naquele seu tom direto demais ao ponto. O mesmo que não deveria ser usado com as visitas.

Caroline deu um sorriso sem graça e sentiu vontade de chutar o marquês por baixo da mesa.

— Está tudo maravilhoso, Milady. Inclusive o cardápio, como era de se esperar. — Dr. Koeman lhe lançou um sorriso.

O marquês havia decidido que o médico sorria demais, ao contrário dele. Ele estava feito um bobo tentando flertar com Caroline e ela estava começando a ficar com as bochechas vermelhas. Henrik não entendia mais nada a respeito de flertar. Era tempo demais longe desse tipo de coisa, mas ainda sabia o que via. Já podia imaginar que o médico iria decidir permanecer por dois dias e amanhã iria gastar seu tempo acompanhando Caroline por passeios pelos jardins, que ainda estavam sendo plantados.

Só de pensar nisso, Henrik queria enfiar a faca de peixe na mão. Passeios, conversas chatas, ficar horas escutando besteiras de mocinhas bobas e trocando sorrisos falsos. E ele sorriu um bocado em sua época de temporadas, mesmo estando entediado. Ele ainda podia se lembrar de seu tempo em Londres, quando era um solteiro cheio de mocinhas atrás dele. Fazia tempo demais e ele nunca se atreveria a fazer nada disso novamente.

Provavelmente nunca poderia, então, não importava se iria querer.

## CAPÍTULO 6

O marquês estava em seu escritório à beira do bosque, quando viu por entre as árvores Caroline saindo da casa. Ela estava usando um daqueles seus vestidos fora de moda, mas dessa vez estava com um chapéu de palha com a aba frontal maior e uma fita de seda azul presa em volta dele. E o vestido ficava tão bem nela que ele podia imaginar porque ainda o usava. Mas cobria um pouco além do que as mocinhas estavam usando no momento. Algo que o marquês achou ótimo quando viu o médico saindo para acompanhá-la.

— Vai ao meu piquenique amanhã, papai?

— É um passeio para meninas — ele disse, desviando o olhar dos dois, que andavam pela grama recém-aparada. — É para você se divertir e quem sabe fazer algumas amigas novas.

— Agora elas podem brincar aqui? — Lydia quis saber, escalando a cadeira perto do pai.

— Sim, creio que estamos apresentáveis o suficiente para elas virem aqui. Se os pais delas concordarem.

— Eu tenho uma amiga, a Bertha — disse a menina, sobre a sobrinha da Sra. Rossler. — Mas não quero voltar para lá, só quero ver a Bertha.

Ele a colocou no colo e acariciou suas costas, sorrindo quando a filha o olhou com aqueles grandes olhos da mesma cor dos seus. O pai não sabia de que lado da família vieram aqueles olhos grandes, expressivos e doces. Não fora dele nem da mãe, mas ele ficava feliz por compartilharem o traço da cor.

— Quando sua preceptora chegar, você vai ficar ocupada por parte do dia. Então, aproveite o tempo que tem para se sujar. É claro que pode chamar a Bertha também. Depois, Lady Caroline e a preceptora vão ter ataques em dupla! — ele divertiu-se.

— Oba! — Lydia pulou do colo dele e desceu correndo as escadas do caramanchão.

Henrik teve que levantar e ir atrás dela antes que fosse longe demais.

Para falar a verdade, Caroline gostaria de andar mais rápido, mas, com o Dr. Koeman a acompanhando, ficava difícil.

— E a senhorita está aqui há muito tempo? — ele perguntou, depois de já terem esgotado os assuntos de praxe sobre o clima, a viagem dele, a beleza do campo e tudo mais.

— O tempo passou tão rápido! Estou aqui há aproximadamente dois meses. Sequer notei. E eu não sou nenhuma senhorita casadoura, sou viúva.

Ele arregalou os olhos e a encarou.

— Mas tão jovem? Foi uma fatalidade, eu imagino. Sinto muito, imagino que tenha sido recente... — Ele olhou discretamente para seu vestido — que não era negro —, então ela não estava mais de luto.

Caroline diria que foi uma feliz fatalidade. Ela mesma iria acabar matando o maldito traidor com quem foi obrigada a se casar, mas ele fez o favor de morrer por conta própria. Mas, sim, foi uma fatalidade, pois ele era pouco mais velho do que ela e teve um ataque fulminante. Ele não bebia muito, também não fumava nada, nem cachimbo. Sequer para ter vícios sérios ele servira. Então, nem ela entendia. Ficara em choque, mas agora, um ano depois, esperava que a alma dele estivesse bem onde fosse. Estava melhor sem ele.

— Sim, uma fatalidade. Porém, meu falecido marido — o antigo Barão de Clarington — deve estar melhor, seja lá para onde foi.

— Sim... — disse o médico, em dúvida do que responder. — Eu nunca fui casado.

Ela levantou a sobrancelha ao escutar essa informação.

— Sei como soa um homem de minha idade continuar solteiro.

— Pelo contrário, não tenho nenhuma opinião formada sobre o assunto. Não acho o casamento uma obrigação, está mais para uma infeliz necessidade — ela disse, marcada pela má experiência que teve em seu passado.

— Também pode ser uma feliz necessidade. Conheço alguns casais muito felizes. No meu caso, dediquei-me demais ao estudo e aplicação de minha profissão e acabei ficando para trás no quesito romance.

— Nunca é tarde, doutor. Tenho certeza de que há moças interessadas.

— Concordo. E eu mal completei quarenta, ainda não sou um velho caquético. — Ele sentiu necessidade de explicar, porque ela parecia ser bem jovem.

— Jamais diria isso. — Ela sorriu e seguiu andando em direção à fazenda da propriedade, que estava mais bem conservada do que a casa. — O senhor parece mais jovem do que a idade que tem. — Era um cumprimento, mas era verdade, ele estava muito bem.

— Fico lisonjeado. A senhora acredita que daqui a aproximadamente um mês ainda estará hospedada aqui?

*Ah, se ele soubesse,* ela pensou. Em um mês não estariam nem na metade da reforma.

— Sim, pretendo passar um longo tempo visitando Bright Hall. Estou auxiliando o Marquês em alguns pequenos assuntos da reforma. Sabe, coisas mais femininas — ela disse, inventando algo em que ele acreditaria.

— Claro, eu entendo.

Caroline conseguiu se livrar do médico quando disse que iria ver o cardápio da noite. Ela encontrou a Sra. Daniels, que já estava lá novamente, aproveitando que os Elliot estavam fora. Ao olhar para a sua futura governanta, foi obrigada a lembrar do episódio inadequado no qual a conheceu. Ficou imaginando se o Dr. Koeman, com aquela roupa decente e arrumada, também tinha um umbigo tão atraente e o peitoral rijo delineando-se pela camisa branca. Como ele não tirava o paletó e sempre usava um colete, ela nunca saberia. E tinha certeza de que ele não parecia um estivador. Era esguio e elegante, como se esperava. E totalmente diferente do marquês.

No dia seguinte, as meninas chegaram para o piquenique de Lydia. Elas foram se sentar à beira da sombra de algumas árvores mais afastadas do bosque e se divertiram muito. Havia bolos, tortas, biscoitos, cremes, doces, pães e frutas. Era possível ouvir as risadas infantis lá do início do jardim. Elas estavam acompanhadas de Paulie e sua irmã, além de uma tia que trouxe as garotas.

Lydia voltou e foi contar tudo ao pai sobre seu tempo e as novas amizades que fizera, depois entrou correndo em casa e foi à saleta relatar à Caroline o que elas mais gostaram de comer e sobre o que falaram. Mas Lydia ainda queria ver Bertha, a única amiga que tinha antes. Eles a convidaram, mas, como a Sra. Rossler ainda devia estar irritada porque Lydia não iria mais ficar lá, não a mandou para o piquenique.

O marquês disse que iria até lá conversar com os pais da menina, já que a Sra. Rossler, aquela bruxa controladora, era a tia de Bertha.

No mesmo dia, Dr. Koeman foi embora, mas disse ao marquês que estaria nas redondezas atendendo e, quando terminasse seus compromissos, gostaria de voltar a visitá-los. Henrik tinha certeza de que era por causa de Caroline, já que o médico passou a maior parte de seu tempo andando atrás dela. Mas o que o marquês poderia fazer? Ele disse que seria um prazer. Se o médico fosse fazer a corte a ela, como sua convidada e suposta parente distante, ele acabaria ficando encarregado de tomar conta do desenrolar.

E se ela fosse embora, por aceitar uma proposta de casamento do médico, como ele ficaria ali sozinho com tudo o que ela começou?

Para desespero de Caroline, a marquesa viúva avisou que a preceptora estava chegando e ela iria aproveitar para visitá-los e levar duas conhecidas que estariam em sua casa no dia.

— Ai, meu Deus! Sr. Roberson, vamos ter convidados. De verdade!

— O doutor não era real? — perguntou o mordomo.

— Ele é prático e fácil de lidar. Não havia como errar. Vamos ter que receber a marquesa viúva com duas amigas e mais a preceptora. Todas para o chá!

— Bem, Milady, acho que podemos dar conta de um chá. Herbert, o rapaz que escolhi como primeiro lacaio, já trabalhou antes, não fará vergonha. De toda forma, estarei lá também.

— Não sei se estou preocupada exatamente com isso... — ela murmurou.

Quando ficou sabendo da notícia, Henrik não pareceu nem um pouco inclinado a comparecer.

— Não se atreva a fazer essa desfeita — ameaçou Caroline.

— Está usando aquele tom irritante de novo — ele avisou.

— Perdão, Milorde. Sinto muito. Não consigo usar outro. Está me deixando nervosa!

— Falta comedimento em seu temperamento — ele declarou, irritando-a. — Imagino se já era tão insuportável antes do casamento ou se ficou assim depois.

— Isso não lhe diz respeito! — ela respondeu e prensou os lábios, porque ele conseguia fazê-la perder a compostura.

— Foi antes — ele decidiu, deixando-a ainda mais danada da vida.

No sábado à tarde, Caroline não estava sentindo-se nem um pouco mais comedida. Ainda mais porque começaram a trocar o papel de parede da sala de visitas principal. Só sobrava a saleta onde ela se instalava durante o dia e era um dos cômodos que fora limpo e arrumado, mas a reforma não chegaria até lá tão cedo.

Havia também o problema de lady Roseane, que estava enfurecida com alguma coisa. Provavelmente a Sra. Bolton, aquela linguaruda, havia lhe contado que tinham uma nova governanta e a Sra. Daniels teve que ir até lá. Acontece que a governanta era um tanto rechonchuda, imagine só os insultos que Roseane disse para a pobre mulher.

Com a convivência, a pessoa acabava descobrindo que Roseane odiava quando não concordavam com suas ideias. Ela não queria uma preceptora na casa, mas a mulher estava para chegar e o marquês estava passando boa parte do seu tempo do lado de fora, ou então enlouqueceria. Com quem ela iria reclamar e descontar sua frustração?

— Elas estão aqui, Milady — avisou o mordomo, antes de seguir para a porta.

Com todos aqueles problemas e com o marquês passando os últimos dias praticamente desaparecido, Caroline teve que improvisar. Os jardineiros já haviam limpado todo o jardim, capinado e aparado a grama. Também se livraram das ervas daninhas e estavam com os canteiros arrumados e, em sua maioria, já com flores plantadas. Ainda demoraria a nascerem e as mudas prontas não haviam chegado. Mas o lado leste da propriedade era o melhor. E era lá que haviam colocado mesinhas brancas e arrumado tudo para um chá ao ar livre.

— Ah, que maravilha! — disse a marquesa, olhando a fachada em reforma. — Era justamente aqui que ficavam as cadeiras. Essas são novas?

— Foi o que consegui recuperar — murmurou Caroline.

Uma mulher de rosto redondo, bochechas vermelhas e com um ar saudável e disposto, desceu da carruagem. Ela olhou ao redor e respirou fundo. Pela sua expressão, havia apreciado o ar puro. O cheiro de terra molhada pairava no ar por causa dos jardineiros que molhavam e revolviam o solo.

— Esta é a Sra. Jepson, minha escolha para preceptora. Eu a trouxe para um período de testes — informou Hilde. — Esta é lady Caroline. Ela é uma parente distante que está hospedada aqui nos auxiliando. Ótimo trabalho, meu bem. — Ela deu um tapinha amistoso em suas costas.

Telma Jepson, a preceptora com cara de menina, foi a quinta pessoa com quem a marquesa viúva entrou em contato. Suas referências não eram as mais fantásticas, mas ela odiou as outras opções. Apesar do rostinho de garota, Telma já chegara aos trinta anos e educara algumas meninas. Se ficasse ali, Lydia seria a primeira filha de marquês com quem trabalharia, já que o máximo que chegou na nobreza fora com a filha mais velha de um baronete que ela teve que pegar às pressas.

Paulie levou Lydia até a porta. Ela havia terminado de arrumar a menina e colocado o vestido novo e presilhas que Caroline indicara.

— Ah, aqui está minha garotinha linda! — disse a marquesa viúva, oferecendo a mão para a neta.

Ao mesmo tempo em que Lydia descia correndo e surpreendia a avó ao se abraçar aos seus quadris, os lacaios ajudavam as outras duas convidadas a descer da carruagem. Caroline ficou menos nervosa quando as viu, pois não pareciam ser assim tão terríveis. A primeira era uma mulher já em torno dos quarenta anos. Era alta, elegante e tinha o cabelo castanho um pouco mais claro que o tom de café que Caroline ostentava.

Em seguida, apareceu uma mocinha que estava em torno dos vinte anos. Não era mais nenhuma debutante, pois estava na época de sua quarta temporada e ainda solteira. O que, no mundo da caça aos maridos, já era um problema.

— Sejam bem-vindas a Bright Hall — disse a marquesa viúva. — Essas são Lady Ausworth e sua filha, a Srta. Glenda Austin.

A marquesa viúva fez a mesma apresentação de Caroline, que foi analisada de cima a baixo por lady Ausworth. Ainda bem que estava usando o vestido novo, a única peça atual que tinha. Não era nenhum acontecimento, mas, para sua suposta estadia no campo, estava ótimo. Ela estava desempenhando o papel da convidada simples e prática, estava ali para ajudar. Então, o vestido num tom muito sutil de amarelo feito em cambraia era apropriado, porém ela estava se sentindo um tanto nua. Até usava uma malha por baixo. Não havia percebido que ali ventava tanto assim; ou seria vento demais por baixo de suas saias mais leves?

Seus outros vestidos, especialmente os mais novos, não eram pesados, mas aquele... batera seu recorde de leveza. E o decote era baixo. Ao menos, ela havia achado isso, até ver como as convidadas chegaram ali. A Srta. Glenda não precisava lhe contar seus segredos, ela estava vendo. E era incrível como as cinturas estavam ficando cada vez mais altas. Aquela estava apertando um pouco abaixo dos seus seios, o que a fazia ter a impressão de que eles estavam pressionados para cima.

— Fico feliz em recebê-las para o chá. Como podem ver, estamos em reforma e as senhoras são as primeiras convidadas que recebemos aqui — informou Caroline, fingindo que eles haviam recebido convidados em algum passado recente e dando importância às mulheres. Elas sempre adoravam achar que eram privilegiadas.

Lady Regina Ausworth sorriu e empinou o nariz, então seguiu a marquesa viúva, demonstrando sua melhor pose. Caroline viu quando a filha dela soltou o ar e foi atrás, imitando sua pose.

O Sr. Roberson e os lacaios já estavam a postos para servir o lanche da tarde quando as mulheres se sentaram nas cadeiras em volta da mesa. Lady Ausworth não estava particularmente interessada na preceptora, achara inclusive que a marquesa deveria tê-la trazido em outra oportunidade, porque queria toda a atenção para ela e sua filha. Mas era bom Glenda ficar sabendo desses detalhes, caso fosse necessário.

— É uma bela propriedade — comentou lady Ausworth.

— Extensa também — respondeu a marquesa viúva. — Belos campos e muito espaço para os arrendatários. Nossa produção abastece não só a casa, como os vizinhos e a vila — dizia Hilde, com orgulho.

Isso era algo de que o marquês podia falar com excelência, afinal, ele efetivamente trabalhava nesses locais. Seria bom ninguém contar a elas que ele não ia lá apenas administrar, mas que passava seu dia ao sol, cavando, plantando e fazendo o que mais o distraísse. Caroline não conseguiu segurar uma risada ao pensar na expressão de lady Ausworth ao saber disso e achou melhor disfarçar, fingindo que havia se engasgado.

— Imagino que o Marquês tenha um ótimo administrador e seja conhecedor de tais assuntos para conseguir manter esse belo lugar rendendo bem — disse lady Ausworth, com um sorrisinho que tentava ser simpático.

A marquesa deu um leve tapinha nas costas de Caroline que, ao ouvir isso, começou a tossir de verdade para disfarçar a risada.

— Ele é muito ocupado? — quis saber a Srta. Glenda enquanto mexia seu chá ocasionalmente.

Claro que elas estavam ali para ver o marquês. Estavam pouco se importando com o local, desde que ele tivesse dinheiro suficiente para mantê-lo e também para mandar a esposa a Londres, participar de festas e comprar vestidos. O fato de ele já ter uma esposa, a qual as mães de mocinhas solteiras esperavam há um bom tempo que fosse descansar em paz, não fazia diferença no momento. Elas sequer estavam se importando por Lydia estar ali. Uma criança à mesa podia ser um problema remediado depois do casamento.

Caroline lançou um olhar ao Sr. Roberson. Eles já estavam desenvolvendo bem essa habilidade tão mágica e intrínseca de um bom mordomo entender as necessidades de seus patrões apenas com um olhar. No caso dela, um olhar aflito e urgente. O mordomo fez um sinal com a cabeça para Otis, o segundo lacaio, e depois saiu.

— E com quantos anos você está? — a Srta. Glenda perguntou à Lydia, que estava entre ela e a avó.

— Cinco. — A menina abriu a mão, mostrando.

Caroline ficou orgulhosa por ela mostrar que sabia números. Ninguém mais precisava saber que Lydia ainda não começara a ser educada adequadamente e só recebera lições do pai.

— Que maravilha! — exclamou a preceptora que, ao contrário das outras, já sabia que precisaria começar suas lições pelo básico.

Lydia assentia enquanto estava ocupada demais mordendo um bolinho coberto de creme. Ela simplesmente os adorava. Sua boca ficou branca e a avó delicadamente passou o guardanapo, limpando-a.

— O Marquês deve ter jeito com crianças. Ouvi dizer que ele é quem tem de se ocupar dos assuntos referentes à pequena Lady Lydia — comentou lady Ausworth antes de bebericar seu chá e lançar um olhar para Caroline.

Ela estava olhando-a demais desde que chegara. Devia estar calculando se seria difícil livrar-se dela caso houvesse um casamento no horizonte para sua filha e o marquês. Para quem já passara por quatro temporadas sem arranjar um marido, esperar o mínimo de seis meses de luto para ser adequado noivar, seria fácil.

— Por uma fatalidade, sou eu quem está tomando as providências referentes a isso — disse Hilde. A mulher não teria como saber que era mentira, porque a marquesa viúva acabara de chegar com a preceptora e já havia mentido que a anterior fora embora para casar.

A conversa não ficou mais agradável, ao menos, não na concepção de Caroline, apesar de ela saber que esse era exatamente o tipo de conversa diária em Londres. Fazia um bom tempo, mas ela também esteve lá em sua temporada. Era interessante, pois ela lembrou-se de algo que o marquês lhe disse: ela também não participava ativamente das temporadas há anos. No seu caso, há quatro anos não ia. Depois que se casou, foi uma vez, obrigada pelo marido que queria mostrar que ela estava contente, apesar dos boatos. Algumas pessoas diziam que ela armara para fisgar o futuro barão, mas outros sabiam que foi ele quem armou para ela.

Não deu certo. Ela não fingiu bem porque ainda não superara a situação e eles partiram para o campo antes do final da temporada.

A movimentação no canto de sua visão e principalmente na mesa fez Caroline virar o rosto e descobrir o porquê. O marquês estava vindo pelo caminho que terminava na parte de trás da casa. Ele ainda ajeitava a camisa branca com uma mão e segurava algo com a outra. Ao menos a camisa estava bem colocada dentro da calça justa de montaria e as botas de cano alto estavam limpas. Isso era um milagre! Estavam completamente limpas, só podia ser obra do mordomo que o obrigara a trocá-las. Mas a parte adequada terminava aí.

A Srta. Glenda soltou um suspiro. Caroline franziu o cenho e tornou a olhá-lo se aproximar sem a menor pressa e nem um pouco envergonhado por estar atrasado. Ele dava passadas largas porque era seu jeito. E tinha coxas fortes que flexionavam sob o tecido cor de caramelo da calça. Mais uma vez, o paletó havia sumido e a camisa branca causava um contraste enorme com sua pele bronzeada. As duas damas eram da cor do leite, não deviam tomar sol nunca. Até Caroline, que o evitava, estava sentindo-se um tanto bronzeada perto delas, pois sua pele tinha um tom saudável que ia adquirindo uma coloração cremosa se ela pegasse sol. E era impossível fugir completamente da luz solar em Bright Hall.

Henrik deu a volta na mesa e fez uma mesura rápida. Felizmente não sorriu, porque seus dentes também faziam contraste com o rosto bronzeado. O máximo que Caroline podia fazer era agradecer aos céus pelo fato de a camisa dele estar fechada. Bem, quase. Aquele maldito botão do pescoço estava aberto. Ela sentiu vontade de apertar o pescoço dele para fechá-lo. Não precisava ficar mostrando seus dotes físicos para as visitas.

Ela arriscou um olhar para as ladies, para medir o quão escandalizadas já estavam. A Srta. Glenda ainda estava corada. Tudo bem, conseguia entender, pois a moça devia corar com a aproximação de qualquer espécime masculino minimamente decente e que pudesse vir a ser seu marido. Mas lady Ausworth certamente o analisaria com seu olhar de águia e veria todos os problemas da...

Caroline não sabia se entendia muito dessas coisas, mas, ao olhar para o rosto da mulher, tentou distinguir sua expressão. Aquilo era interesse? Um grande e puro interesse feminino, daquele visto especialmente no olhar de damas experientes e que sabiam sobre os prazeres da vida.

*Mas o que...*

O marquês soltou-se na cadeira vaga em volta da mesa redonda, entre Caroline e a Srta. Glenda.

— Desculpem o atraso, eu estava ajudando na colheita dos nossos primeiros pêssegos. Estamos radiantes pelas frutas terem crescido neste clima; foi um trabalho árduo. Já havíamos tentado, mas só as ameixas haviam vingado. Não são os maiores e mais belos pêssegos que já vi, mas estão deliciosos. — Ele inclinou-se para frente e apoiou o cotovelo ao lado da delicada louça. Preso em seus dedos, estava um bonito fruto de coloração em tom dourado e amarelado, com áreas avermelhadas em sua circunferência. Era possível ver a superfície aveludada da casca.

Quando ele terminou de falar, lady Ausworth parecia ter sido arremetida por uma súbita onda de calor e a Srta. Glenda só o olhava, em uma mistura de surpresa e confusão.

Caroline fechou os olhos. Pronto, ele chegava e em segundos contava que fazia trabalhos braçais pela propriedade e insinuava que vivia em íntima proximidade com os fazendeiros. Ela achava fantástico que ele se interessasse tanto e entendesse perfeitamente do que estava falando, mas ela não era a questão ali. Será que não podia dar essa notícia à pobre futura marquesa depois do casamento? E dessa vez, ele não aparara tanto a barba. Não estava desleixado, mas continuava com aquela barba escura inadequada cobrindo parte de suas bochechas, queixo, mandíbula e escurecendo o início do seu pescoço.

Na opinião dela, combinava com ele, mais até do que gostaria de admitir, já que parte de sua suposta missão era ajudá-lo a voltar aos entediantes padrões. E mais uma vez, ela não era a questão ali.

— Que fruta linda! — disse a Srta. Glenda, na falta de algo melhor a dizer, ainda parecendo estar muito afetada.

Ele desviou o olhar para ela. Ainda não sorrira desde que chegara ali, mas isso não parecia ter sido notado. Lady Ausworth ainda parecia ocupada demais em notar os melhores detalhes do marquês e seu leque estava funcionando bem. Caroline iria lhe arranjar camisas novas no dia seguinte. Aquela não estava larga o suficiente em seus braços, ela podia ver demais e a lady interessada, sentada em frente a ele, via ainda mais.

— Deve ser muito doce. A produção de frutas de nossa casa é um tanto limitada — comentou lady Ausworth.

Henrik moveu o braço e ofereceu a fruta a Srta. Glenda, que até deu um pulinho no lugar com o ato inesperado.

— Ela... ela... foi lavada? — perguntou a moça, corando mais ainda.

Ele a olhou seriamente, tornou a mover o braço, ainda com o cotovelo no mesmo lugar e levou a fruta à boca, dando uma bela mordida. Pela sua expressão, parecia boa.

— Muita delicadeza sua me convidar para o lanche, mamãe. Não tive tempo de comer mais cedo — ele disse depois de largar a fruta mordida ao lado de seu prato e sobre a toalha rendada da mesa.

O marquês esticou o braço, pegou um pão em rolinho, separou-o em duas partes e mordeu um dos lados. Caroline queria matá-lo. Ele só podia estar fazendo aquilo de propósito, não era possível.

— Meu filho, como eu não o convidaria em sua própria casa? — disse Hilde, observando o que ele fazia.

Ele lhe lançou um olhar que dizia o óbvio da situação. Mas as visitas não sabiam.

— Esta é a Sra. Jepson. Ela veio para seu período de experiência como preceptora de Lydia — Caroline informou ao marquês.

Telma Jepson parecia estar se divertindo. Ela já oferecera um biscoito a Lydia e colocara mais limonada em seu copo, dispensando a ajuda do lacaio.

O marquês observou a preceptora. Ele havia se recostado, mas ainda comia um pedaço de pão e até passara geleia, mas o segurava entre os dedos como um selvagem que comia seu lanche no bosque, que era exatamente o que ele fazia. Henrik achava que usar garfo e faca para comer um pedaço de pão sólido o suficiente para segurar em um lanche ao ar livre era perda de tempo. E ele não pretendia ficar ali a tarde toda, mas estava faminto. Tinha que comer e sair.

— Papai! Esse é o melhor bolinho. — Lydia pegou o bolinho e ofereceu a ele. Mas eles não estavam tão perto assim.

— É mesmo? E nossa regra dos dois bolinhos, você obedeceu? — ele perguntou, sorrindo para ela.

Caroline capturou o bolinho antes que a menina achasse que jogá-lo para o pai seria uma boa ideia. Ela o colocou no prato e o passou para o marquês.

— Sim... — disse Lydia, não muito segura, porque daquele bolinho de creme branco ela comera apenas dois. Mas também comera biscoitos e pãezinhos.

— A senhora gosta de crianças? — ele perguntou a Telma.

— Muito, Milorde. Eu sempre quis ser professora de pequenos, mas acabei me tornando preceptora. É bom, porque há a chance de acompanhar mais de perto e ver o resultado do trabalho.

— Lydia gosta de passar algum tempo ao ar livre. A senhora vai precisar de fôlego. Gosta do campo?

— Confesso que fiquei desesperada em perder o emprego para alguém mais... velho. Eu queria vir para o campo ficar com as crianças enquanto seus pais as deixam para trás e vão para Londres. — Ela percebeu o que disse e lançou um olhar aflito para ninguém em especial.

— Não fico longe daqui por mais do que alguns dias — ele disse, nada incomodado com o que ela falou. — Converse com Lady Caroline, ela saberá o que fazer com a senhora.

Dessa vez, até a marquesa viúva fechou os olhos por um momento. Ao menos ele ainda tentava ter respeito.

— Claro, Milorde. Eu agradeço. — Telma deu um sorriso na direção de Caroline, que sequer olhou para ela, apenas bebeu mais limonada para disfarçar.

O marquês empurrou sua xícara para o lado e o lacaio correu para lhe servir limonada. O dia estava quente, mas ventava bastante. Ele não queria saber de tomar chá. Recostou-se, ignorando o que as mulheres falavam. Era algum assunto sobre a estadia delas em Londres e como estavam gostando de estar de volta ao campo para uma temporada. Ele nem se lembrava de que a casa dos Ausworth não ficava longe da casa onde sua mãe morava agora.

Mas Henrik se lembrava de que o lorde tinha uma filha. Se era aquela menina sentada ao seu lado, sua mãe devia estar louca. Ela já passara dos dezoito anos? Ele estava mesmo perdido no tempo. Os últimos cinco anos foram vividos em outro lugar. Estava alienado desse tipo de acontecimento. Para ele, ela ainda usava toucas infantis.

— Tenho certeza de que Glenda adoraria permanecer perto de onde cresceu — comentou lady Ausworth em certo momento.

O marquês esteve ocupado comendo cerca de cinco daqueles pães pequenos demais para sustentar um homem como ele. Havia perdido o fio da meada quando a jovem ao seu lado comentou que estava na terceira temporada. E foi então que ele se perguntou onde ele estava por todo esse tempo. Ele pegou seu segundo copo de limonada e recostou-se novamente, virou o rosto para Caroline e depois voltou a olhá-la, franzindo bem o cenho. O que diabos ela estava vestindo?

Ela virou o rosto e o pegou olhando-a atentamente, também retornou o olhar em um susto. Mas ele ainda estava segurando o copo e olhando-a de cenho franzido. Ela moveu o pé e deu um leve chute em sua bota. Com a sapatilha nova e fina que usava chocando-se contra a bota rígida de couro dele, teve certeza de que doeu mais nela.

Henrik não sabia se estava feliz por ter pagado por aquele vestido. Só podia ser novo, assim como ele notara que o de Lydia também era. Mas ela não precisava pular direto de seus vestidos ultrapassados para os mais modernos da temporada. Daqui a pouco, as cinturas dos vestidos estariam no pescoço das moças e os decotes estariam no umbigo, algo irreal de se imaginar. Mas, apesar do decote de lady Ausworth ser maior, ele não estava interessado nisso.

Se ele ia continuar pagando tão bem a Caroline para ela comprar mais vestidos que se pareciam com camisolas... pensando bem, fazia um tempo que não considerava o assunto, mas aquela camisa que estava usando era velha, não era?

— Tenho alguns assuntos para resolver. Espero que aproveitem a visita. — Limpou a boca com o guardanapo branco, largou-o ao lado de seu prato e ficou em pé de repente, tão rápido que Glenda sobressaltou-se.

Ele fez uma mesura curta demais e deixou-as sem nem se preocupar em achar uma desculpa melhor para fugir. As mulheres permaneceram mais um pouco e depois partiram.

— Foi um desastre... — murmurou Caroline acompanhando Hilde e deixando as outras damas irem à frente, enquanto caminhavam para a carruagem.

— Ele está muito melhor do que antes. Pelo menos apareceu. E até estava com a barba aparada e as botas limpas. Você está mesmo trabalhando bem — murmurou a marquesa viúva. — Volto em breve. Acho que descobri algo. Moças mais velhas ficam inexplicavelmente atraídas por ele.

— A Srta. Glenda é bem nova — comentou.

— Sim, mas já fez vinte e dois anos. Ela disse que está na terceira temporada, mas é a quarta. Maridos estão pela hora da morte, meu bem. E em Londres a concorrência é desleal. Prepare-se para o enxame de mocinhas casadouras no campo.

— Eu não consigo imaginar por que elas viriam aqui. Não há o que ver — disse Caroline com mau humor.

— Temos belos campos. Enfim, não arranjarei nada tão passado quanto Lady Ausworth, mas uma moça com mais ou menos a sua idade será melhor.

Caroline tinha vinte e seis anos, completados há pouco tempo e a marquesa viúva estava fazendo-a se sentir uma idosa. Mas ela sabia que, nos padrões da sociedade, uma moça solteira aos vinte e seis já era uma solteirona. E passara por temporadas demais. Ela estava livre disso, pois era viúva. Mas aí começavam outros problemas que a deixavam em um nimbo, nem lá nem cá. Era nova demais para ser viúva, tinha que se casar de novo. Se ficasse solteira, iriam logo tomá-la como imoral. Ah, eles que cuidassem de suas próprias vidas. Ela tinha mais o que fazer, como uma enorme mansão para reformar.

E um marquês que perdera todo e qualquer traquejo social.

## CAPÍTULO 7

Quando a carruagem já estava fazendo a curva para pegar o caminho em direção à casa da marquesa viúva, o marquês apareceu ao lado de Caroline. Agora, ele estava comendo uma ameixa.

— Pensei que nunca iriam embora — ele disse.

Ela quase o matou só com o olhar.

— O senhor é um...

— Acho melhor repensar o que está a ponto de dizer. Eu posso ver em seu olhar que será pesado — ele a interrompeu, claramente se divertindo.

— Mal-educado — ela disse, engolindo o insulto que ia sair antes. Depois, ficaria culpando-se por ele fazê-la perder a compostura.

— Ah, bem, nesse caso, acho que tem razão.

— Com todo respeito, Milorde. Se me dá licença... — Ela levantou as mãos, segurou os dois lados da camisa dele com as pontas dos dedos e fechou o botão, tomando cuidado para não tocá-lo no processo. — Trate de comparecer pelo menos assim. Deveria fechar o botão da gola, usar ao menos um lenço e não vou sequer entrar na questão de coletes e paletós.

Ele apenas abaixou o rosto, para ver o que ela fazia. Depois, pousou o olhar sobre Caroline. Precisou tomar coragem para olhá-la tão de perto. Henrik não desconhecia o sentimento, mas não o apreciava mais. Havia algumas coisas em sua vida que foram banidas, não precisara tomar nenhuma providência radical para isso, o tempo e as circunstâncias se encarregaram de tudo. Então, prender seu olhar em uma mulher e engolir em seco por sua beleza o instigar era algo com o qual ele não estava mais familiarizado. E isso mantinha seus dias pacíficos e seu mundo dormente.

Nada disso, porém, faria Henrik esquecer que os olhos dela não eram simplesmente castanhos. Eram cor de amêndoa. Como quando você quebra a casca e encontra o fruto mais escuro. Era essa a cor dos olhos dela, do precioso fruto encontrado após um persistente aperto na cobertura dura que o protegia.

— Está sem luvas, Milady. Que ultrajante! Sabe o que aquelas duas pensariam se soubessem que precisa fechar minhas camisas?

— Sei. — Ela já havia tirado as mãos de perto dele e as segurava à frente do corpo. — Pensariam que Milorde regrediu e desaprendeu a fechar botões.

— Eu tenho mais o que fazer e isso está apertado. — Ele arremessou o caroço da ameixa para bem longe e tornou a abrir o botão que ela acabara de fechar. — Eu preciso me mover e fico suado. Essa gola pinica.

Ela olhou o que ele fez com o caroço e virou seu rosto rapidamente para ele. Será possível que esse homem não conseguia parar de fazer essas coisas? Ela estava pouco se importando, mas ele supostamente deveria não escandalizar as damas que os visitassem. E estava falhando miseravelmente.

— Não estava suado naquele momento e não está agora. E, por favor, pare de misturar suas camisas de trabalho com as camisas sociais.

— Não tenho essa divisão, uso qualquer uma — ele informou.

— Precisa de um valete.

— Nem pensar! Isso não. Eu a proíbo de me arranjar um valete! — Ele até usou aquele tom veemente de ordem que cairia bem em um lorde tirano.

Ela cruzou os braços, lançando-lhe um olhar irônico. De tudo o que ela já fizera ali, ele escolhia proibir logo um mero valete.

— E onde está o que tinha antes?

— Não faço ideia. Felizmente, não coloco os olhos em um valete desde que me mudei permanentemente para o campo. E a senhora por acaso arranjou uma criada pessoal? Esse vestido não deve ter sido colocado sozinho.

Ela apertou os punhos e se ordenou a não corar. Estava sentindo-se um tanto exposta e não precisava dele olhando-a e comentando sobre seu vestido.

— Não preciso de uma criada pessoal — ela disse entre os dentes.

— Ótimo! Nem eu de um valete.

— E roupas novas, o senhor não gostaria?

— Reconsiderei o assunto e estou mesmo precisando de algumas camisas. Milady vai reformar meu armário também?

Se ela fosse tão inadequada quanto ele, ameaçaria reformar sua face também.

— Vou lhe arranjar um alfaiate, Milorde. E mandarei verificar se seu closet necessita de reparos — ela disse, conseguindo se conter.

— Perfeito — ele disse, elogiando sua habilidade de dar a resposta certa e adequada, mesmo quando provocada.

Ela não sabia sobre o que ele estava falando e não queria saber. Virou-se e entrou na casa. Havia deixado Lydia conversando com a preceptora, para que as duas se conhecessem melhor.

Depois de instalada há alguns dias, Telma começou a sentir-se mais à vontade. O lugar era atípico, não só por estar em obras, mas pelas pessoas. Ela não demorou a descobrir que a maior parte da criadagem era nova. O mordomo era o mais amigável com o qual já convivera. A governanta, que havia acabado de chegar, era descarada e, segundo escutara, viera fugida. A cozinheira vivia nervosa; sua ajudante era muito mais calma. As empregadas adoravam a menina e lhe mostraram onde ficavam as coisas em seu quarto.

E havia lady Caroline, que ela não sabia bem o que era. Supostamente era a convidada, mas ela comandava a casa, os criados, as encomendas, as reformas e tudo mais que acontecia na casa principal. O marquês era difícil de encontrar, ele acordava com as galinhas, saía e ninguém sabia seus horários de entrar e sair da casa. Ele sempre aparecia em algum horário e levava Lydia para brincar, mas nunca se sabia quando. E ele despachava do bosque.

Lydia era uma garotinha adorável que não havia sido criada exatamente como ditava o socialmente aceitável. E, aos cinco anos, ela já sabia ler e contava até cem. Sabia nomes de cores e de alguns bichos, mas tinha um conhecimento extenso sobre frutas, flores e árvores. Sabia nomes e até em que época do ano apareciam. Também gostava de andar a cavalo, correr no campo, caçar insetos voadores, escorregar na lama, nadar no lago e outras brincadeiras extremamente desaconselhadas a jovens damas. Mas ela também adorava suas bonecas e vestidos coloridos.

Tudo isso era uma mistura de ter sido criada só pelo pai, com algumas interferências da avó. Lydia também gostava de atenção e era carinhosa demais, algo não muito incentivado normalmente em futuras damas da sociedade. Mas ela gostava de abraçar e de receber carinhos.

A marquesa viúva, que mandava vários bilhetes a Bright Hall, era uma pessoa inexplicável. Ela dizia as coisas mais absurdas e sinceras. E sempre deixava os outros em situações duvidosas, sem saber o que responder.

E havia a marquesa. Algo que Telma achou estranho. Lady Caroline havia lhe dito para não levar Lydia até o quarto da mulher em hipótese alguma. E Telma percebeu que, em dois dias, a menina não citou a mãe nenhuma vez, nem para dizer que estava doente. Talvez esse fosse o motivo da preceptora achar que Lydia era feliz da maneira que vivia, mas tinha certa carência e se apegava fácil demais. Ela notou que a menina já adorava Paulie e estava muito apegada à lady Caroline.

— Ela não está bem de saúde e não gosta de ver a menina, então evitamos o sofrimento — explicara Caroline quando Telma ficou sem entender porque não deveria apresentar os relatórios de desenvolvimento da menina à sua mãe.

— E quando ela pergunta do pai, devo evitar também? Ela fala dele o tempo todo.

— Não, de jeito nenhum! Deixe-a com ele. Eles sempre passam algum tempo juntos. Mas, por favor, ensine boas maneiras a ela. O Marquês é um tanto... liberal. — Ela sorriu, assegurando à preceptora.

Telma havia notado que ele era mesmo *liberal*. Mas isso o tornava divertido. Ela quis rir quando ele ofereceu a fruta à moça e quando comeu metade dos minúsculos pães. E com o olhar de recém-chegada, também viu quando ele ficou mais de um minuto com o cenho franzido, observando lady Caroline. Claro que Telma sabia estar imaginando coisas, mas, então, Caroline o olhou e tinha certeza que a dama o havia chutado por baixo da mesa. Será que ninguém mais viu isso?

No final da manhã, quando Henrik entrou no quarto de Roseane, ela já não estava mais tão irritada. Provavelmente porque se cansara. Mas, naquele dia, as cortinas estavam abertas, porque estava chovendo. Ela sentia prazer em ver a chuva, não porque adorasse o tempo chuvoso, mas porque, como Henrik parecia amar o sol, dias ruins o prendiam ali. E ela gostava de vê-lo preso em casa, sem seus momentos de liberdade.

— Vim para o seu banho. Ontem você estava impossível — ele disse, puxando as cobertas dela.

Roseane usou as mãos para chegar até a beirada da cama e o olhou.

— Você deixou a maldita preceptora vir morar aqui — ela acusou.

— Lydia precisa ser educada.

— Você fazia isso.

— Ela já está com cinco anos, precisa ser educada adequadamente.

— Isso é o que a bruxa da sua mãe pensa?

Ele apoiou as mãos na cintura e olhou-a seriamente, decidido a pôr um ponto final naquela discussão inútil e enervante.

— Ela vai crescer e se tornará uma moça linda, vai ter sua apresentação, se divertirá em bailes, mas também vai ser culta e livre porque não vou obrigá-la a se casar com ninguém, só com quem ela quiser. É sua escolha estar aqui para ver isso ou não. Mas é minha escolha não deixar que você a impeça de fazer tudo isso.

Ela soltou um guincho de raiva e deu um soco no abdômen dele.

— Seu maldito! Você esqueceu-se do nosso filho! Só quer saber dessa inútil! Vai ser um fracasso na temporada, pois ela é feia! Puxou à sua família redonda!

Não havia nada que a fizesse desistir da ideia de ter um menino. Porque, para ela, damas bem-sucedidas só tinham valor em casamentos se produzissem um herdeiro. Ela perdera o seu e ainda tinha que aguentar uma garota que só daria despesa e preocupação para arranjar um bom casamento. E se voltasse para Londres, Roseane tinha certeza de que seria vista como a inútil que não conseguiu fazer o que precisava. Ela não deixaria Henrik ser livre e esquecer tudo enquanto se divertia com aquela menina inútil.

Todos sabiam por que eles se casaram. Ele precisava de um herdeiro. Afinal, não havia irmãos para ficarem em seu lugar. Ele tinha somente uma irmã que sequer parava no país. Mais uma inútil. E ainda havia aquela atriz que ela odiava. Henrik gostava dela. Quando se casou, estava apaixonado pela maldita atriz. Roseane sabia disso e ele devia estar até hoje rastejando aos pés de atrizes imorais. Ele se recusava a cumprir seu papel de produzir um herdeiro.

— Você devia estar de bom humor. Dias chuvosos são seus preferidos. — Ele a pegou no colo e, ao invés de deixá-la na banheira, levou-a até a janela.

Roseane virou o rosto, porque, apesar de chover, o dia estava claro.

— Pare com isso! Você quer me fazer piorar!

Ele a levou de volta e deixou-a na banheira com água morna que a Sra. Bolton acabara de preparar.

— Por que sua mãe estava aqui? Quem ela trouxe? — Roseane perguntou, mas dessa vez não jogou o sabão longe, porque queria as informações.

— Não obrigou a Sra. Bolton a dizer? Minha mãe está adorando a reforma, ela trouxe amigas para o chá. Você foi convidada. Havia bolo de creme.

— Foi comendo bolo de creme que sua família acabou redonda. Você comprava muitos bolos e doces para sua meretriz.

Comprava mesmo. Naquela época, sua amante adorava ganhar doces caros. O problema é que isso havia acontecido há anos, já que estava casado com Roseane há seis anos e preso ali no campo há cinco. Seu caso com a atriz terminara. Ele não era santo, afinal, não havia planejado nunca mais ver a amante por quem havia se apaixonado na época. Mas sua atriz tinha essa regra sobre ser amante apenas de homens solteiros. Dizia que era jovem demais para precisar dos casados. Então, acabou. Ela foi procurar outro protetor e duas semanas depois ele se casou.

— Eu o ouvi rindo! — ela acusou, soltando o sabão na água. — Do que você tanto ria?

Ele não sabia. Roseane não conversava de acordo com uma cronologia racional. Ela guardava assuntos e os remoía por muito tempo. Como ele não andava rindo pela casa, podia ter sido quando gargalhou do que Caroline lhe disse sobre os piolhos na porta do quarto de Lydia. Ou quando riu da filha, que havia aprendido a escorregar pelo corrimão da escada, deixando Caroline em pânico e o acusando de ser o responsável. Isso acontecera no dia anterior.

— Lydia — ele disse, encerrando o assunto.

A Sra. Bolton entrou no quarto, trazendo toalhas e roupas limpas. Todas as roupas de Roseane tinham que ser brancas, porque ela só as usava se fossem assim, ao menos ela não saía de casa, porque sujavam facilmente. O desafio era impedi-las de ficarem amarelas.

Henrik pegou Roseane e a enrolou em uma toalha. Quando chegou perto da cama, ao invés de deixá-la lá, ele a soltou ao seu lado. Continuou aguentando seu peso com um dos braços envolvendo suas costas, mas a colocou em pé ao seu lado.

— Você está movendo bem as pernas. Consegue ficar em pé? — ele perguntou, mantendo-a ali.

— Não! — ela gritou. Depois, soltou mais um guincho alto, daqueles que se escutavam pelo resto da casa. — Pare com isso!

Ela gritava porque estava com os pés no chão, mas ele estava aguentando todo o peso dela, ela estava apenas escorada em seu corpo, molhando sua roupa com a anágua encharcada que usava. Henrik a colocou na cama e apertou a toalha em volta dela.

— Você quer se livrar de mim! Quer acabar comigo!

Não, ele não queria. Só que todos têm seu limite e o dele o acompanhava diariamente, era levado bem preso junto a ele a cada minuto. Às vezes, era humanamente impossível prendê-lo completamente.

— Milorde! — disse a Sra. Bolton, soltando as roupas rapidamente, sem saber o que fazer.

— Você quer ir para aquela maldita meretriz! — acusou Roseane.

— Não! — ele alterou a voz, fazendo-a calar-se pela surpresa. — Eu não posso voltar para ela, nem que eu quisesse! Você sabe disso! Você se certificou disso! Pare de atormentar a todos com esse assunto, pois nós dois sabemos que é mentira!

Ela teve um daqueles seus ataques de ódio, com gritos e insultos e o surpreendeu agarrando-o pela camisa e declarando:

— Eu não vou morrer! — ela disse, encarando-o. — Vou continuar aqui e essa é sua vida! É culpa sua! Foi tudo culpa sua!

Ele afastou as mãos dela e saiu do quarto. Parou no corredor, pressionou as costas contra a parede e respirou seguidas vezes, acalmando-se. Tampou o rosto com as mãos e depois as esfregou ali com força, como se precisasse acordar. Algo o estava perturbando. Havia perdido o controle, estava se importando novamente. Se deixasse isso acontecer, acabaria ficando mais perturbado do que ela.

O problema era que ele sabia o que havia acontecido. Aquele segredo que mantinham o impedia de ser tragado para as mentiras e fingimentos que ela encenava e ninguém conseguia saber se eram reais ou não. Também o atormentava mais do que a todos. Se voltasse a se importar e deixar-se dominar pelo passado, iria chegar ao ponto da loucura.

Ele desencostou da parede e desceu a escada. Foi andando a passos largos pelo saguão e passou tão rápido pelo hall que derrubou algo da mesinha recém-colocada ali. Henrik saiu de casa sem hesitar por causa da chuva. Desceu pelo jardim e foi em direção ao bosque.

Só depois que bateu a porta, os criados saíram de seus esconderijos e continuaram o que estavam fazendo. Caroline chegou à porta da sala amarela onde se instalava durante o dia e olhou para os lados, depois voltou correndo até a janela, onde ainda podia vê-lo caminhando para longe da casa, já encharcado pela chuva.

A Sra. Bolton contou parte da confusão à Sra. Greene, que contou para o Sr. Roberson, que interrogou a enfermeira para que ela lhe desse os detalhes de maneira correta. A nova governanta, Sra. Daniels, escutou tudinho e foi contar para Caroline, porque ela achava que esse era seu papel. Uma lady tem que saber com o que está lidando dentro da casa e a governanta deve apoiá-la.

— Mas que maluquice é essa, Sra. Daniels? — quis saber Caroline depois de escutar o relato.

— Estou falando, Milady. Tem algo errado nisso. É mais do que os olhos podem ver.

— Sim, já entendi.

— Só acho que Milady deveria ficar mais atenta.

Caroline balançou a cabeça. Isso já era demais até para ela. Não podia se meter, fosse no segredo que o marquês e a marquesa tivessem ou não. Podia até vir a explicar muita coisa ali, mas era assunto deles e ela não tinha nada com isso.

— Como estamos de suprimentos, Sra. Daniels?

— Vamos precisar de carne para o cardápio que mandou preparar para o final de semana.

— Mande buscar. Veja o que temos na fazenda, caso contrário, vá à vila. Encomende, enfim. A senhora sabe o que fazer.

Elas estavam preocupadas porque essa semana não iriam escapar de receber visitas. E a situação ali não estava parecendo que ficaria menos complicada.

Como se quarta-feira fosse um dia em que as pessoas estão à toa. Bem, até seria, se você estivesse aproveitando o verão no campo. Caroline se viu no meio de mais um problema. Havia moças — sim, no plural — nos jardins recém-plantados de Bright Hall, porque a marquesa viúva resolvera fazer outro lanche no jardim. E a modista só havia entregado o vestido de Caroline naquela manhã.

— A marquesa viúva está entretendo-as — disse a Sra. Daniels.

— Ai, maldito vestido! — disse Caroline, esperando a governanta dar o nó na fita verde que prendia a cintura do vestido claro. — Sinceramente, branco? Odeio vestir branco, lembra-me de quando debutei. E isso está mais transparente do que uma camisola.

— Não exagere, Milady. Não é branco, é quase rosado.

— E quem foi que disse à senhora que eu gosto de rosado? Não podia ser azulado? Esverdeado? Até arroxeado seria melhor. — Ela se olhou no espelho e fez um muxoxo de desaprovação.

— Todas as mocinhas já estão usando isso, é a última moda. Vestidos cada vez mais leves e quase translúcidos. E essa aparência campestre ficou perfeita na senhora — disse a Sra. Daniels com o conhecimento de quem acabara de sair de um trabalho no qual via muitas moças.

— Não sou exatamente uma mocinha. — Caroline pegou o chapéu, que também era novo, e começou a dar um nó, mas a Sra. Daniels deu tapinhas em suas mãos e refez o laço.

— Milady precisa de uma camareira.

A reação de Caroline foi parecida com a do marquês quando escutou que precisava de um valete.

— Nem pensar! Não quero saber de camareiras agora.

— Então terá de me aguentar apertando seus laços — declarou a governanta e fechou os minúsculos botões perolados nas laterais das mangas levemente bufantes do vestido.

— Não é sua função, Sra. Daniels. Tem mais o que fazer.

— Eu decido isso, Milady. Estou livre, Paulie está ocupada.

Assim que Caroline chegou lá fora, teve que ser novamente apresentada como convidada, uma parente de Hilde e viúva do barão de Clarington. Ela odiava que a chamassem de lady Clarington, mas teve que engolir aquilo. As três mocinhas acharam muito prestativo de sua parte estar ali auxiliando para que Bright Hall voltasse ao que era. Já as suas mães, olharam-na com hostilidade. Sim, ela já sabia, era nova demais para ser viúva, ainda era material para casamento.

— Imagino que tenha sido uma séria fatalidade a morte tão prematura do barão — disse lady Davenport, num tom cheio de insinuações.

— Ah, sim, uma grande fatalidade — ela respondeu, esperando que não começassem os boatos sobre ela ter matado o marido. Geralmente eles começavam rápido quando era um daqueles lordes velhos que casavam com uma debutante. Seu marido morreu aos trinta e dois e já havia partido há um ano, era tarde demais para começar algo.

— Já há outro barão? — perguntou lady Basing, interessada. Afinal, era mãe da sem graça Srta. April e casá-la não iria ser fácil, tinha que tentar em todas as direções.

— Ah, sim, ele é jovem, tem todos os dentes, é apresentável e está solteiro — disse Caroline, divertindo-se em arranjar pretendentes para lorde Ashton, primo de seu falecido marido, que havia assumido o título.

Claro que ela não iria contar que o descarado havia perguntando se "ela tinha interesse em permanecer sendo lady Clarington" e, não satisfeito com a proposta infame, ainda adicionou que "tinha conhecimento das dificuldades do seu casamento com seu falecido primo". E isso foi apenas dois meses após o enterro.

— É mesmo? — lady Davenport se interessou também. Ela era mãe da Srta. Rebecca, que era bonita, pequena e provavelmente já tinha alguns pretendentes. — Eu sei que Clarington não é tão longe daqui. Sabe se ele está no campo para o verão?

Caroline sabia que Ashton não tinha nada de bobo, ele provavelmente iria ser um barão mais aplicado do que seu marido, que só entendia de fazer armadilhas para damas e beber uísque. E nem para beber direito ele servia.

— Não sei da agenda de Lorde Clarington. — E também não queria saber.

A tarde estava agradável. Vez ou outra, um vento mais frio passava pelo jardim, lembrando-a das nuvens no horizonte. Talvez tivessem chuva na madrugada. Mas a verdade é que elas queriam ver o marquês. Com essa história de reformar Bright Hall, agora as matronas estavam realmente achando que ele não pretendia ficar viúvo por muito tempo. E bons partidos estavam tão difíceis de achar que até brigas com tapas e vestidos rasgados estavam acontecendo nos bastidores dos bailes. Imagine só, ninguém acreditaria em algo assim.

O pior é que não eram as mocinhas solteiras que estavam brigando, eram suas mães.

— Soube que o Marquês é um homem ocupado e cuida pessoalmente de toda a propriedade — comentou uma das mães. Caroline já até esquecera o nome delas. Estava confundindo uma com a outra.

— Ah, sim. Ele é extremamente dedicado. — Ela revirou os olhos, enquanto seguia pelo caminho de pedras que os jardineiros só haviam colocado ontem, então não estava tão firme assim. Temia que, a qualquer momento, uma daquelas meninas tontas fosse cair de nariz no chão.

A marquesa viúva se aproximou rapidamente, vindo da direção da casa, onde ela havia sumido quinze minutos antes, deixando Caroline sozinha com as ursas.

— Sinceramente, Bernice, quantos anos tem a sua neta? — Hilde perguntou a uma das ladies, que provavelmente era sua conhecida de muitos anos para ela usar esse tom e seu nome de batismo.

— Já fez dezenove, não me acuse. Culpe a maldita mãe dela que a trata como uma boneca. E agora quer lhe arranjar um marido, veja só — ridicularizou a senhora, que claramente tocava na mesma banda da marquesa viúva.

Neta? Onde a marquesa viúva estava com a cabeça? Ela queria arranjar a neta de uma amiga sua para se casar com seu filho? Não parecia que, algum dia, o marquês fosse se interessar por uma mocinha como aquela. Ele provavelmente iria querer saber se ela poderia brincar com sua filha. E era exatamente o que a Srta. Carmella estava fazendo. Divertindo-se com Lydia.

— Não pense que ela é tão inocente. Soube que andou passeando no parque com Lorde Bertram — envenenou lady Basing.

— Vocês são todas tolas — disse Bernice. — A menina é a única filha do Marquês e todos sabem que ele já perdeu um filho e não terá outro a menos que consiga outra esposa. Duvido que se case com mocinhas que não gostam de crianças — arrematou a senhora, recebendo aprovação da marquesa viúva.

Caroline não podia imaginar Hilde e Bernice juntas, ninguém sobreviveria a isso. Será que elas fizeram a temporada juntas quando eram novinhas? Se foi esse o caso, ela estava feliz por ainda não ter nascido naquela época. E ambas se casaram muito bem.

Lady Basing e lady Davenport mandaram suas filhas irem conversar com Lydia que, inocente, não parava de tagarelar e mostrar seu vestido novo. Enquanto isso, a preceptora lhe fazia sinais, aprovando seus modos.

Pouco depois, elas ouviram o ruído de um cavalo e o marquês fez a curva na casa, vindo rápido demais sobre seu garanhão cor de mel, mas parando-o repentinamente bem ao lado do caminho de pedras. Sim, ele montava muito bem e tinha um ótimo domínio sobre Event, seu cavalo favorito.

O maldito cavalo era cor de mel, mas até Caroline, que não era chegada a ter visões românticas, achou que ele parecia dourado sob a luz solar. De cima do cavalo e segurando as rédeas em uma mão, o marquês olhou para as moças e para suas mães. Então, seu olhar cravou-se em Caroline por mais tempo do que reservou para as outras e depois encontrou sua mãe. Foi aí que ele passou uma perna sobre o cavalo e desmontou num pulo majestoso.

Com certeza pareceu majestoso para as moças, que nem respiravam. Mas era assim que ele descia do cavalo todos os dias.

— Ah, aí está meu filho. Um pouco atrasado, mas ele é muito ocupado — disse a marquesa viúva, com um sorriso satisfeito.

Do ponto de vista das moças, já completamente coradas, ele era o epítome do lorde atlético, bem-nascido e másculo. Daqueles que andam pelo campo e aparecem montados em grandes cavalos nervosos, que eles controlam facilmente. Não são muitos, mas esses lordes existem e ali estava um.

*Oh, Deus. Por quê?*

Caroline chegou a tocar a testa com os dedos, tentando disfarçar. Ela sabia que o marquês ia ficar muito bravo quando descobrisse no que estava se metendo.

Ele largou o cavalo lá, sim, o tal cavalo nervoso, mas Event ficou no mesmo lugar ao ouvir a ordem de seu dono e resolveu investigar a grama para ver se era comestível. O marquês atravessou o caminho de pedras a passos largos e chegou até sua mãe, que devia ter feito alguma coisa.

E ele estava causando novamente aquele efeito difundido nas mocinhas, mas reconhecido no olhar de suas mães. Interesse feminino, daquele tipo que todas as damas bem-nascidas da sociedade fingiam que não tinham. Em um mundo ideal, ao menos na cabeça de Caroline, elas deveriam estar escandalizadas. Afinal, ele entrou durante o lanche com aquele cavalo, causando comoção e espanto.

— Ah, não — Caroline murmurou tão baixo que ninguém mais ouviu.

Ela notou que os dois botões da camisa dele estavam abertos. Não bastava um, eram dois! Dava para ver até aquela curva atraente do seu peitoral forte e rijo. Que desastre! E ele continuava com aquela barba, contrariando a moda e a quase regra de os homens se apresentarem com o rosto limpo. Seu cabelo ainda precisava de um corte. Quando estava sobre o cavalo, os cachos escuros balançavam em sua cabeça enquanto ele olhava para as jovens ao lado de sua montaria.

Alguém se esqueceu de mencionar que ele estava com as botas sujas de terra? Não estavam imundas, era verdade, mas nem perto de estarem lustrosas.

— Mãe, que grande urgência é essa que precisou mandar Dods ir me avisar? — ele perguntou.

Hilde colocou a mão em seu antebraço e sua luva clara criava contraste com a pele dele. Caroline estava imaginando quando as mulheres iriam ficar horrorizadas ao notar que ele estava escandalosamente queimado. Era uma cor de bronze, uniforme, bonita e... bem, era diferente do habitual. Não era nada mal, mas certamente inadequado para um marquês. Ele não podia pôr seus pés em Londres assim.

— Não se faça de desentendido — Hilde disse entre os dentes ao se inclinar para ele e depois voltou a falar em um tom que os outros conseguiam escutar. — Fiquei preocupada que os afazeres o prendessem e acabasse perdendo o nosso lanche. Imagino que esteja com fome.

— Está tentando me comprar com comida? — ele perguntou.

— Não faça essa desfeita ou eu corto relações com você — ela voltou a falar baixo.

— Você já me ameaçou disso cerca de vinte vezes só no último ano — ele respondeu e depois falou baixo novamente. — Pare com isso, mãe. Eu não posso e nem consigo, você sabe disso.

— Isso é o que pensa. — Hilde voltou a sorrir. — Que tal um pouco de limonada? Está acalorado. — Ela fez um sinal para que o lacaio buscasse. — Tenho que apresentá-lo às minhas amigas.

— Tenho mais o que fazer — ele disse e acabou saindo alto demais.

Não que isso fizesse diferença, pois caçadoras experientes de maridos estavam acostumadas com esse comportamento. Os melhores partidos precisavam ser ameaçados e caçados até embaixo de suas camas para comparecerem aos bailes. Se já fossem solteirões então, só intervenção da mãe ou chantagem conseguiria fazer com que colocassem os pés em um baile cheio de mocinhas solteiras.

Caroline foi até lá e parou na frente do marquês, como se isso fosse impedi-lo de sair correndo.

— Até mandei que fizessem pães maiores. — Ela se inclinou e falou mais baixo. — Pelo amor de Deus, eu juro que passo uma semana sem provocá-lo e ameaçá-lo com um valete.

Ele ficou olhando para ela e o canto de sua boca se moveu no que parecia ser um sorriso leve.

— Outro vestido novo, Milady?

Ela estreitou os olhos, não o queria falando de seus vestidos novos e finos.

— Feche o botão da sua camisa, Milorde. — ela avisou, baixo o suficiente para que apenas ele e a mãe escutassem.

Ele fechou os dois botões, o que a deixou satisfeita. Mas as outras não gostaram muito, afinal, onde ficava a curiosidade? Antes do casamento, aquelas moças não viam nada disso, se duvidar, nem depois.

— Tudo bem. — Ele tirou as luvas de montaria. — Vou lavar as mãos — ele avisou.

— O senhor poderia fazer a gentileza de não se molhar todo nem jogar água no cabelo — disse Caroline, porque ela já o vira entrar em casa com a camisa molhada e colada ao corpo e o cabelo úmido e empurrado para trás. Mas naquele dia ele viera do rio.

As moças tentaram correr o mais disfarçadamente possível, apesar de suas mães terem corrido para a mesa e guardado lugares para elas. Assim, quando o marquês foi sentar-se, teve de ser no lugar que sobrara, entre duas mocinhas solteiras.

— Papai... — Lydia levantou do seu lugar e foi até perto dele, com seus olhos grandes e expressão carente. — Não comi bolo.

Ele sorriu e empurrou a cadeira para trás, passou o braço em volta da filha e beijou sua testa. Ela apoiou as mãos nas coxas dele e subiu para o seu colo. Henrik ajeitou-a, enquanto aproveitava o fato de ela ainda ser o seu bebê, não sabia o que faria quando ela chegasse à idade daquelas mocinhas sentadas à mesa, quando tudo giraria em torno de bailes e achar um marido.

Mas sua garota não se sentiria obrigada. Ele faria com que ela tivesse liberdade sem ter que obrigatoriamente se casar. E precisava estar vivo e são até lá para cuidar dela. Havia cuidado quando ela era menor, mas vinha se atrapalhando desde que ela chegara em uma idade mais complicada.

— Aqui, meu bem, o que você gosta — disse a marquesa viúva, colocando um pratinho com bolo de creme na frente deles.

Lydia pegou o bolo e deu para o pai, como se ele precisasse comer primeiro.

— Está ótimo, coma você — ele disse, colocando o prato no lugar e cortando pedaços para ela.

*Ah, pronto*, pensou Caroline. Mesmo sendo mal-educado, inapropriado e parecendo um selvagem, bronzeado como um estivador, malvestido e despenteado.... Aquelas moças estavam suspirando pelo lorde errado.

Ele sequer estava escutando o que elas falavam. Tanto que vinte minutos

140  LUCY VARGAS

depois, ele levantou-se, beijou Lydia e anunciou que precisava de um banho. No rio.

— Ele tinha que adicionar que era no rio? — Caroline resmungou enquanto voltava para casa.

Depois, ela descobriu que ele era mesmo um sem vergonha, pois levou o cavalo para o estábulo e foi tomar banho morno na banheira. Não que ele evitasse se banhar no rio, quem dera, mas dessa vez foi só para provocar e espantar as moças.

— Lydia dormiu. Acho que três mocinhas tagarelas foram demais para ela. — Ele apareceu subitamente na saleta de Caroline, agora estava até mais bem vestido do que antes.

Ela largou o chapéu que havia acabado de tirar e se virou para ele, que estava de pé, roubando biscoitos do vidro que a Sra. Daniels tinha colocado ali. Ele gastava muita energia diariamente, tomava café bem cedo e às vezes faltava ao jantar, indo direto para uma ceia em seu quarto e comia muitas frutas ao longo do dia, então Caroline achava que ele vivia com fome. Mas, inexplicavelmente, desde que ela chegara e as refeições voltaram ao normal, ao invés de emagrecer, ele parecia estar ficando cada vez mais forte e saudável.

— Não deveria estar nadando no rio?

— Já nadei ontem, além disso, estava sem sabão para levar — ele disse, sabendo que ela ficaria muito irritada.

— O alfaiate chegará aqui amanhã. Espero que suas novas roupas estejam prontas o mais breve possível.

— Devo lembrá-la que me prometeu uma semana de trégua? — ele perguntou, antes de roubar outro biscoito.

— Isso não incluía o alfaiate.

Caroline foi até lá, tampou o vidro de biscoitos e depois o olhou.

— Vai jantar em casa hoje, não é, Milorde?

— Eu só janto em casa, onde mais eu jantaria?

— Não apareceu nos últimos dias. Sei que o Sr. Roberson tem lhe levado a ceia mais tarde. E Lydia tem comido com a preceptora. Eu tenho que jantar sozinha e apreciar meus próprios cardápios.

Ele franziu o cenho ao observá-la logo a sua frente.

— Mas não gosta da minha companhia. Eu a desagrado. Então, como mais tarde, quando chego.

— O senhor só é atípico e... Um tanto autêntico demais, creio eu. Mas eu nunca disse que me desagrada. É só.... Não é por minha causa que precisa ser menos chocante. — Ela apertou as mãos e virou o rosto. — Vou ter que comer em meus aposentos se continuar sozinha. Imagino que por isso o senhor prefira não fazer refeições formais.

Henrik a observava enquanto ela se atrapalhava um pouco com as palavras, o que não era comum.

— Já parou para pensar que também não é uma dessas damas sensíveis e calmas que há por aí?

Ela balançou a cabeça e só deu uma olhadinha para ele pelo canto do olho.

— Isso o incomoda?

— Pelo contrário, diverte-me.

— Não sei se isso é algo bom.

— Da minha parte, é um elogio. Não é fácil me divertir. Mas como agora sou um selvagem sem modos, talvez deva fingir quando estiver na companhia de outras pessoas.

Ela soltou o ar lentamente e se afastou, voltando para o sofá onde havia deixado o seu chapéu. Henrik ia para a porta, mas acabou se virando para olhá-la. Ficara positivamente intrigado. Ele gostava de jantar com ela, mas, sem Lydia à mesa, ficariam sozinhos e isso o deixaria nervoso. O que iria dizer a ela?

Ele tinha noção de que era um homem desinteressante, ao menos pensava assim, com aquela vida que levava, sem futuro e com um passado sem bons momentos para comentar. A menos que ficasse o tempo todo falando de quando Lydia riu pela primeira vez, quando aprendeu a andar. O que vinha antes disso era nebuloso e ele não sabia se gostaria de lembrar. Talvez o entristecesse. Ele foi feliz no tempo em que viveu em Londres, cometeu algumas inconsequências, divertiu-se, apaixonou-se pela mulher errada, decepcionou-se, mas foi livre. Porém, aquela era outra vida e aquele era outro homem. Não era esse que Caroline conhecia agora.

E esse homem tinha segredos e receios demais. Não tinha nada que ficar perdendo seu tempo imaginando e debatendo sobre o que conversar com alguém como Caroline. Ele ainda achava que ela precisava ir embora. Não porque não gostava dela, mas ela era muito nova para se conformar. Ao invés de ficar em um lugar como Bright Hall, deveria estar colocando vestidos novos e se divertindo em bailes. Ele não sabia se ela gostava de dançar ou se também achava tudo aquilo muito chato. Mas onde fosse, ela estaria melhor do que ali.

O que ele estava pensando? Queria que ela ficasse só mais um pouco.

— Volto para o jantar — ele disse, antes de sair.

144 LUCY VARGAS

# CAPÍTULO 8

Quando eles se encontraram novamente no hall que se abria para a sala de jantar, mal trocaram olhares e cada um seguiu para o seu lugar à mesa. Agora, Caroline estava de volta a um vestido que já tinha três temporadas de idade e o marquês ao menos fechara o primeiro botão da camisa. O Sr. Roberson e o primeiro lacaio, Herbert, já estavam lá para servir e puxar as cadeiras.

— Vejo que continuamos a manter o horário londrino de jantar — observou o marquês.

— Não consigo mais jantar cedo como as pessoas daqui — ela declarou.

— Eu ainda estou me acostumando a ter um horário certo para isso.

Como eram os únicos jantando, abriram mão de muitas formalidades e da necessidade de pratos demais. Em geral, era a entrada, prato principal e sobremesa. Em alguns dias, como hoje, havia um prato a mais no cardápio e assim já estava perfeito para eles. O marquês ficou feliz com a torta francesa de espinafre e cebola, acompanhada de filetes de peixe fresco assados no vinho branco. Fazia tempo que não apreciava um jantar tão bem elaborado.

— Afinal, o que sua mãe disse para conseguir fazê-lo aparecer em nosso lanche? — quis saber Caroline.

— Disse que você estava envolvida em uma confusão.

— Eu? — ela se sobressaltou.

— Sim, um problema com decorações que caíram no jardim por causa da reforma. Dods me deu o recado e acho que ele esqueceu algo no meio.

— De certa forma, o jardim estava todo decorado — ela comentou enquanto serviam tenros pedaços de carne em molho de ervas da estação e com o opcional acompanhamento de legumes amanteigados.

— Fiz o máximo para não parecer um selvagem nem encorajá-las a retornar. — O marquês cortou um gordo pedaço de carne e colocou na boca, mastigando com prazer.

Caroline parou de cortar a carne em pedaços pequenos e o olhou enquanto franzia o cenho.

— Pois saiba que fez um péssimo trabalho. Acho, inclusive, que essas moças vão passar a cavalgar em grupos e, coincidentemente, passar por aqui.

Ele também franziu muito o cenho, mas teve que continuar mastigando por um tempo e depois bebeu um gole de vinho.

— Não imagino como pode...

— Todas aquelas mocinhas estão pensando seriamente em se apaixonar — ela fez uma pausa de efeito — pelo senhor.

— E agora as pessoas pensam antes de se apaixonar? — Ele levantou a sobrancelha. — Estou mesmo ultrapassado.

— Bem, Milorde... no seu caso... — ela começou, tentando ser sutil.

— Estou realmente me sentindo bem com essa sua consideração — ele ironizou.

— As mocinhas, depois de quase desmaiarem pela sua exibição despercebida de virilidade, comentaram sobre seus, hum... detalhes inesperados.

— Não precisa gastar o melhor de sua sutileza comigo — ele disse, juntando mais legumes em seu prato.

— Seus modos inaceitáveis não parecem ter sido notados. Elas estavam ocupadas demais notando suas vestimentas.

— Minha camisa estava limpa.

— E sabe, essa sua barba é...

Ele até parou para vê-la falar sobre um de seus detalhes físicos. Isso realmente o deixava curioso.

— Bem, não muito usada no momento. E eu estou proibida de falar do valete, mas, que tal um barbeiro?

— Isso a incomoda tanto?

— Não a mim, mas a elas.

— Diga-me apenas como me livrar delas. Eu não tenho mais espírito para nada disso.

Caroline soltou o ar, disposta a ajudar não apenas na reforma. O marquês podia receber algum auxílio para viver melhor e tirar aquela feição torturada que ela já associava a ele.

— Isso implicaria em Milorde não tomar banhos, ficar suado até grudar, deixar o cabelo crescer e parar de aparar a barba até ficar como um ancião. Também teria que se queimar ainda mais. Isso o deixaria desprezível o suficiente para espantá-las.

Ele deu um sorrisinho, o que a preocupou.

— Mas então, eu que não aguentaria vê-lo e seria um péssimo exemplo para Lydia.

— Posso continuar me banhando, especialmente no rio, o que torna a situação mais absurda e fazer o resto do que disse.

— De jeito nenhum. E sol demais não faz bem.

— Não seria difícil, iria economizar o tempo que gasto com a tesoura. E eu adoro ficar ao ar livre.

Ela ficou quieta, comendo alguns pedaços da carne em seu prato até que acabou dizendo:

— Não sei como era antes. Mas continua um homem muito apresentável. Imagino que fizesse sucesso antes. Não que tenha algum problema agora, além de seus modos atípicos, é só que... bem, sei como é ser uma mocinha olhando para os supostos pretendentes nos salões de baile — ela confessou, em um dos raros momentos que falava de seu passado.

— Não faz tanto tempo para você, não é?

— Faz sim, Milorde. Retirei-me dessa vida há mais de quatro anos.

— Deveria voltar.

— Ah, não. Além de não ter recursos, não tenho mais paciência para tanto.

— Entendo perfeitamente. Mas a senhora é boa lidando com essas situações e recebendo todas essas damas tagarelas. Talvez voltasse a se divertir. Creio que ainda se oferecem bailes e recepções campestres, não é?

— Eu tenho muito o que fazer, Milorde.

A sobremesa foi servida e frutas cobertas de chantilly; creme doce; geleias; queijos; e nozes foram oferecidos para eles. O marquês notou que Caroline estava mesmo empenhada em preparar os menus e ter muitas opções à mesa.

— Com certeza lhe sobra tempo para comparecer.

— Por acaso iria também? — Ela usou um tom sugestivo.

— Claro que não — ele respondeu como se tal possibilidade fosse impensável.

— Então, também não vou.

E agora estavam num impasse. Ele queria que Caroline fosse e voltasse a se divertir, quem sabe até seguir com sua vida e se comportasse mesmo como uma convidada. E Caroline não sabia exatamente o que poderia desejar ao marquês, sua vida era difícil, mas também parecia um beco sem saída de onde ele deveria estar tentando escapar. Ao contrário disso, ele se deixava dominar.

Alguns dias depois, o marquês estava em frente ao espelho, tentando se entender com uma tesoura e uma navalha.

— Acho que assim é suficiente — ele disse, depois de usar a tesoura e deixar sua barba o mais rente possível.

— Creio que está beirando o aceitável para um Lorde que vive refugiado no campo, Milorde — opinou o Sr. Roberson, que já estava até falando como o pai, com aquele jeito de mordomo.

— Não estou "refugiado", Sr. Roberson — reclamou Henrik e pegou a navalha para acertar o trabalho.

— Escondido, talvez. Mas o sentido é o mesmo. Acho melhor dar mais uma acertada do lado direito. Se aparecer na sala com um lado mal feito, Milady vai rir do senhor. — O mordomo indicou o local que precisava de acerto.

Henrik prestou atenção em seu reflexo no espelho, franzindo o cenho ao analisar-se criticamente e não apreciar o que via. Já fazia anos que ele perdera o interesse em espelhos e deixara de aprovar a própria aparência. Ele era atraente, muitos diriam que a maturidade veio a seu favor, lapidando seus traços. O corte de seu rosto era masculino, começava mais largo na mandíbula, afunilando até o queixo quadrado e era possível admirar tal traço mesmo com a barba. Era ele que não conseguia mais ser bondoso com sua própria imagem.

— Não sei por que acha que vou me importar se Lady Caroline caçoar de minha aparência. Ela já se diverte espinafrando minhas roupas, meus modos e enfim... tudo mais.

O Sr. Roberson lhe lançou um olhar bem óbvio, mas não comentou o que pensou. Ele foi até a cama e trouxe uma camisa branca nova e, agora, no tamanho certo para o físico do marquês.

— Pelo menos já tem duas camisas novas para se apresentar decentemente para o chá, Milorde. Tomei a liberdade de lhe arranjar mais de sua antiga colônia e de mandar lustrar seus sapatos.

— E de que sapatos está falando? Eu ainda tenho sapatos? — indagou Henrik, porque ele passava seu tempo de botas, já que elas eram o calçado adequado para montar e trabalhar.

— Botas de cano mais curto, Milorde. Embora ainda tenha alguns sapatos de baile.

— O quê? — As palavras "sapatos de baile" não pareciam ser do entendimento dele.

— Imagino que vá acompanhar a marquesa viúva e Lady Caroline ao jantar na casa dos Ausworth, todos foram convidados.

Henrik até deixou a navalha cair sobre a cômoda de madeira.

— Tenha cuidado, Milorde. Sua mãe diria que chegar lá sem um dedo não causará boa impressão.

— De onde você tirou toda essa insanidade, Sr. Roberson? Eu não vou a jantar nenhum! E muito menos vou usar... sapatos de baile! — Ele tomou a camisa e vestiu.

— Precisa de calças novas, especialmente as escuras. E duvido que seus paletós estejam sequer fechando. — O mordomo colocou as botas à frente de Henrik, que estavam brilhando de limpas. — E coletes. Estes também não fecham mais nos botões do peitoral.

— Isso foi ideia de Lady Caroline, não foi? Ela está completamente... fora de controle — resmungou Henrik enquanto enfiava a camisa para dentro da calça.

— Bem, Milorde, o alfaiate foi instruído a tirar suas medidas para um guarda-roupa completo. Eu imagino que isso inclua todos os itens. — O mordomo escondeu a diversão ao ver o marquês resmungando pelo quarto.

Caroline tinha acabado de colocar um pouco de chá em sua xícara enquanto aproveitava o dia bem fresco. Nesse horário, Lydia estaria ali, pronta para o lanche, mas agora estava ocupada recebendo lições de Telma. Este era um dos dias em que ficavam lá em cima, usando a mesa e treinando contas e escrita. Enquanto isso, ela aproveitava a tarde ali, sozinha, analisando seus planos de reforma, separando as coisas que precisaria dar ao marquês para resolver.

— Então resolveu aceitar meu conselho e participar dos eventos campestres? — perguntou o marquês, entrando no cômodo.

Ela se assustou e derramou chá no pires que segurava por baixo da xícara. O marquês tinha entrado e se sentado; a primeira coisa que fez, obviamente, foi pegar dois biscoitos.

— Não, eu... sua mãe me pediu para acompanhá-la.

— E a ameaçou?

— Não exatamente. Falou sobre como é uma senhora velha que precisa de companhia e, como tem um filho que a odeia e nunca iria com ela, então esperava que ao menos eu fosse.

Caroline ficou olhando para o marquês, ele estava com uma camisa nova, não estava? Porque o tamanho era certo, o tecido estava impecável e não estava apertada em seus braços e peito. E havia algo diferente, ela pensou, enquanto estreitava os olhos. O cabelo ele não cortou, pois continuava cobrindo o colarinho e estava cheio de ondas rebeldes... a barba! Sim, estava diferente, bem rente, quase adequada.

— Chá, Milorde? — ofereceu Caroline, já o servindo.

Ele precisaria mesmo beber algo para acompanhar todos os biscoitos, mas quem podia culpá-lo? Os biscoitos de Alberta eram divinos, ela podia fazer de vários tipos e esses novos, eram os melhores. Especialmente com a cobertura de geleia de frutas da estação.

— É mesmo uma surpresa vê-lo em casa a essa hora e sequer está chovendo.

— Trabalhei desde cedo no plantio, senti-me imundo e vim me lavar.

— Ora essa, a água do rio não estava do seu agrado? — ela provocou.

Henrik sentiu uma daquelas vontades de sorrir que haviam se tornado novidade e que ele não conseguia conter.

— Acabei ficando mais tentado pela água morna. Relaxa os músculos doloridos.

— Imagino que revolver terra deixe os músculos doendo.

— A senhora nem imagina, gostaria de conhecer?

— Está me convidando para revolver terra, Milorde?

O tom de ultraje dela foi impossível de ignorar. Ele teve que rir.

Nos dias que se seguiram, a casa funcionou como esperado, ao menos desde que Caroline chegara ali. As contratações por enquanto estavam terminadas, estavam com o quadro de criados completo. O marquês continuava indomável, mas ele estava aparecendo para jantar quase todos os dias e até vinha mais cedo para se lavar antes, fosse na banheira ou no rio. Ele também continuava despachando do bosque, porque havia coisas que nem Caroline poderia mudar.

Lydia continuava dando suas escapadas para brincar com o pai, mas, aos poucos, ia aprendendo a ter um comportamento mais calmo. Nada forçado para uma menina de apenas cinco anos. Ela teve sorte de encontrar Telma, que em breve iria ficar malcomportada por divertir-se tanto no campo.

— É aqui? — Caroline perguntou quando a carruagem parou.

— Sim — disse o marquês, pulando antes e recebendo Lydia, a quem ele segurou no colo com o braço direito e estendeu o esquerdo para ajudar Caroline a descer. Ele flexionou o braço aguentando seu peso quando ela notou que não ia pisar em um solo firme. Havia chovido no dia anterior e o solo ainda estava muito úmido. Ela apertou o braço dele e, ao sentir a superfície dura dos músculos retesados, tirou a mão tão rápido que parecia ter sido mordida.

Eles atravessaram o caminho lamacento, Caroline segurava a barra de seu vestido, contente por não ter colocado um dos modelos novos que começavam a ocupar espaço em seu closet. O marquês também estava contente por ela não ter resolvido sair com uma daquelas camisolas. Não que isso fosse um problema para ele. Era só que a ideia de ela andar por aí com seus novos trajes na moda... sujaria a barra, já que todos eram claros, o que, na opinião dele, só os tornavam mais parecidos com camisolas.

Depois de algumas batidas, a porta se abriu e a mulher levou um grande susto ao vê-los parados ali.

— Mi-milorde, eu... aconteceu alguma coisa? Meu marido... ah, meu Deus! Ele está vivo? — perguntou a mulher.

O pai de Bertha era um dos pequenos arrendatários do marquês, mas, apesar disso, tinha uma boa produção. Ele vivia nos limites das terras dos Preston e tinha parte no mercado da cidade. A casa era boa, tinha espaço suficiente para a família, mas era simples. E Lydia não costumava ficar ali porque a mãe de Bertha também trabalhava como costureira. Então, as crianças ficavam com a Sra. Rossler.

— Podemos entrar? Eu disse ao seu marido que viríamos — explicou o marquês.

Não passou despercebido que a mulher ficou extremamente nervosa, a ponto de ter problemas para preparar o chá fraco que eles disseram não querer, mas ela precisava fazer alguma coisa. Pouco depois, seu marido entrou e, por ver o marquês com mais frequência, não ficou tão encabulado. Mas, quando se deparou com Caroline e Lydia, foi atacado por uma necessidade súbita de ir se limpar.

— Onde está Bertha, eu quero ver a Bertha... — repetia Lydia. Ela vinha repetindo isso há dias, ao ponto de eles acabarem ali. Só quando resolvessem essa questão, a menina voltaria a se concentrar e pararia de pedir por isso.

Ao que parecia, uma garotinha tão nova já sabia o que era amizade verdadeira, pois nada a fez se esquecer da única amiga que tinha antes. Mesmo após conhecer todas aquelas meninas em seu piquenique. E agora ela as encontrava sempre que ia à vila.

— Não era necessário vir até aqui, Milorde. Se mandasse nos chamar... — disse Oswald, pai de Bertha.

— Lydia estava inconsolável e não gosto de vê-la assim. Como sabe, desde que Lady Caroline veio morar conosco, ela proibiu que Lydia voltasse a visitar a Sra. Rossler.

Caroline não havia proibido nada. Bem, ela havia, mas será que Henrik não via que era absolutamente inadequado contar isso aos outros? Ela era a hóspede e não tinha que proibir nada. Deus! O marquês era...

— Eu simplesmente não acho adequado — ela disse, lançando um olharzinho a Henrik. — E pelo que Lydia relatou, não era um ambiente propício para uma jovem dama. Além do fato daquela senhora ter picotado o cabelo dela e, pelo que sei, preparava as sopas mais terríveis já vistas.

— Ela fez isso com nossa filha também. Não gostei nada disso — disse Oswald.

A mãe de Bertha voltou rapidamente da cozinha, parecendo recuperada.

— Não gostou? Se eu tivesse opção... Se eu pudesse... Minha irmã é tão má! Ela não precisava ter feito isso com as meninas!

— Nós gostaríamos que Bertha ficasse em Bright Hall — disse o marquês. — Vocês podem pegá-la sempre que voltarem de seus trabalhos.

— Nós até temos uma preceptora agora — disse Caroline. — Ela é ótima, adora crianças. E temos muitas mocinhas trabalhando conosco. Com o trabalho em dia, elas estão ficando com tempo livre e podem cuidar das meninas. Elas adoram arrumar Lydia.

Os pais da menina não estavam dizendo nada, obrigando Caroline a continuar falando para ver se eles reagiam, mas ambos estavam em choque.

— Mas... Nós não podemos pagar por isso. Nossa renda não permite esse tipo de... uma preceptora? — exclamou Oswald, quase em pânico.

Lydia começou a se mover. Ela estava sentada entre eles e ficou em pé, movendo os ombros de um lado para o outro e fazendo bico, como se soubesse que não iriam deixá-la ver sua amiga.

— Não se preocupe com isso. Apenas livre-a da Sra. Rossler. — O marquês remexeu as mãos. — Eu não percebi o erro que estava cometendo até Lydia resolver dizer que não gostava de lá e só ia para ficar com Bertha. Ela não tem outra amiga.

— Se não for um incômodo — disse a mãe, olhando deles para o marido, gostando da opção de a filha ser educada pela preceptora. Se recebesse uma boa educação, a mãe pensava que Bertha poderia vir a buscar opções melhores, até um trabalho com uma renda melhor.

— Não será todos os dias, que tal algumas vezes na semana? — sugeriu Caroline.

— Isso parece bom, Milady — disse o pai de Bertha, gostando da opção.

Eles ainda estavam inseguros sobre isso, era verdade que a filha poderia receber uma educação que não teria de outra forma, mas deixá-la na casa do marquês ia muito além de permitir que ela fosse amiga da filha dele. Não sabiam se a haviam educado para isso, mas pelo jeito ela estava a ponto de aprender.

Houve uma batida na porta e Nonie, mãe de Bertha, foi abrir. Logo depois, a Sra. Rossler entrou na sala como se fosse dona da casa. O marquês ficou olhando-a, mas Caroline lhe deu uma cotovelada e ele se levantou.

— O que eles estão fazendo aqui? — A Sra. Rossler arregalou os olhos.

— Lydia! — Bertha se soltou da tia e foi correndo ao encontro da menina.

Lydia também correu para encontrá-la e elas se abraçaram, depois ficaram pulando de mãos dadas. Bertha estava achando que não iria mais brincar com a amiga, até porque, a tia fez questão de deixar bem claro para ela que isso era inevitável e que Lydia logo se esqueceria de sua amizade, afinal, ela era a filha de um marquês e iria ter outras atividades com companhias mais adequadas à sua posição. Enquanto isso, Bertha era só a filha do arrendatário com a costureira. Como já tinha seis anos e era esperta o suficiente, esse tipo de alegação já machucava a menina.

— Vocês deveriam tê-la deixado ir ao piquenique, isso não se faz com uma criança — ralhou Caroline, ficando em pé e colocando as mãos na cintura.

De fato, Bertha havia ficado muito magoada quando soube que havia um piquenique para meninas na casa de Lydia e ela não poderia ir.

— Mas estávamos trabalhando e ela estava com a tia — disse Oswald, com as bochechas coradas.

— Perda de tempo, não sei por que vocês alimentam isso — opinou a Sra. Rossler. — Elas vão crescer e seguir caminhos diferentes. É inevitável.

A mulher não era realmente malvada, mas tinha um temperamento difícil e era amarga, do tipo que vivia em frustração eterna por uma série de problemas pessoais. E sua paciência havia acabado há muito tempo. Não deveriam deixar as crianças com ela.

— Porque eles não são ruins como a senhora. — Caroline se aproximou dela e lhe deu uma boa olhada. — E não pense que esquecerei tão cedo o que fez com o cabelo dela e com suas roupas. — Ela levantou a mão, impedindo a outra de começar a se defender. — Não quero saber. E impedir Bertha de ir ao piquenique só comprovou sua malvadeza. Muito feio, Sra. Rossler. Muito feio. Deveria ficar de castigo no cantinho, sem sobremesa. Eu sei de tudo,

Lydia me contou. De agora em diante, a senhora vai ficar sozinha com sua amargura, sem as meninas para descontar. E como acredito que pessoas como a senhora não se importam com isso, sei que vai se importar por perder a renda extra que tinha cuidando delas, muito mal por sinal.

A mulher cruzou os braços e soltou o ar, mas prensou os lábios e não disse nada enquanto Caroline continuava lhe lançando aquele olhar de reprovação que tinha um sério poder sobre as pessoas.

Acabou tudo acertado para Bertha ir a Bright Hall dentro de dois dias, pois a mãe queria prepará-la antes.

Já era tarde e Caroline havia se recolhido ao seu quarto e colocara sua roupa de dormir. Ela ficou se olhando no espelho, vendo o penhoar novo sobre a camisola antiga. Era um item de seda e ela achava que estava mais decente do que alguns dos seus vestidos novos. E por causa desse pensamento, estava se achando uma velha antiquada. No auge de seus vinte e seis anos e cheia de pudores porque agora vestidos levíssimos e quase translúcidos estavam na moda.

A verdade era que todo o seu problema em se expor naquelas roupas novas se tratava de insegurança pessoal e uma autoestima que havia sido castigada e não voltara a se levantar.

Ela já estava indo para a cama quando escutou barulhos do lado de fora. Achou que era algo se arrastando ou arranhando, mas ficou paralisada, tentando escutar melhor. Depois, pensou que podia ser Lydia saindo escondida do quarto de novo e foi olhar. Quando abriu a porta, não viu nada. Mesmo assim, andou pelo corredor e foi até o quarto da menina dar uma olhada e a encontrou dormindo.

Carregando um castiçal de uma única vela, Caroline voltava pelo corredor sem fazer nenhum barulho com seus chinelos de pano quando ouviu gritos, coisas caindo e vozes alteradas. Ela correu em direção ao som, o que quase apagou sua vela, mas, quando chegou ao quarto da marquesa, viu a Sra. Bolton entrar correndo, todo o barulho vinha de lá.

Não era novidade para Henrik ter que levantar da cama e dar um jeito para que Roseane parasse de ter um dos seus ataques de fúria antes que Lydia também acordasse e se assustasse. Por isso, ele a colocara no quarto mais distante que havia do quarto da filha. Mas, quando Lydia era um bebê e seu berço ficava no quarto dele, os gritos e ataques repentinos a acordaram várias vezes. Porque, naquela época, tudo ainda era recente demais e a mulher estava mais fora de controle do que agora. Por isso, ele acabou tendo que ir dormir no berçário com o bebê.

E se dissesse a ela que precisava ficar quieta por Lydia, pioraria a situação. Mas essa não era uma dessas noites e, quando entrou no quarto dela, o marquês viu um prato de sopa vindo em sua direção. Bateu em sua testa, mas não fez grande estrago.

— Roseane! — ele chamou, correndo até a cama onde ela estava ajoelhada gritando. Ela já havia rasgado o travesseiro, espalhando-o para todos os lados.

Ele agarrou os pulsos dela, tentando pará-la.

— Seu maldito! Você trouxe sua amante para cá! Ela está aqui! Maldito!

— Pare com isso. — Ele tentou deitá-la. — Não há ninguém aqui.

— Mentiroso! — Roseane se soltou e o agarrou pela camisa. — Ela está aqui! Sua maldita atriz! Eu a vi!

— Você sabe que isso não é possível!

— Você trouxe uma atriz para cuidar de sua filha maldita! Aquela meretriz está lá! — Roseane gritou antes de tentar agredi-lo, puxar seu cabelo e ambos caírem na cama.

— Não há...

Não teve tempo de pensar como Roseane podia ter visto alguma coisa porque ela ficou em cima do peito dele e o forçou a ficar no lugar, apesar da posição incômoda e estranha na qual tinham acabado. Se ele a empurrasse, ela voaria para o chão e do jeito que estava, quebraria alguma coisa.

— Eu exijo o meu herdeiro! Eu quero o meu filho e você vai me dar! Foi tudo culpa sua e você sabe disso. E ainda a trouxe para cá com o bastardo!

Quando a Sra. Bolton entrou, o marquês estava tirando Roseane de cima dele e ela havia rasgado sua camisa. Os gritos continuavam; ela ainda exigia que ele lhe desse um herdeiro e se agarrava à suas roupas, tentando rasgá-las ainda mais. Como sua calça era de um tecido grosso, agarrou a própria camisola e a rasgou.

Caroline chegou ao quarto, mas, devido aos absurdos que escutava — inclusive um linguajar que ela sequer sabia onde a marquesa poderia ter aprendido — não sabia se queria ver o que estava acontecendo, mas era tarde demais.

— Não, Roseane! Não vai haver outro! Nunca mais! — disse o marquês ao livrar-se do peso dela.

Ela o atacou e gritou, ofendendo-o e acusando-o de dar o que era dela à sua amante que estava no quarto de Lydia.

— É a preceptora! — disse Caroline, sem conseguir se conter.

Roseane virou seus olhos raivosos e só então notou que elas haviam entrado.

— Saiam daqui, suas gorduchas malditas! Estão atrapalhando uma relação marital! Saiam!

Henrik pulou da cama. Ele parecia tão transtornado quanto Roseane, só que não gritava, batia ou rasgava.

— Não tem atriz alguma aqui! Você a matou, maldita mulher vingativa! Não há nada aqui! — Ele se livrou das mãos dela, que tentavam agarrá-lo e saiu do quarto tão rápido que a porta bateu com força.

Roseane soltou um daqueles gritos de frustração de quando algo não ia como ela queria, mas, devido à raiva, foi um urro terrível.

Caroline abriu a porta rapidamente e fugiu dali, mas encontrou Telma, a preceptora que ainda não havia testemunhado um desses acontecimentos. Aliás, nem Caroline havia visto algo como nessa noite.

— Você já veio até aqui alguma vez? — ela perguntou, depois de fechar a porta, abafando os sons.

— Não, eu... — Telma estava com enormes olhos assustados e apertava a frente da camisola. — Milady me disse para não trazer a menina aqui, então eu também não vim, eu... o que aconteceu?

Caroline olhava para o corredor por onde o marquês com certeza desaparecera, mas ele já estava acostumado a andar no escuro pela casa.

— Eu não sei exatamente... Lydia acordou?

Ela havia mesmo escutado o marquês dizer que Roseane matou a atriz? Certamente ele havia dito no sentido figurado. Provavelmente, ele estava se referindo ao fato de ele ter se apaixonado pela tal mulher e a relação ter morrido quando eles terminaram o romance porque ele iria se casar. Ainda assim, não fazia sentido. Henrik não parecia o tipo que acusaria alguém por algo que foi uma questão pessoal.

— Não, ela já estava dormindo. Eu ainda estava me arrumando para deitar.

Assentindo, Caroline reacendeu sua vela usando a de Telma e saiu andando rapidamente em direção à escada. Não ficou surpresa quando encontrou a porta da casa aberta. Ela parou ali e olhou para longe; tudo o que havia era o escuro e os movimentos das árvores sendo empurradas pelo vento. A lua estava alta e ela podia ver o gramado até a beira do bosque. Podia escutar os uivos dos cachorros que a essa hora, com certeza, estariam soltos e algo os havia agitado.

Se estivesse em seu juízo perfeito, fecharia a porta e ficaria ali. Ainda assim, ela respirou fundo e desceu os degraus; seus chinelos finos não eram feitos para andar na grama e ela sabia que no dia seguinte, quando eles precisassem ser lavados e talvez estivessem arruinados, ela se arrependeria. Só que agora, enquanto segurava o penhoar com uma mão e desejava ter colocado aquele outro de veludo, ela sabia que precisava fazer isso.

Se estivesse na mesma situação, não conseguiria pensar o que faria, mas, se alguém lhe dissesse algo, qualquer coisa, ela agradeceria. Ou mesmo se só ficasse quieto e lhe desse apoio moral.

Ao subir no antigo caramanchão, Caroline ficou olhando em volta. Só havia os sons das árvores movidas pelo vento e isso já era sinistro o suficiente, mas ela levou um enorme susto e gritou quando o marquês pulou, de repente, para cima da estrutura. Ele havia vindo do escuro da floresta?

— Não deveria estar aqui fora, está frio. — Ele entrou no raio de luz da chama que ela carregava.

Caroline aproximou a vela para olhar seu rosto, mas o marquês se afastou e se virou. Havia um corte em sua testa, leve o suficiente para que ele sequer tivesse notado.

— O que aconteceu com o senhor? Nada disso pode ser normal ou saudável.

— Nada é normal. Esqueça isso e volte para casa. — Ele voltou a se virar para ela. — Sabe encontrar o caminho de volta ou chegou aqui por sorte? Só com essa vela...

— O senhor chegou aqui no escuro.

— Estou habituado.

— Milorde, eu juro que sou boa em ouvir. Deve haver algo que possamos fazer, eu prometo ajudá-lo.

— Pare com os milordes para cima de mim, Caroline. Nós dois sabemos que é inútil.

Ela ficou ali, segurando o castiçal de bronze e apenas observando-o por um momento.

— Você sabe que não vou voltar para lá sozinha.

— Eu não tenho o que lhe dizer. Meu passado é uma caixa amaldiçoada que eu não consigo trancar, mas tampouco quero abrir.

— Eu não gosto muito do passado também, não tenho boas memórias dos últimos anos. Mas não vivo como você.

— Você não é fraca como eu.

— De onde tirou essa ideia?

— Você sabe disso, viu tudo desde que chegou aqui. Sou um homem fraco, não consigo achar uma saída para minha própria vida. Felizmente, existe Lydia. Ela é tudo o que eu tenho, mas, em alguns momentos, acho que não sou forte nem para isso. — Ele se virou e apontou para a casa. — Eu deveria estar lá, deveria ter força suficiente para ficar lá.

— Todo mundo precisa de um refúgio, seja onde for.

— Meu refúgio não me protege mais. Isso me corroeu. Sinto a dormência tomando conta da minha vida, de mim, da minha mente, do meu corpo e até do meu espírito. E se não for assim, eu perco a razão — ele dizia, sem conseguir parar, mas sem querer ir longe demais. Não podia despejar tudo em cima dela.

Ele desceu os degraus do antigo caramanchão e saiu do alcance da luz da vela. Caroline podia ouvir o som das folhas e pequenos galhos sob os pés dele. Ela desceu os degraus também, movendo a vela à sua frente, tentando ver algo.

— Eu vou ajudá-la a voltar para a casa. — Ela o escutou dizer, mas não sabia onde ele estava.

— Você não é fraco, só é humano. — Ela puxou a barra do penhoar, olhou para onde pisava e sentiu folhas se quebrando sob seu chinelo. — Isso tudo é tão esmagador. Um quebrador de sonhos e, se não tiver esperança, se ficar imerso aqui no escuro, não vai sair nunca.

— Eu não vou sair, Caroline. Ao menos, não a tempo.

Ela deu alguns passos e olhou em volta, notando que chegar ali fora mais fácil do que lembrar se havia saído pelo lado correto do caramanchão e saber se devia avançar ou voltar. Quando ela viu as partes mais iluminadas pela lua atrás das árvores, que indicavam que era o caminho para casa, o marquês segurou seu cotovelo e a levou naquela direção.

— E quanto a Lydia? Já imaginou que, se você não conseguir, ela também não conseguirá?

— Eu não vou deixar isso acontecer.

Ela já sabia onde estava, então soltou o cotovelo e se virou, iluminando o rosto dele.

— Ela vai crescer e vai entender. Vai fazer perguntas e mesmo sem a sua ajuda, vai concluir as coisas. E você é o que aquela menina mais ama. Se eu amasse meu pai como ela o ama e como tem toda a chance de continuar amando, eu nunca conseguiria deixar isso de lado. Você não consegue nem olhar para mim ao falar desse assunto. E eu sou só uma convidada. Imagine quando ela o confrontar.

Ele a estava olhando agora.

— Você é mais do que uma convidada para mim. Certamente é mais do que isso para ela também.

— O que aconteceu, Milorde? Diga! Ao menos uma vez, faça essas palavras passarem pela sua boca.

Ele engoliu a saliva e desviou o olhar, seus punhos se fecharam e Henrik encarou a chama tremulante que ela segurava. Ele pensava ser fraco, mas não tanto para não conseguir tirar ao menos um pino do seu coração. Há um ponto de ruptura em tudo na vida e depois de todo esse tempo sem dizer uma palavra, sem reclamar para qualquer pessoa ou só desabafar, o marquês parecia ter chegado ao dele.

— Ela a matou — ele disse de uma maneira simples demais para uma notícia como aquela.

Caroline ainda não sabia se ele estava falando no sentido figurado ou se isso poderia ter ido mais longe do que os gritos de alguém que se recusava a deixar o quarto. Mas ela não disse nada, nem havia o que dizer.

— Lydia ainda era um bebê, mas ela queria um filho. — Ele pausou, tentando resumir todas aquelas memórias dolorosas em poucas palavras. — Ela estava grávida de seis meses e estava cada dia mais impossível. Até que foi à casa da minha ex-amante e golpeou-a no peito com uma tesoura. O lacaio me chamou e, quando cheguei, ela havia fugido. Eu a encontrei, levei de volta para casa e... ela teve o bebê. Ela quase morreu no parto, mas ele não resistiu. Eu voltei, cuidei do corpo que ela deixou e mandei enterrá-lo. Vendi uma das minhas propriedades para pagar o silêncio do lacaio e nos mudamos para cá. Ele voltou para o país dele.

Ele estava dizendo aquilo numa voz estável demais, forçando-se a não demonstrar emoção. E Caroline estava tão chocada que apertava o bronze do castiçal e sentia seu coração acelerar enquanto as implicações daquela história tomavam forma em sua cabeça.

— Sei que elas brigaram e, assim que Roseane a matou, passou mal, acelerando o parto. Ela levou a tesoura de casa, o lacaio disse que não havia tesoura nenhuma na sala.

— Eu sinto muito... — ela murmurou, tentando conter a própria emoção para não desencadear a dele.

Henrik fechou os olhos por um momento, mas voltou a encará-la e, dessa vez, ela viu toda a emoção que esperava vir com essas memórias estampada em seu olhar e tomando conta de sua expressão. Era muita confusão e mágoa, tortura pelos anos que passara calado, dor pelas perdas e raiva do passado. Ele acabou deixando-a e Caroline correu para alcançá-lo. Assim que chegaram à beira do bosque, sua vela estava quase apagada e ela achou que o havia perdido de vista.

Ela deu alguns passos e tocou o braço dele, Henrik estremeceu e se virou, segurando o outro braço dela.

— O nome dela era Moyra, tinha só vinte e quatro anos na época e foi a única mulher que amei. Eu ainda a amava quando tirei a tesoura de seu peito e fiquei ali segurando-a, como um tolo, sem conseguir soltá-la. Eu era um bastardo. Egoísta o suficiente para não ter me conformado por ela me deixar. E o meu filho teria se chamado Neil. Eu nunca vi seu rosto, não tive coragem de olhar o bebê morto e estava ocupado demais providenciando um enterro rápido para Moyra, antes que a mãe da minha filha acabasse enforcada por assassinato. Apesar de saber que era o que ela merecia e merece até hoje.

Caroline fechou os olhos e engoliu a saliva junto com as lágrimas que queria derramar por ele, já que Henrik não derramaria mais nenhuma. Mas ele nunca se conformaria. Não podia deixar Roseane ser presa naquela noite e também não conseguia aceitar que a deixara livre após matar Moyra. Depois, ela nunca mais se levantou e por muitas vezes ele pensou se ela havia fingido estar inválida, exatamente para não ser denunciada. Como alguém iria acusar de assassinato uma mulher que deu à luz na noite do crime e depois não se levantou mais da cama?

No final, ambos estavam presos e ele achava que merecia o castigo. Estava acorrentado à Roseane e seu eterno tormento. E ela ainda era mais livre que ele. Negava-se a aceitar que era uma assassina e continuava viva para exigir o que achava ser seu por direito: o bebê que morreu naquela noite. Ela também nunca assumiria a culpa pela morte de seu filho, mas talvez para essa não houvesse mesmo um culpado além do destino.

— Lydia está viva — Caroline murmurou.

Ele só balançou a cabeça.

— Ela também não deixa nosso filho descansar em paz. — Ele olhou para baixo.

— Ele está descansando. Ela não teve tempo para tê-lo, só quer repor um bebê com outro e provar que conseguiu ter um herdeiro.

— Todos os dias, desde aquela noite, cada vez que entro naquele quarto, ela me acusa de estar com Moyra. Não importa que eu tenha lhe dito que ela não sobreviveu à tesourada. Ela simplesmente não a deixa morrer. O amor que havia em mim morreu com ela. E mesmo assim eu não consigo me livrar disso, porque ela não deixa. — Dessa vez, a voz dele falhou e perdeu aquele tom estável.

Caroline sabia que todos aqueles "ela" que Henrik estava dizendo era porque não conseguia sequer dizer o nome de Roseane no momento. Era como trazê-la para essa conversa e ele não a queria ali. Não quando estava citando o nome da falecida Moyra pela primeira vez desde sua morte e trazendo à tona o bebê que esperou, planejou, amou antecipadamente, nunca viu, mas enterrou.

— Eu sinto tanto... — Caroline tocou seu rosto com a mão livre e afastou a outra que segurava o castiçal. Ele aceitou o toque, mas não a olhou. — Deixe-os ir, Milorde. Se acreditar que eles estão em paz, longe de tudo isso e salvos de todo mal que aconteceu, não vai mais precisar se esconder. Ela não vai conseguir alcançá-lo. E nada mais pode machucá-los. Mas, se deixar, isso vai destruí-lo.

— Já é tarde, Caroline — ele disse em voz baixa.

Henrik não estava falando do horário, falava sobre ser tarde demais para salvá-lo da destruição. Por dentro, ele era dormente e corroído, obrigava-se a ser assim. Mas estava enganado, não havia como alguém vazio olhar a filha com todo aquele amor. Nem conseguir força interior para seguir vivendo ali todos os dias. Ele só estava esmagado sob o peso do passado e muito machucado. Mas não vazio nem dormente. Talvez um pouco corroído, mas havia remédio para aplacar essa dor.

— Só um pouco — ela respondeu, sobre os dois significados da frase.

Henrik levantou a cabeça e a olhou. Caroline ainda estava tocando seu rosto e ele apreciou o toque. Era diferente, novo, como se fosse algo que ainda não experimentara. Eles se aproximaram naturalmente e, quando os lábios dela tocaram os dele, Caroline os sentiu tremer levemente contra os seus, mas relaxaram e ele a beijou de volta. Foi sutil, mas houve o som de um beijo sendo selado quando suas bocas se afastaram. O marquês tornou a abrir seus olhos cor de menta e a encarou.

— Você sabe há quantos anos eu não beijo uma mulher? — ele perguntou em voz baixa.

Caroline tirou a mão de seu rosto e fechou o punho junto ao peito, trazendo o castiçal para perto novamente, iluminando um pouco mais o rosto de ambos.

— Por que você se castiga assim? — ela perguntou.

— Eu não posso. — Ele balançou a cabeça levemente.

— Ninguém iria culpá-lo.

— Eu preciso estar aqui.

— Suas antigas conhecidas de Londres. Seria como... fugir um pouco da realidade.

— Sequer olhariam para o homem que sou agora. Não sobrou muito.

— É suficiente.

— É só o nada.

Dessa vez, ele deu um passo para longe e afastou algumas folhas para ela passar, porque haviam se desviado do caminho principal que levava ao caramanchão. Caroline soltou o ar e passou. Ele a acompanhou silenciosamente até a porta da casa e entrou logo depois dela. Mas ela não o escutou subindo as escadas.

## CAPÍTULO 9

Como era o normal do dia a dia, Caroline não viu o marquês na manhã seguinte. A mesa do café estava posta, mas ele não voltou para comer. Segundo o Sr. Roberson, ele havia comido mais cedo. E, no jantar, eram apenas ela, Lydia e Telma, porque ela convidou a preceptora para fazer as refeições com eles. No resto da semana, ele também não apareceu.

Era como se nada daquilo tivesse acontecido, só que tudo a fazia ter certeza de que acontecera. E ela passou as noites seguintes deitada em sua cama, pensando em tudo o que ele lhe disse: nas loucuras que Rosanne dizia e em cada vez que a mulher gritava insultos e acusava todos de estarem escondendo a amante do marquês, quando, na verdade, ela havia assassinado a atriz. Tudo tinha um novo significado e Caroline não sabia se ficava triste ou chocada.

Ficou claro que o marquês estava evitando-a. Ela não sabia se era porque ele não conseguia encará-la, agora que lhe contara seus segredos, ou se era porque haviam se beijado. Ela estava tentando não pensar na segunda parte. Era mais seguro focar em analisar como tudo o que aconteceu afetou aquela casa e as pessoas dentro dela.

No meio da semana, aquela rotina foi estragada por mais visitas. E, dessa vez, a marquesa viúva sequer estava envolvida. Caroline ficou pensando se essas pessoas em campanha de visitas pelo campo não pensavam em avisar antes. A casa estava em reforma, eles não estavam organizando lanches no jardim à toa.

— Milady, eu levei as visitas até a sala amarela — disse o Sr. Roberson.

— O único cômodo que está perfeitamente decente para receber — apontou Caroline. — Não, não quero cartão. Só me diga de quem se trata.

— Lady Elliot e sua filha, a Srta. Aveline.

— Espere cerca de dez minutos e traga o serviço de chá. Com biscoitos frescos.

A porta da sala de jantar foi aberta e a Sra. Daniels entrou correndo.

— Não! Não receba essa mulher, coloque-a para fora! — ela disse, indo ao encontro deles.

— Sra. Daniels... — disse Caroline, colocando as mãos na cintura e usando um leve tom de reprimenda.

— Estou dizendo, Milady. Fique longe dessa... dessa... dama de má índole.

— Lady Eliott? Não foi isso que ouvi em minhas breves idas à modista.

— Duvido que não tenham dito que ela é a pessoa mais arrogante desta parte do país — disse a governanta.

— Ninguém quis se comprometer — disse Caroline.

— Ela é má, Milady — insistiu a Sra. Daniels, que sabia bem quem era a mulher. — Fique longe dela.

Decidida a conhecer uma das mais comentadas vizinhas da propriedade, Caroline foi até a sala amarela e as encontrou. Elas com certeza já sabiam que era ela quem as receberia, assim como deveriam estar informadas dos recentes acontecimentos sociais em Bright Hall.

— Uma parente, não? — disse lady Elliot, com um sorrisinho desagradável.

E lá estava Caroline novamente no meio daquela história de ser uma parente que estava auxiliando na reforma da casa. Não precisava dar motivos, todo mundo ali sabia.

— Sim, com certeza — ela respondeu, na falta do que dizer.

— Já é possível ver as mudanças na casa, especialmente do lado de fora — comentou a mulher.

— Fico contente que a melhora seja notável — ela respondeu, juntando as mãos sobre o colo.

— É verdade que estão dando festas? — perguntou a mocinha sentada perto da janela.

Lady Elliot lançou um olhar para a filha, como se não houvesse gostado de a moça ter interferido e atrapalhado o assunto que ela estava construindo. Caroline a olhou e reparou que a Srta. Aveline também parecia ser jovem. Algo como a neta de alguém que o marquês conhecia e esse alguém resolvia que era uma boa ideia trazer sua netinha para as apresentações. O problema era que o marquês já não estava ligando nomes às pessoas. Ele se lembrava vagamente de garotas que há pouco mais de cinco anos deviam estar brincando de bonecas. E agora, já eram debutantes nos bailes londrinos e estavam à caça de maridos.

— Oh, não. Com certeza não estamos dando nenhuma festa. Foram apenas lanches diurnos que Lady Hilde ofereceu nos jardins — explicou Caroline.

— Soube que tiveram muitas moças passando por aqui — lady Elliot voltou à conversa.

— Algumas — disse Caroline, sentindo que era melhor não mergulhar nesse tópico.

— E suas mães — continuou a mulher.

— Acompanhantes são necessárias.

Escolhendo um bom momento para sua aparição, Lydia entrou correndo na sala de visitas e foi direto para a cadeira onde Caroline estava. Ela deixou seu pequeno corpo cair sobre as saias do seu vestido, enquanto apoiava o braço no colo dela e lhe mostrava um belo ramo de flor silvestre, todo lilás com flores pequenas e as pontas manchadas de branco.

— Veja que bonito! Temos flores! — exclamou Lydia. — Papai me levou para vê-las! Ele disse que essas são selvagens, mas que em breve vamos ter algumas no nosso jardim!

— É muito bonito, Lydia — disse Caroline, disfarçadamente passando a mão em seu cabelo e abaixando o sol dourado que se formara.

— Eu trouxe para você, ele deixou! — Ela colocou o raminho nas mãos de Caroline.

—Oh, que gentileza sua!— Caroline sorriu e continuou carinhosamente abaixando seu cabelo. — Temos visitas, que tal cumprimentá-las? São suas vizinhas.

Lydia ficou em pé e, mesmo com o vestido um pouco sujo, fez uma adorável mesura que vinha treinando com a preceptora. Depois, olhou para Caroline em busca de aprovação e sorriu quando a recebeu.

— Vá procurar a Srta. Telma e peça para ajudá-la a se limpar. Se voltar aqui bem limpinha, terei biscoitos para você — prometeu Caroline.

Com a proposta de biscoitos, Lydia saiu tão rápido quanto entrou, deixando Caroline com seu pequeno ramo de flores que partiam de um mesmo galho fino.

— Está há tempo suficiente aqui para que a menina se apegue — disse lady Elliot.

— Lydia é uma menina muito carinhosa — comentou Caroline, ainda sorrindo para o seu pequeno ramo de flores silvestres.

— Será um sofrimento para ela quando a senhora partir. Imagino que não deva demorar, com o exterior da casa já mostrando que ficará pronto em breve. Apesar de não saber como se encontra o interior. É uma casa antiga.

— Não tanto. Conheço outras bem mais antigas e esta está em ótimo estado. Ficará como nova após a reforma.

— E com uma governanta tão eficiente, em breve nem os criados precisarão da sua supervisão. Ao menos, assim espero.

*Ah, não.* Elas haviam chegado ao assunto da governanta. Caroline já não tinha a menor dúvida de que lady Elliot sabia o que ela fizera.

—Tive a sorte de encontrar alguns antigos criados aqui. O Sr. Roberson, nosso mordomo, descende de uma família que serve esta casa há gerações.

— Estou surpresa por dar valor a tal lealdade, visto que não se preocupa que seus novos criados não atendam a esse requisito. Afinal, fazer propostas a criados de outras casas esperando que eles traiam seus patrões e abandonem seus postos inesperadamente mostra que a senhora tem um grande desprendimento. Assim como apreço por criados desleais.

Caroline teve vontade de fechar os olhos quando a mulher terminou de falar. Ela até apertou o ramo entre os dedos e se forçou a soltar para não quebrá-lo. Lady Elliot e seu tom de voz fino, com aquela entonação detestável e feita para provocar da maneira mais antipática possível, explicava porque a Sra. Daniels estava tão desesperada para sair de lá. Além, é claro, das insinuações que a mulher fazia.

— Sou adepta a novas chances e a boas oportunidades — disse Caroline, tentando ser adequada. Ela estava até com um sorriso forçado. — Gosto de ajudar as pessoas.

— E tomar posse dos bens alheios — completou a mulher.

— Criados não são posses, são pessoas. Com vontades, desejos e necessidades. E quando estão insatisfeitos, eles tendem a procurar novas oportunidades. — Caroline foi um pouco menos agradável ao fazer esse lembrete.

— A senhora está insinuando que a governanta que tirou da minha casa para sua missão de reforma estava sendo maltratada?

Caroline não podia entrar em uma enrascada dessas, logo com a lady mais arrogante e, segundo soube, venenosa e fofoqueira daquela parte do país. Já podia imaginar o que lady Elliot devia estar falando da tal "ladra de governantas" por aí. Mas não foi realmente um roubo. Foi a mulher que a procurou.

— De maneira alguma, mas como eu disse, eles são livres para se indispor seja lá com o que for, não é? Por mais que tentemos agradar. Veja só o nosso caso, soube que o marquês sempre pagou bem a todos aqui. No entanto, quando cheguei, não tínhamos sequer um terço do necessário para fazer a casa funcionar.

Lady Elliot pareceu ficar satisfeita com aquela resposta e moveu sua cabeça, fazendo seu chapéu ridículo e claramente caríssimo balançar levemente sobre seu cabelo castanho. Estava na moda e Caroline não deveria nem se atrever a dar opinião, visto que ela estava usando um vestido de duas temporadas anteriores e tinha absoluta certeza de que a mulher notara, porque ela a olhara criticamente assim que entrou no aposento. Era seu vestido diurno, para ficar em casa e não para receber. Se a mulher desejava encontrá-la no seu melhor, deveria ter avisado que vinha. Porém, Caroline desconfiava que a intenção de lady Elliot era exatamente o contrário disso.

Em compensação, a Srta. Aveline tentava imitar a pose da mãe, mas era uma jovem distraída e ficava o tempo todo divagando, olhando a decoração, a janela ou demorando tempo demais na análise de suas luvas de passeio. E ela tinha o cabelo mais claro, em um tom castanho, misturado com loiro escuro que, junto à sua pele pálida, conferia-lhe delicadeza. E é claro que ela estava com um vestido extremamente moderno e de cor clara. Com tudo isso, o marquês diria que ela parecia pálida como um fantasma.

O Sr. Roberson entrou, acompanhado de Herbert e trazendo o serviço de chá. Eles se ocuparam em depositar tudo na mesinha ao centro. Cada pequeno pedaço estava perfeito, provavelmente porque o mordomo sabia que estaria sob o olhar de águia de lady Elliot.

— Está perfeito, Sr. Roberson, muito obrigada — disse Caroline.

— O marquês costuma juntar-se às visitas para o chá? — perguntou lady Elliot, provando que não havia ido até ali, levando sua adorável e jovem filha, apenas para espezinhar Caroline por ter "roubado" sua governanta. — Afinal, com todos esses lanches em seu jardim, imagino que o dono da casa esteja comparecendo, já que a marquesa está impossibilitada.

Caroline sabia muito bem o que a mulher estava fazendo. Ela não só queria saber por onde o marquês andava, mas também se ele dera atenção às jovenzinhas que estiveram ali antes de sua filha e qual era o papel de Caroline em tudo isso. Ela era somente uma convidada, não era?

Não seria mais fácil ela simplesmente perguntar: *Para quando está marcada a morte da maldita marquesa que nos impede de arrematar o marquês como marido para nossas filhas?*

— Sim, ele tem sido presença constante — disse Caroline, fingindo animação e adorando torturar a mulher por saber que sua filha já estava atrasada na corrida de caça ao marido.

— E imagino que a senhora também — disse lady Elliot.

— Claro, Lady Hilde faz questão que eu compareça, já que sou a única convidada da casa.

— Uma convidada com poderes demais. Não é um tanto cansativo vir passar essa temporada aqui e ter de auxiliar em algo tão... pessoal como o andamento da casa?

— Eu gosto — resumiu Caroline, tentando fugir do assunto.

— Ah, sim. Como Lady Clarington, tenho certeza que teve muito trabalho.

— Não sou mais a Lady Clarington. O novo Barão já tomou posse e em breve terá uma esposa.

— Não perdemos nosso antigo título porque perdemos o marido. Mas, para alguém procurando um novo marido, é interessante se desvincular do anterior. — Lady Elliot bebericou o chá que Caroline acabara de lhe servir. — Sei que é jovem e ainda não tem filhos, com certeza os almeja, não é?

Aquela mulher estava deixando-a cansada. Era o tipo que fazia a pessoa precisar estar atenta ao que dizia, pois ela captava cada detalhe.

— Não tenho certeza.

— Assim como uma posição segura, em uma casa nova e com uma boa renda. Afinal, uma vez que foi baronesa, não vai se contentar com algo abaixo disso. Pensar em voltar para sua antiga vida deve ser terrível.

— Está tentando me dizer algo, Lady Elliot? Não conheço sua família, mas não creio que tenha jovens solteiros nela para que se torne tão interessada em meus planos de casamento — disse Caroline, percebendo que estava sendo insultada e, mesmo assim, tentando manter a compostura.

— Sejamos sinceras. Você é uma mocinha em idade de se casar como todas as outras. A diferença é que já se casou e acabou viúva antes do tempo. Nesse nosso mundo, é melhor ser viúva do que solteira, não é?

— Eu não vejo muita diferença — opinou Caroline.

— Pois eu vejo. Viúvas podem ficar com rendas e propriedades, especialmente se produziram um herdeiro. Algo que a senhora não fez. Assim como eu sei que não recebeu uma renda adequada como herança.

Era um dos motivos para Caroline não ver diferença entre ser solteirona ou viúva. Em ambos os casos, ela acabava do mesmo jeito. Era melhor ter ficado sozinha, para início de conversa. Em compensação, seria terrível porque tinha muito mais liberdade sendo uma viúva do que sendo uma pobre donzela solteirona que a família quer proteger e esconder. Ela não servia para esse tipo de situação. Pelo menos, para alguma coisa útil aquele seu marido serviu.

— É verdade. Ainda bem que tenho parentes caridosos, não acha? — disse Caroline com um sarcasmo que não passou despercebido aos ouvidos treinados de lady Elliot.

— E a deixa na melhor posição para ficar aqui definitivamente — disse a mulher.

— Perdão? — perguntou Caroline, preferindo fingir que não ouvira direito.

— Soube que seu marido morreu há pouco mais de um ano e, pelo que sei, ainda falta mais um ano para que volte a participar de eventos com tanta animação. É um tanto escandaloso todo esse desprendimento com a morte do Barão.

— Já passei tempo demais sob o domínio dele, não vou continuar após sua morte — ela respondeu, usando todas as suas forças para não falar entre os dentes.

— Não creio que esse seja o caso — a mulher disse, deixando bem claro o que pensava de tal comportamento.

Caroline não havia dispensado o mordomo, portanto, o Sr. Roberson havia se plantado próximo à porta e acabara escutando toda a conversa. Ele fez um leve som, como uma tosse, pouco antes de o marquês entrar no cômodo. Sua tosse não foi percebida e, quando Henrik entrou, viu Caroline olhando para lady Elliot com ultraje, enquanto a mulher a encarava friamente e a mocinha em frente a elas apenas segurava o pires com a xícara esquecida.

— Não sabia que tínhamos visitas — disse o marquês, aproximando-se.

Lady Elliot esqueceu sua conversa imediatamente e ficou em pé, movimento copiado por sua filha, que abriu um enorme sorriso. O marquês continuava alternando o olhar entre elas e Caroline, que não se preocupou em se levantar.

— Soube que tem recebido visitas diurnas e resolvi aparecer, afinal, nós também retornamos ao campo — disse lady Elliot, sutilmente tocando no assunto de não ter sido convidada para os lanches que aconteceram em Bright Hall.

— Bem, é um prazer revê-la, Milady — disse o marquês, lembrando sua educação e fazendo a mesura tardia. — Sinto dizer que deveria ter passado primeiro na casa de minha mãe, pois é ela quem promove esses eventos em meu jardim. Tenho certeza de que conseguirão conciliar suas agendas para uma próxima oportunidade.

Caroline franziu o cenho enquanto o olhava. Aquele era mesmo Henrik falando? De qualquer forma, para compensar sua educação momentânea, ele estava com aquelas botas russas e seminu. Nem um colete para tentar parecer adequado, apenas sua camisa clara. Ao menos essa não estava apertada. Com certeza, era nova. Se as duas mulheres no cômodo ficaram incomodadas, não demonstraram isso. Lady Elliot fingia que não via e a Srta. Aveline só lançou um olhar curioso.

— Claro, vou visitá-la amanhã. Bright Hall fica mais perto para nós. Lembra-se de minha filha, Lady Aveline?

Henrik franziu o cenho e olhou para a moça. Ele não se lembrava dela. Ao menos, não com essa idade, só da garota de treze anos.

— Eu ainda tinha em mente a imagem daquela garotinha que tinha problemas em se manter em cima de sua montaria — disse o marquês.

Aveline corou imediatamente, pois era uma péssima amazona. Aos treze anos, às vezes, passava pelas terras do marquês e sempre acabava caindo. Agora, ela tinha dezenove e continuava péssima sobre um cavalo. Naquela época, o marquês já tinha trinta anos, mas ele achava que agora, devido à prática intensa, estava cavalgando melhor.

— Isso já faz muito tempo, Milorde — comentou lady Elliot sem graça.

Eles se sentaram, Henrik ocupou a poltrona em frente a Caroline. Ela ainda estava muda, agora concentrada em lhe servir uma xícara de chá. Ele aceitou enquanto franzia o cenho para ela. Ao fundo, lady Elliot falava sobre terem se retirado de Londres para a temporada no campo e sobre os planos para tornarem a estadia mais social, já que havia tantas moças nas propriedades mais próximas.

Obviamente, ela aproveitou para lembrá-los, de maneira sutil, que já estava ali há dias. O fato de não ter sido convidada para as surpreendentes atividades sociais em Bright Hall ainda não havia sido superado. Era um desrespeito, afinal, sua casa era mais próxima do que a de lady Ausworth, que já fora convidada duas vezes.

E depois de cinco anos, quando o marquês deixava convidados irem à sua casa — e os boatos diziam que o motivo era sua iminente viuvez — ela e sua filha solteira não eram convidadas? Era um enorme insulto.

E lady Elliot não iria deixar isso barato, ainda mais agora que conhecera a tal "convidada" de Bridington e constatara que, assim como descrevera a fofoca, a moça era mesmo bonita e jovem para uma viúva, apesar de seu vestido terrivelmente fora de moda. Pelo que as matronas lhe disseram, em ocasiões especiais, Caroline usava roupas mais de acordo com a moda atual.

— E vamos oferecer um baile campestre em nossa casa. Marcarei a data assim que minha nova governanta chegar, afinal, tendo sido privada da que eu tinha há anos e de forma tão abrupta, ainda estou um tanto perdida — disse lady Elliot.

O marquês não tinha prestado atenção em nada do que a mulher dissera até chegar à parte da governanta, quando Caroline fez cara de sofrimento e desviou o olhar para encará-lo pela primeira vez. Até então, ela permanecera com os olhos baixos. Ele levou a xícara aos lábios, mas continuou olhando para ela e acabou reprimindo a vontade de dar um sorriso. Enquanto a mulher achava um ultraje que sua governanta houvesse sido "roubada", Henrik achava divertidíssimo.

— Então, Srta. Aveline, essa foi sua segunda temporada, não é? Gostou mais da experiência dessa vez? — Caroline perguntou subitamente, desviando o olhar do marquês.

— Sim, eu... — atrapalhou-se a jovem — já estava mais preparada para o que viria — ela completou, tentando disfarçar com um sorriso.

— Ah, claro. A primeira vez é sempre um choque. — Caroline assentiu, sendo simpática com a moça, já que seria impossível fazer o mesmo com sua mãe. — Fico feliz que tenha sido poupada da terrível experiência de ser jogada em um casamento já na primeira temporada, quando ainda não viu nada do mundo. Tenho certeza de que sua terceira temporada será a melhor, estará mais experiente.

Lady Elliot chegou a ficar vermelha. Se estivesse segurando sua xícara nesse momento, iria quebrá-la. Aveline até gostou do que Caroline lhe disse, mas sua mãe sabia o que a moça estava realmente dizendo. Em duas temporadas, lady Elliot não conseguira casar sua filha, provavelmente porque ninguém se interessou por ela. Teriam que enfrentar uma terceira vez em Londres, participando da caça ao marido. Sim, foi uma provocação bem pensada, Caroline fez de propósito, para devolver os insultos mascarados que esteve suportando desde que se sentara ali.

— Bem, se nos dão licença, temos um compromisso na casa de Lady Ausworth — disse a mulher.

Elas se levantaram e partiram. O marquês até se dignou a deixar seu biscoito e ficou em pé até elas deixarem o cômodo. Pelo olhar de lady Elliot, Caroline sabia que sua provocação não ficaria impune. Assim como todo o resto que a mulher havia insinuado. Ela lançou um olhar acusador antes de sair e deixá-la sozinha com o marquês.

— Você sabe que Lady Elliot não é uma boa indicação para amizade, não é? — perguntou Henrik, antes de comer outro biscoito.

Ela levantou o olhar para ele e soltou o ar, finalmente sentindo alívio longe daquela mulher.

— Agora eu entendo porque a Sra. Daniels estava tão desesperada. Essa mulher é muito desagradável.

— O que ela lhe disse que a aborreceu tanto?

— Nada... Apenas várias sutilezas desagradáveis. Acho que teria sido melhor convidá-la antes.

— Diga isso a minha mãe. É ela quem faz a lista de convidados para importunar minhas tardes atarefadas. Talvez ela pense que já há crianças demais nos lanches.

— Acho que a Srta. Aveline tem a mesma idade que aquelas moças que estiveram aqui.

— O que a qualifica perfeitamente para brincar com minha filha — disse o marquês, ficando em pé.

— O senhor sabe que há uma grande diferença, não é? Elas são adultas e estão subindo ao altar.

— Até onde sei, a senhora não subiu ao altar quando mal sabia vestir suas roupas íntimas por conta própria.

— Isso foi indelicado, Milorde — disse Caroline, ficando em pé e alisando seu vestido. — Não cite as roupas íntimas de mulheres, estamos de acordo? Ao menos, não na frente delas.

— Não parece abalada com isso — ele observou.

Caroline moveu os ombros e cruzou os braços, como se fosse uma conclusão óbvia entre eles.

— Já concordamos que não fico facilmente abalada.

— Quantas temporadas você levou?

— Duas, cheguei atrasada. Consegui escapar na primeira, mas na segunda não foi possível.

— E como foi? Muitas danças em um baile e depois um pedido?

— Não, fui enganada. Meu falecido marido armou tudo. Ele foi extremamente inapropriado e intrusivo exatamente no momento que sabia que seríamos vistos por algumas matronas fofoqueiras e conservadoras. Eu sequer o deixava ter duas danças em um baile e recusei tê-lo como pretendente. Então, ele armou isso e pareceu que eu era uma moça apaixonada e disposta a todo tipo de inconsequência, como encontros íntimos no jardim.

Henrik ficou apenas olhando-a, odiando a situação em que ela esteve.

E sabia que ela estava lhe contando isso porque não havia propósito em esconder algo que era de conhecimento de várias pessoas, se ele lhe contara o maior segredo de sua vida. Quem sabe assim, ele se sentisse melhor perto dela e parasse de evitar encontrá-la.

— Que maldito bastardo — disse o marquês, entre os dentes.

— E eu pensando que apenas mães de moças solteiras armassem situações para conseguirem obrigar os homens a propor casamento. — Ela levantou os ombros e se afastou da poltrona. — Tanto faz, ele está morto e eu estou livre. Bem, livre até onde uma viúva considerada nova demais para ser adequada pode estar. E sem uma renda considerável, como fui bem lembrada essa tarde. Isso me deixa quase tão presa quanto antes. Só não tenho que me submeter a contatos desagradáveis e degradantes com ninguém.

Ela olhou para baixo e levou as mãos à frente do corpo. Talvez sua conversa incômoda com lady Elliot houvesse atingido alguns pontos nela. Henrik se aproximou e colocou sua mão sobre as dela, cobrindo-as e apertando-as. Caroline não chegou a se assustar, mas se surpreendeu com seu toque.

— Acredite em mim, Caroline. Não é sempre assim. Vai haver alguém em sua vida, não importa se será o homem com quem se casará ou apenas por quem estiver interessada no momento. É você quem decide isso e ninguém mais pode obrigá-la. Mas você vai descobrir que não é desagradável nem degradante estar com quem deseja. Na verdade, é extremamente prazeroso. E tenho certeza de que ainda vai descobrir isso. Pense nisso como uma das vantagens de ser uma viúva jovem e inadequadamente apta a descobrir a vida. O que é inadequado para eles, pode ser sua chance de felicidade.

Caroline levantou o olhar e ficou encarando o marquês enquanto sua mão quente ainda segurava as dela.

— Eu vou me dispor a acreditar no que disse, por mais que não esteja procurando e, na verdade, ainda não deseje nada disso. Mas vai ter que concordar que, um dia, redescobrirá tudo isso que me falou.

— Eu já sei como é. Sempre saberei. — Ele soltou as mãos dela e a olhou por um momento, antes de sair do cômodo.

Nas poucas ocasiões em que acompanhou a marquesa viúva, Caroline descobriu que lady Elliot trabalhava rápido. Ela havia espalhado a história da governanta que a deixara sem um pingo de consideração e fizera observações maldosas sobre o período de luto muito curto de Caroline. Afinal, o que era um ano, não é?

Não foi possível convencer o marquês a ir à igreja, pois ele preferia o silêncio e a solidão da capela de Bright Hall, mas Caroline levou Lydia e acompanhou Hilde. E lá teve que escutar algumas perguntas disfarçadas sobre o episódio da governanta.

— É terrível como, até hoje, algumas pessoas de posições mais elevadas ainda não entenderam que criados são pessoas normais. Necessitam ter voz e ser valorizados, além de receber reconhecimento pelo trabalho bem feito. — Caroline disfarçava suas provocações em um discurso a favor da consideração pela classe trabalhadora. — Afinal, já estamos no início do século dezenove e toda boa dama sabe que sua casa funciona melhor com auxiliares bem-dispostos.

Claro que seu comentário sutil chegou até lady Elliot, como se ela já não houvesse inventado motivos suficientes para antipatizar com Caroline.

No dia seguinte, Caroline se deixou cair na poltrona da sala amarela e soltou o ar, imaginando como iria se manter longe de fofocas.

— Veja! Filhotinhos! — gritou Lydia quando entrou correndo.

Caroline abriu os olhos e viu a menina parada pouco depois da porta com dois filhotes de cachorro no colo, um em cada braço, ambos aconchegados a ela e especialmente ao seu vestido azul claro. Ao menos era assim. Agora, era azul com manchinhas marrons das patas dos pequenos animais.

Pouco depois, Bertha também entrou, mas ela estava segurando um filhote só e o olhava um tanto intrigada, mantendo-o longe do seu vestido verde claro que fora feito por sua mãe.

— Esse aqui é menina — disse Bertha, olhando para o filhote.

— Eles são uma graça — disse Caroline, levantando-se e indo ver os dois cachorrinhos peludos e pequenos. Deviam ser crias dos cães do marquês, mas eram tão incontroláveis quanto ele e viviam soltos por aí.

— Papai me deixou ficar com eles! — disse Lydia, toda animada.

— Eles já moram aqui, ele não precisa deixá-la ficar com um... — disse Caroline, sem saber se era uma boa notícia.

— Eu quero os dois! — continuou Lydia.

— Mas dois? — Ela franziu o cenho.

— Eu tenho um gatinho — disse Bertha.

De repente, Caroline notou algo se movendo perto de sua sapatilha e viu outro filhote. Foi então que ela notou que havia mais cinco dentro da casa.

— O que todos esses cachorros estão fazendo aqui dentro?

— Eu quero todos! — Lydia saiu correndo.

Os cachorros emitiram latidos finos de filhote e correram também, espalhando-se. Bertha disse alguma coisa e partiu no encalço de Lydia, correndo e levando a cadelinha à frente do corpo com os braços esticados.

— Volte aqui, Lydia! Bertha, você vai cair!

Caroline saiu correndo atrás delas, agora podia escutar os latidos dos cachorros lá fora e a voz de Telma, chamando Lydia e dizendo para soltar todos aqueles cães. Com a pressa, Caroline não olhou por aonde ia e, quando saiu pela porta da casa, ela voou. Onde estava a escada?

A próxima visão de Caroline foi o marquês, franzindo o cenho e olhando-a. Ela havia voado pelo espaço dos dois degraus que não estavam lá e suas sapatilhas mal tocaram o chão e ele já estava segurando-a. Ela achava que havia gritado, mas não tinha certeza. Só sabia que estava em choque, ainda assustada, pensando que cairia de cara no chão e seu coração batia muito depressa. Levou um minuto até ela parar de ofegar, voltar ao mundo real e os sons penetrarem em seus ouvidos.

Não ajudou em nada a sua recuperação ela perceber que estava encarando o botão da camisa do marquês e, se levantasse um pouquinho o olhar, iria passar a encarar perto demais aquele outro botão que ele mantinha aberto. Santo Deus, ela estava quase com o nariz enfiado na camisa dele.

— Ela caiu! — exclamou Bertha.

— Mas papai a salvou! Ele também sempre me salva! — comemorou Lydia.

— Solte esse bicho, ele está com as patas sujas — exigiu Telma.

— Vamos dar banho neles! — disse Bertha.

Caroline levantou o rosto e encarou o marquês, que ainda a segurava, mas seu cenho já não estava franzido. Ela estava apoiada contra ele, porque foi assim que ele a segurou e podia sentir a mão dele em suas costas por causa do toque quente sobre o tecido fino de seu vestido. E foi então que ela notou que apoiava as mãos em seu peito, sobre sua camisa. Ela fechou os punhos, como se isso tornasse o toque menos inadequado, mas não conseguiu se afastar imediatamente.

A sensação de ficar tão perto dele era boa e ela estava surpresa por isso. Era um dos motivos para não ter conseguido sair dali. Ela não gostava de ser tocada de forma íntima, aversão que desenvolveu por causa de seu falecido marido e, no entanto, estava ali nos braços do marquês, sentindo seu corpo perto demais e sem nenhuma vontade de terminar o contato.

Henrik só olhava o rosto dela sem se mover, como se estivesse lhe dando a chance de fazê-lo primeiro ou de se recuperar do susto. Mas ele aspirava seu cheiro, o que o deixou imóvel e não pôde soltá-la sequer pelo bem do adequado. Como ela havia levantado a cabeça para olhá-lo, ele respirava sobre ela, incapaz de quebrar a proximidade. Nem naquela noite à beira do bosque, que agora já parecia ter sido há tempo demais, eles ficaram tão próximos, mesmo quando trocaram aquele beijo breve e inesquecível. Não conseguia se livrar da memória do toque macio dos lábios dela. Foi o bálsamo de uma noite que tinha tudo para terminar muito mal.

Ela deu um pequeno passo para trás e se apoiou nele, afastando seus corpos.

— Tenha cuidado, Milady. Eu realmente não gostaria de vê-la estatelada no chão e com um vestido tão bonito — ele disse.

— Eles não deveriam ter tirado os degraus hoje...

— Os homens trabalham rápido.

Há poucos dias, os trabalhadores da reforma disseram que seria melhor substituir a pedra da escada de entrada, porque aquela estava rachada e se deterioraria rápido. Eles já haviam limpado e tentado consertá-la, mas não funcionou. Notaram o problema das rachaduras quando móveis pesados foram carregados por ali. Agora, apenas um dos lados da escada estava no lugar, somente para não inutilizar a entrada enquanto eles não terminavam. Lydia e Bertha sabiam disso, mas Caroline não. Ela não havia saído da casa hoje.

— Lydia não vai levar todos esses cachorros lá para cima — disse Caroline. — Tenho certeza de que ela vai colocá-los na cama.

Ele sorriu.

— Não teve bichinhos de estimação quando era criança, não é?

— Minha mãe nunca deixou — ela respondeu, parecendo ressentida por isso.

— Eu tive um cachorro desde bem novo. Acredite, faz diferença na criação de uma criança. Lydia adora animais.

— Ela pode brincar com eles todos os dias.

— Um cachorro, só um — sugeriu o marquês. — Podemos providenciar uma casinha para ele lá em cima.

— Só se for fêmea. Machos ficam demarcando território.

— Não disse que não teve cachorro?

— Mas meu pai tinha dois. E todas as vigas da varanda eram demarcadas.

— Feito — ele concordou.

Telma ficou olhando para eles. Ainda estavam perto um do outro e conversando como se a confusão de cachorros e duas meninas tagarelando não estivesse acontecendo. Eles se afastaram mais um pouco, como se houvessem combinado. O marquês se abaixou, pegando um dos filhotes e entregando-o para Caroline, que o acariciou e ficou sorrindo para a doçura do pequeno animal, mas o manteve longe de seu vestido novo, pois estavam todos com as patinhas sujas de terra. A preceptora ficou se perguntando se estava com muitos pensamentos românticos ou imaginando coisas. Talvez nem eles tivessem se dado conta. Podia ser tudo coisa de sua mente.

O interesse local, ou melhor, o interesse das matronas na vida em Bright Hall, elevou-se quando a notícia de que o Dr. Koeman estava de volta à propriedade se espalhou. Caroline continuava tentando descobrir como a fofoca estava viajando tão rápido se desde a visita surpresa de lady Elliot eles não receberam ninguém. Vez ou outra, ela acenava para grupos que passavam cavalgando, especialmente quando eram compostos por mocinhas que ela conheceu recentemente. Ainda assim, não tinha como elas saberem alguma coisa.

— Fico contente em retornar e encontrá-la aqui — disse o Dr. Koeman, após uma caprichada mesura para ela.

O médico iria mesmo passar por lá antes de retornar para Londres, mas um dos seus motivos foi reencontrar Caroline.

— Eu lhe disse que minha estadia aqui seria um tanto extensa — ela comentou.

— De fato. Vejo que está progredindo rápido, a fachada já não parece a mesma.

— Sim, as reformas estão ótimas. Mal posso esperar pela época da pintura.

O marquês entrou no cômodo e alternou o olhar entre eles.

— Precisa ser antes da época de chuvas, Milady — ele avisou, mas não sorriu.

Não que alguém estivesse esperando receber sorrisos do marquês, mas hoje ele não estava em um dia simpático.

— É bom vê-lo bem, Milorde — disse o médico. — Está me parecendo ainda mais saudável. Creio que a nova organização tem lhe feito muito bem.

Henrik só respondeu com um som gutural que pareceu um "hum".

— É uma surpresa vê-lo tão rápido. Espero que aproveite a estadia, agora que os quartos de hóspedes estão agradáveis. Sua paciente vai odiar vê-lo tão cedo — disse o marquês, antes de sair novamente.

Dr. Koeman assentiu, sabendo que Roseane realmente odiaria encontrá-lo, mas ele tinha planejado ir até lá. Como dissera da outra vez, a saúde da mulher estava realmente deteriorada, após todos esses anos enfiada naquela cama.

— Creio que o marquês não está em um bom dia para visitas — o médico disse em voz baixa, como se Caroline já fosse sua cúmplice.

— Ele nunca está, mas tenho certeza de que já está habituado a ele. — Ela deu um leve sorriso e deixou o médico com o mordomo para lhe indicar o caminho de seu aposento.

Roseane realmente odiou rever o Dr. Koeman, especialmente porque ela tinha certeza que ele sabia de tudo. Ultimamente, era o único médico que ela recebia. Já fazia meses que não via outro. Então, só podia ser ele quem consultava a atriz que o marquês mantinha. Ela sabia da preferência dele por aquelas mulheres imorais e de ocupação duvidosa. O que mais a enervava era que não conseguia encontrar a maldita atriz, devia estar morando fora da casa.

Era impossível, na cabeça de Roseane, que o imoral do seu marido — um homem que chegou ao ponto de se apaixonar por uma atriz — não houvesse trazido uma daquelas mulheres nojentas para Bright Hall.

— Você também sabe fazer partos, não é? — ela perguntou quando ele estava tentando auscultar seus pulmões.

— Não é minha especialidade. — Ele se afastou e olhou para ela. — Milady, preciso discursar novamente sobre a necessidade de ar puro e de se exercitar, mesmo que minimamente? Se não quer ir lá fora, comece com caminhadas pelo quarto e depois pelos corredores. — Nem o médico entendia porque continuava lhe sugerindo isso. Desde o primeiro dia que a consultara, havia recomendando o exercício leve e ela nunca o obedeceu.

— Eu não confio em nenhum de vocês. E muito menos em médicos. Disseram que eu ia morrer e aqui estou, firme e forte. Disseram que podiam salvar meu bebê e mentiram! Assim como mentiram sobre todo o resto. Eu ainda vou ter o meu herdeiro — ela declarou, levantando o queixo. — Se quer conseguir algum resultado, diga àquele ensaio de marquês que ele não está cumprindo com seus deveres.

— Eu estive com alguns de seus antigos médicos, Milady. Especialmente o Dr. Sanders, que a salvou no parto. E todos têm a mesma opinião — disse Dr. Koeman com toda a calma, pois parte do seu tratamento era não deixar seus pacientes se esconderem por trás de mentiras e negações. — Sabe tão bem quanto eu que Lydia será sua única filha. Se melhorar, ainda poderá vê-la debutando...

— Mentira! — ela gritou. — Aquela maldita não é minha! Meu garotinho morreu e ele era o único. Vá embora! Você é culpado por espalhar essas mentiras. Eu vou mandar prendê-lo por essa difamação. — Ela chegou mais perto da beirada da cama. — Não ouse dizer isso a ninguém. Se aquelas malditas mulheres da sociedade souberem disso, eu terei sua cabeça — ela avisou.

— Assuntos entre médicos e pacientes não são discutidos em bailes, Milady. Seu marido é o único que tem conhecimento de seu estado de saúde.

— Você conta essas mentiras para ele? — Ela empurrou a bolsa de couro onde ele levava seus pertences profissionais.

Dr. Koeman foi rápido o bastante para segurá-la antes que fosse ao chão.

— Vou instruir sua enfermeira a manter sua janela aberta e isso não é uma opção, Milady. É para o seu bem. — Ele se manteve firme, sem recuar diante da revolta dela. Já tivera pacientes rebeldes, mas, tirando aqueles com problemas reais, Roseane ultrapassava os limites.

— Mentira! Ela só faz o que eu mando, pode dizer o que quiser! Saia daqui e não volte. Eu quero outro médico.

Apesar de o médico ter relatado a exigência de sua paciente, o marquês não estava disposto a começar tudo de novo, procurando outro médico que talvez se recusasse a cuidar dela depois da primeira consulta. Ele já havia passado por isso várias vezes, tendo profissionais se recusando a continuar e outros dizendo que não podiam fazer nada, já que não havia o que tratar. Dr. Koeman era sua melhor opção e, por mais que não tivesse havido mudanças, ele era interessado, tinha ideias modernas e, se havia alguém que poderia ajudar, era ele.

O que não queria dizer que o marquês estava contente com a estadia dele em sua casa com o único propósito de perseguir Caroline. Sim, porque, em sua sincera opinião, aquilo só podia ser perseguição. Não havia um momento em que ele a encontrasse ou avistasse e o médico não estivesse em seu encalço, tentando auxiliar, sendo cortês, opinativo e positivo. O que quer que fosse, Dr. Koeman se dispunha a fazer.

E ele falava demais durante o jantar. Henrik tinha vontade de enfiar um pãozinho pela goela dele para ver se o som parava. Na verdade, ele achava que o médico falava demais o tempo todo. Claro que estava tentando impressionar Caroline com um vasto domínio de assuntos e opiniões. E Henrik não podia deixar de pensar que era o oposto. Ele não era mudo, mas ninguém podia dizer que era falante. E não usava aqueles tons tão alegres e irritantes que o médico parecia dominar.

— Milorde acha de bom tom que eu deixe minha corte a Lady Clarington mais clara?

Ela odiava ser chamada de lady Clarington, disso Henrik já sabia, mas não disse nada. Apoiou o cotovelo no braço de sua cadeira e segurou o queixo com a mão, apenas observando o médico sentado em frente à sua mesa no escritório da casa. Quando ele deixou Caroline em paz e entrou ali, Henrik soube logo que não iria gostar do que escutaria.

— E não é exatamente isso que tem feito desde que chegou aqui? — perguntou o marquês. Seu olhar era uma mistura de antipatia e tédio.

— Na verdade, estava apenas conhecendo-a melhor, Milorde.

— Com a velocidade que sua boca tem se movido nos últimos dias, já deve saber até a cor de suas meias na infância — resmungou Henrik, virando o rosto na direção da janela do escritório.

— Devo entender que não se opõe — emendou o médico, notando que o humor do marquês não havia melhorado. Então, era melhor resolver o assunto e deixá-lo em paz o mais rápido possível.

— Não é da minha conta, doutor.

— Bem, enquanto ela está em sua casa, sei que é de sua responsabilidade.

— Eu lhe garanto que Lady Caroline pode se responsabilizar muito bem por si mesma. Mas, se deixá-la incomodada, vou jogá-lo na estrada.

— Obrigado, Milorde. Não serei incômodo para ela, tem minha palavra.

Henrik soltou o ar de forma irritada e continuou olhando pela janela. Ele não estava sendo uma boa companhia de conversa para o médico, mas que diferença fazia? Dr. Koeman não estava lá por causa dele. Para mostrar sua boa-fé à Caroline e provar que se importava com as pessoas, o médico já havia consultado todos os criados da casa e até os jardineiros. Henrik achava que ela estava abusando da boa-fé do doutor e usando o interesse dele para conseguir consultas de graça para os criados, mas não seria ele a reclamar. Gostava de saber que estavam todos com boa saúde.

## CAPÍTULO 10

— Oh, Deus! Não consigo um minuto de paz — Caroline murmurou.

A Sra. Daniels viu o médico entrar na sala e aguardar para poder falar com a dama de seu óbvio interesse. A governanta avaliou novamente a figura do homem. Ele era bem apresentável e ainda jovem o suficiente para formar uma família. Tinha uma boa vida, bons ganhos, vinha de uma família nobre e possuía uma casa boa em Londres, assim como um chalé respeitável perto das terras de seus pais. Ele contara tudo isso à Caroline na esperança de mostrar a ela que, apesar de não ter um título, também podia ser um pretendente considerável.

Ele era o quarto filho de uma família de viscondes. Isso não lhe garantia uma boa herança nem um título, mas garantia que consultasse todas as famílias nobres que precisassem de seus serviços. Não era fácil entrar nesse círculo sequer para prestar serviços. Dr. Koeman era esguio e elegante, com cabelo claro, usado em um corte limpo e rente que, contra sua pele também clara, quase não contrastava. Mas seus olhos castanhos eram grandes, bonitos e ternos. Perfeitos para um médico.

— Não sei por que Milady não demonstra nenhum interesse em aceitar o flerte do doutor — murmurou a governanta. — Ele é bem-apessoado e tem condições de mantê-la muito bem.

— Eu não quero saber disso, Sra. Daniels. Já tive um marido que era bem-apessoado e podia me manter. E odiei cada dia.

— Mas, pelo que disse, seu marido era um enganador inútil, que não era bom sequer em cuidar do próprio título. O doutor é uma boa pessoa.

— Não me interessa. — Caroline olhou pelo canto do olho. — Não preciso só disso, queria... algo diferente do que já tive.

A palavra certa era algo *especial*, mas Caroline não queria parecer uma moça tola e romântica, pois já passara da idade e perdera a oportunidade de se comportar como tal. Tinha que ver a vida de modo mais prático. E se fosse assim, estava melhor sozinha.

— Milady, com todo o respeito, deve ter visto as mocinhas desesperadas que estão nas redondezas. O desespero é tanto que estão agourando a morte de todas as esposas de nobres que demonstrem saúde frágil. Casar-se hoje em dia está difícil. Não é o momento para caprichos.

— Eu prefiro ficar sozinha — disse Caroline decididamente.

— Oh, Milady...

— Tenho certeza de que ele pode conseguir uma dessas mocinhas para adorá-lo e fazê-lo feliz. Eu não sirvo para isso, Sra. Daniels. Já foi o tempo. Além de ser infeliz, eu o deixaria assim também.

— Então, não o deixe ter esperanças.

— Não tenho como fazer isso sem ser insensível e grosseira. Ele é ótimo, gostaria que desejasse ser apenas meu amigo. — Ela olhou para baixo. Não queria ferir os sentimentos de ninguém, mas não podia voltar ao passado. Preferia a paz da sua solidão a voltar a se submeter a alguém que ela não queria, não amava e não desejava de forma alguma.

Caroline conseguiu evitar conversas sérias com o Dr. Koeman naquele dia. E tomou o cuidado de não avisar com antecedência sobre os planos da marquesa viúva. Quando ficou sabendo que o médico ainda estava em Bright Hall, Hilde prontamente arrumou um lanche no jardim, que estava cada dia mais apresentável.

— Oh, mas que bela tarde para um lanche! — disse a marquesa viúva, descendo da carruagem que a levou até ali com algumas de suas convidadas.

Agora, ela tinha um evento com um bom partido de verdade, educado e disponível. Ele podia não ser um marquês, conde ou similar. Mas, na situação atual, o quarto filho de um visconde, médico, com acesso às melhores famílias e com uma boa vida seria perfeito para muitas mocinhas em busca de casamento nos bailes. Ele e sua esposa sempre poderiam receber convites de ótimos eventos na temporada londrina e fora dela.

— Esse é o Dr. Koeman. Tão jovem e já um nome tão respeitável entre a sociedade. Ele consulta muitas das minhas conhecidas — disse a marquesa viúva.

Havia poucas novidades hoje, lady Ausworth estava de volta com sua filha, a tímida Srta. Glenda, que já havia contado a meio mundo sobre o pêssego que o marquês lhe ofereceu, como se isso fosse quase uma promessa. Mas lady Davenport também estava de volta. E sua filha, a pequena Srta. Rebecca, tinha mais presença de espírito e sempre que ouvia Glenda comentando sobre isso, dizia ironicamente "o pêssego que você ficou com medo de comer porque não estava lavado?".

Bernice, a tal amiga de infância de Hilde, também estava de volta e trazia sua neta, a infantil Srta. Carmella. A moça não parava de elogiar os bolinhos com creme. A novidade era lady Calder, uma senhora atarracada, com olhar astuto e nariz empinado. Ela trouxe a Srta. Francis, sua filha. E a pobre moça saiu uma mistura estranha da mãe e de seu marido, um lorde alto e ossudo. Ou seja, era uma mocinha feia e não era simpática ou tinha uma mente afiada para compensar.

E lá estava Caroline outra vez, com mais um vestido novo, leve como o vento e tentando sobreviver a mais um lanche. Dr. Koeman era a atração do dia. As moças estavam testando todos os seus talentos para manter conversas e flertar levemente enquanto suas mães faziam vista grossa e comiam bolinhos. Ele estava um tanto sobrecarregado com toda aquela atenção.

E o marquês, mais uma vez, estava atrasado. Isso se aparecesse.

— Eu já soube de sua fama para organização. Não deve se lembrar de mim, mas minha irmã mais nova se casou na mesma época em que a senhora estava em Londres — disse lady Calder.

— Desculpe. Realmente não me lembro — respondeu Caroline.

— É, faz um tempo. Naquela época, a senhora ainda era a bela mocinha que tinha nobres armando para prendê-la em um casamento — provocou a mulher. — Agora, encontramo-nos novamente, veja que surpresa. Mas se tornou viúva cedo demais. Lamento muito, não sei o que faria se meu marido tivesse morrido tão jovem.

— É, quem diria! — murmurou Caroline, odiando a forma como a mulher colocou tudo.

— E agora, o que faz? É uma viúva bela e jovem que planeja quem será sua próxima vítima? — perguntou a mulher, com o mais puro sarcasmo.

Franzindo o cenho, Caroline virou-se de frente para lady Calder e perguntou.

— A senhora por acaso não seria amiga de Lady Elliot, seria?

— Ela é minha prima — disse lady Calder com um leve sorriso. — De segundo grau, mas somos muito próximas. Estou estranhando não vê-la aqui.

— Devia perguntar isso à marquesa viúva. — Caroline secretamente torcia para lady Calder ir mesmo perguntar e levar um daqueles grandes passa-foras que só Hilde poderia dar e ainda sair impune.

Quando o marquês finalmente apareceu, todos já estavam sentados, então, ninguém pôde mudar de lugar, mas o Dr. Koeman conseguiu respirar novamente, porque a atenção das moças ficou dividida entre as duas vítimas, dependendo de onde estivessem sentadas. Dessa vez, Lydia foi poupada e comeu seus bolinhos junto com Telma. A Srta. Glenda conseguiu ficar novamente ao lado do marquês, o que a fez receber olhares de desaprovação das outras.

— Milorde ainda tem pêssegos? — ela conseguiu perguntar, apesar de sua timidez, que ficava pior perto dele.

— Tenho muitos, gostaria de levar alguns? — ele perguntou. — Garanto que são doces.

— Sim, claro... — Ela sorriu e corou, encabulada.

A Srta. Rebecca revirou os olhos, agora Glenda ia ficar dizendo que o marquês lhe prometeu pêssegos, amor eterno e pediu para ela esperá-lo. Caroline já não queria mais ver bolinhos — com ou sem creme — por isso, acabou comendo pequenos pães salgados, os mesmos que Henrik preferia e sempre comia em demasia. Ela o olhou e percebeu ele estava com suas roupas novas e no tamanho certo, com o botão da camisa fechado e até as mangas do casaco abotoadas ao invés de dobradas.

192 LUCY VARGAS

E sua barba estava novamente bem aparada, ela não podia ver suas botas, mas as outras também não. Isso significava que ele ao menos estava tentando se relacionar com outras pessoas.

Assim que todos foram embora, Caroline se afastou, dando a volta pela casa e soltando o ar, sentindo-se cansada de toda aquela atividade social, se é que isso era possível. E mental também, porque tinha que se obrigar a dizer coisas agradáveis e sutis e fugir de leves provocações. Algumas eram típicas, outras eram mais venenosas, como as de lady Calder. Mas certamente ainda não chegavam ao nível de lady Elliot.

— Milady, posso acompanhá-la?

Ela se virou e viu Dr. Koeman. Tudo o que pôde fazer foi suspirar e assentir. Ao menos, ele fazia de tudo para ser agradável.

— Finalmente vamos conseguir conversar depois de dois dias atribulados — ele disse.

— Sim, foram dias atípicos — ela respondeu.

Ele ficou em silêncio por um momento.

— Espero que toda a agitação dessa tarde não a tenha esgotado.

— Não, já estou acostumada.

O médico parou subitamente e juntou as mãos.

— Eu não sabia bem o que fazer com todas elas falando ao mesmo tempo.

Caroline deu mais um passo, mas, ao perceber que ele parou, acabou se virando para olhá-lo.

— E a verdade é que eu preferia que tivéssemos conversado. São moças adoráveis, mas não creio que sejam para mim. Ao menos não é nelas que estou interessado no momento.

— Eu diria que a Srta. Rebecca é uma moça de rara espirituosidade — comentou Caroline.

Ele se aproximou e sequer olhou sua mão para notar que estava sem luvas, apenas a segurou e a olhou.

— Eu já estou abusando da hospitalidade do Marquês para poder passar esse tempo em sua companhia. Como lhe disse, acredito estar um pouco acima de minhas expectativas, mas... — ele apertou sua mão — espero que considere minha proposta.

— Que proposta? — Caroline olhou para a mão que ele segurava e para seu rosto.

— Venho lhe fazendo a corte há dias, mas meu interesse vem desde que a encontrei aqui. Sou um homem solteiro e já esperei demais para me relacionar com alguém. A senhora é exatamente o que procuro. Acredito que nos daríamos bem e eu posso lhe dar uma vida agradável. Sei que não posso lhe proporcionar um título, mas é uma mulher madura e já tem isso, então, creio que não seria o principal impedimento.

— Dr. Koeman, eu não me importo com títulos, eu... na verdade, não estou em busca de nada disso. É algo no qual não pensei. Eu só tenho me importado em conseguir me manter de forma digna.

— Eu lhe garanto que nossa união seria digna, Milady. Tenho uma renda muito boa. E, se preferir, podemos nos mudar para uma casa maior.

— Mas digno seria tudo que teríamos, não? E digno, adequado e de acordo eu já experimentei. Cheguei à conclusão de que posso ter isso sozinha.

Ele ficou olhando para ela, tentando entendê-la e provavelmente falhando. Ou não, pois, quando invadiu seu espaço pessoal, tomando cuidado para não assustá-la, Caroline não se afastou. Apenas olhou-o de forma intrigada. Dr. Koeman tocou seus braços e beijou seus lábios com leveza, mas não foi tão rápido para poder ser chamado de beijinho. Ele demorou o suficiente para se certificar de tê-la beijado. Moveu seus lábios ternamente sobre os dela e Caroline acabou correspondendo.

Quando ele se afastou e a observou, os olhos cor de amêndoa de Caroline imediatamente o focalizaram. Sabia que não iria escandalizá-la por beijá-la e havia entendido que ela não queria mais do mesmo. Ele gostava dela, mas despertar paixão era algo tão diferente. Gostaria de conseguir, mas, até onde sabia, precisava ao menos beijá-la para isso.

— Eu não quis ser inapropriado — ele murmurou, mas continuou olhando-a. — Seus lábios são exatamente como imaginei.

— E como imaginou? — ela perguntou em voz baixa, ainda surpresa pelo beijo, mas não perturbada por ele. Havia sido agradável.

— Macios e doces...

Ela soltou o ar e se afastou, olhou para abaixo e se ocupou em recolocar suas luvas, apenas para prolongar o silêncio enquanto pensava no que poderia dizer a ele. Não havia sido um beijo apaixonado, mas com certeza um toque agradável. Ela não sentira algo especial e o médico parecia ter se esforçado para lhe demonstrar ternura. Era provável que essa fosse a natureza do Dr. Koeman: terno, gentil, agradável ao toque e atencioso. Era o melhor que podia se esperar de um marido, não é? Certamente as moças iam em busca de pretendentes com esses traços.

— Foi o creme das tortinhas — ela respondeu, pois o que mais poderia dizer?

— Espero que passe a considerar minha proposta — ele disse e, como não obteve resposta, resolveu continuar. — Eu pedi a aprovação do Marquês. Ele não foi contra.

— O quê? — ela indagou, virando-se rapidamente.

— Bem, já que está sob a responsabilidade dele...

— Eu não estou sob a responsabilidade dele! Mesmo que esteja aqui, eu respondo pelos meus atos.

— Ainda está hospedada aqui e sozinha. Certamente não seria adequado que nos relacionássemos sem o conhecimento dele. — O médico franziu o cenho, sem entender a reação dela.

Caroline bufou e retomou o caminho da casa, deixando o médico para escolher se queria ir junto.

— Eu a insultei?

— De forma alguma, doutor. Que tal falarmos disso um outro dia, sim?

— Eu preciso partir, Milady. Tenho pacientes esperando minha visita. Espero que minha ausência não a faça esquecer o assunto.

Ela negou com a cabeça e entrou na casa. Espiou pela porta da sala amarela até o médico desaparecer no andar superior e correu até a porta do gabinete. Se estivesse dentro de casa, era sempre o lugar mais provável para encontrar o marquês. Ela entrou rapidamente e o encontrou atrás de sua mesa, ocupado com as tarefas que não podia fazer de seu escritório no bosque.

— Quem lhe deu permissão para deixar o médico me fazer a corte? — ela perguntou.

Henrik levantou a cabeça e a observou.

— Eu não dei permissão nenhuma.

— Ele disse que você deixou — ela insistiu.

— Tem certeza que ele disse isso?

— Algo assim! — ela respondeu, ainda irritada.

Ele franziu o cenho e se levantou, passando por perto da janela antes de parar em frente à mesa.

— Não permiti nada — ele repetiu, mas olhou-a de forma estranha. — Se era para negar, devia ter me avisado antes.

Caroline cruzou os braços e se aproximou dele.

— Não era para fazer nada.

— Eu disse que você poderia decidir por conta própria.

— Não sei por que ele veio lhe falar sobre isso.

Henrik sorriu levemente e virou o rosto, olhando-a parcialmente.

— Dr. Koeman tem regras demais na cabeça — disse o marquês.

Ela deixou escapar um muxoxo irritado.

— Eu pensei que ele já estivesse flertando com você desde que chegou aqui.

— Se estava, não notei — ela desconversou.

— E notaria?

— Está insinuando que eu não sei flertar?

— Longe de mim. — Henrik sorriu levemente e balançou a cabeça.

— Como se o senhor estivesse muito versado no assunto.

— Bem, eu já fui jovem, Milady.

— E agora é um ancião?

— Em breve alcançarei o doutor.

— Agora está chamando-o de velho! Mas não viu nenhum problema em ele me fazer a corte.

— Eu não disse nada disso.

Henrik desencostou-se da mesa e se afastou dela novamente, ficou em silêncio por um momento e só voltou a falar quando o grande móvel de madeira já estava novamente entre eles.

— Eu acho que o Dr. Koeman seria um marido adequado. Ele pode realmente lhe dar uma vida confortável. Já que não tem interesse em voltar aos bailes para refazer todo o processo, creio que... — o marquês pausou e soltou o ar, evitando olhá-la — creio que ele está realmente fascinado por você.

Caroline virou o rosto e ficou olhando para ele, mesmo que Henrik não devolvesse o olhar.

— Fascinado? — ela perguntou em voz baixa, como se duvidasse de tal palavra.

Ele só assentiu e levantou o olhar para ela, percorrendo seu vestido novo, em um leve tom de azul que ficava muito bem para ela e o fazia pensar que ela devia ficar ainda mais atraente em uma camisola. Mesmo que na opinião dele aquele vestido não estivesse longe disso. Ele podia ver todos os belos contornos de seu corpo sob o tecido fino, quando ela se movia. E era justamente o tipo de coisa que não podia fazer.

— Ele seria perfeitamente adequado. E só isso — ela disse, antes de se virar e sair do gabinete, largando a porta aberta.

Dr. Koeman acabou partindo no dia seguinte, sem resposta e sem definição. Ele estava muito interessado em Caroline, podia fazer uma longa lista de porque ela seria uma boa esposa. E não conseguia entender o motivo para a falta de entusiasmo dela. Entendia que ela era viúva e não uma moça boba e desesperada por um casamento. Mas certamente tinha que estar à procura de um, não é? Afinal, era jovem e livre.

— Está feliz por ter paz novamente, Milady? — perguntou a Sra. Daniels no dia seguinte, quando Caroline estava na sala amarela, ocupada com a leitura de um livro.

— Sim. E a senhora, está contente com as garotas da limpeza? Já parou de bater com espanadores nos traseiros delas? — Ela sorriu.

— Ora essa! Aquelas preguiçosas. Precisam aprender muito ainda para trabalhar em uma casa como esta.

Lydia entrou correndo e Telma veio em seu encalço. Provavelmente, ambas estiveram na companhia do marquês, pois era o que faziam agora. A preceptora estava se dando surpreendentemente bem com Henrik. Ela tinha uma personalidade alegre e afável e às vezes parecia ainda estar presa na infância. Estava adorando o campo. Sempre que podia, ia ver o que eles estavam aprontando e agora estava até se envolvendo em seus jogos.

— Desculpe a bagunça, Milady! — disse Telma, tentando capturar a menina.

Lydia correu até Caroline, beijou seu rosto, rodeou por trás de sua poltrona e tornou a fugir da preceptora, passando tão rápido pela porta que a Sra. Daniels teve de desviar.

O marquês veio em um passo bem mais lento e passou pela porta, mas voltou e olhou para Caroline.

— No meio de todos esses seus vestidos novos, por acaso há um traje de montaria? — ele perguntou.

Ela abaixou o livro e o olhou.

— Sim.

— Ótimo, sabe montar?

— Não tão bem quanto o senhor.

— Não tem problema. Vamos ver os limites da propriedade e os arrendatários. Vou lhe mostrar a parte decente, que não precisará reformar.

Caroline o olhou desconfiada e ele levantou a sobrancelha, em um desafio mudo. Ela ficou em pé imediatamente e foi se trocar.

— Tenho uma égua mansa e confiável que vai lhe servir, ao menos não vou ter que levantá-la do chão ou me preocupar com seu pescoço — o marquês dizia enquanto entrava no estábulo. Quando ela aparecera com seu traje novo, ele simplesmente se virara e saíra, porque não tinha nada que ficar admirando. Por mais que quisesse e soubesse que o vestido verde seria uma distração.

— Muito cuidadoso de sua parte — ela disse, ironicamente. — Esse estábulo está mais bem cuidado do que sua casa estava antes.

— Obrigado pelo elogio. Tenho certeza de que os cavalos vão adorar saber disso.

Dods preparou o cavalo dela, pois Event já estava selado. O marquês segurou Caroline e a colocou em cima da égua sem lhe dar tempo de ficar receosa.

— Isso não foi bonito, Milorde! — ela reclamou, agarrando-se às rédeas.

A égua, que o marquês ficava chamando de Lira, moveu a cabeça e cheirou o ar, reconhecendo sua nova parceira.

— Seja boazinha com a dama e ganhará uma maçã extra — ele disse ao animal, dando-lhe uma maçã como incentivo e palmadinhas leves em seu pescoço.

Henrik montou seu cavalo e manejou as rédeas até emparelhar com Caroline.

— Vamos passar pela fazenda e seguir para o norte. Quero lhe mostrar um caminho inteiro de flores silvestres que a filha de um dos meus arrendatários vem plantando há anos.

— Quer fazer o favor de me esperar? — ela pediu, seguindo-o pela estrada de terra e depois cortando para o imenso gramado, cheio de plantas e algumas árvores espalhadas.

— Vamos! Por aqui é mais rápido! — Ele rodou Event em seu eixo, o que a deixou alcançá-lo, mas o marquês instigou seu cavalo a apertar o passo novamente.

— Eu não monto há meses! — ela disse, apertando as rédeas.

— Venha, Caroline! Vai me deixar jogar poeira em seu novo traje de montaria?

Ele ria e fazia o cavalo dar voltas e até contorná-la e, com a mesma facilidade, tomava a dianteira novamente. E Lira ignorava completamente os relinchos de Event, que estava claramente se divertindo tanto quanto seu dono.

Eles chegaram à fazenda, onde o marquês gritava cumprimentos para pessoas que via e Caroline ficava dividida entre lhe dar um tapa e acenar também. Depois, seguiram pela estrada que os levou até onde o novo guarda-caça estava e Henrik conversou com ele por alguns minutos, enquanto Caroline olhava os pobres animais caçados no dia e pendurados de cabeça para baixo. Pelo jeito, o homem pretendia jantar um grande coelho.

Ela levou um enorme susto quando uma jovem saiu pela porta traseira e gritou ao vê-la. A moça estava com o vestido caindo pelos ombros.

— Perdão, Milorde. Esta é minha esposa, ela chegou ontem... — o homem murmurou, vermelho como um pimentão.

— Acho bom ser mesmo sua esposa — disse Caroline enquanto o marquês só assentia. — Não quero ninguém desencaminhando mocinhas aqui, no meio do bosque.

— Eu sou, Milady. Casamo-nos há um ano, meu marido veio para cá quando soube que tinha emprego. Eu fiquei de vir assim que ele conseguisse — explicou a jovem.

— Ótimo! — Caroline chegou perto da moça e sorriu. — Se precisar de algo para se adaptar aqui, apareça. Sei que as moças lá da casa poderão ajudar.

— Ela levantou as mangas do vestido da moça delicadamente e deu batidinhas amigáveis em seus ombros, fixando a roupa dela.

A garota realmente parecia jovem, mas, olhando bem para o guarda-caça, ele também era tão jovem quanto Dods, o garoto do estábulo, que agora virara chefe dos cavalariços.

— Está contratando crianças, Milorde? — Caroline perguntou enquanto seguia pela estrada ao lado da montaria do marquês.

— Não. O rapaz precisava do emprego. O pai dele é guarda-caça. Ele claramente entende do negócio e precisava de um lugar para morar com a nova esposa. Por sinal, ele disse que tiveram de casar às pressas quando o pai dela — o verdureiro em Rarland — descobriu. Você acha que eu ia dizer não para o rapaz só porque ele parece um potro? Com aquela barba, está até decente.

— E o senhor descobriu tudo isso passando o dia inteiro enfiado aqui, no meio do bosque?

— O rapaz fala pelos cotovelos e estava nervoso como um filhote de gazela. O que esperava? Ele me contou até o nome dos seus seis irmãos.

Ela começou a rir e o seguiu quando enveredaram pelo caminho florido.

— Isso tudo certamente aconteceu em seu escritório no meio do mato — ela comentou, ainda se divertindo.

— Claro. Onde mais?

Eles seguiram por metade do caminho florido e cheiroso e o marquês desceu do cavalo perto de outra casa. Ele pegou Caroline pela cintura e a colocou no chão de novo, afastando-se logo em seguida.

— Venha, ela fez um caminho de flores mais estreito. Podemos puxar os cavalos por lá e chegar a uma nascente ótima para eles beberem água e entrarmos na parte transitável do bosque.

Eles passaram por algumas pessoas e todos tinham recados para o marquês. Um deles até queria saber se ele apareceria para ver como seu pomar estava bonito.

— Por que me trouxe hoje? Já estou aqui há um tempo — ela perguntou, quando pararam para os cavalos beberem água na nascente que se escondia por baixo de algumas pedras e, segundo ele, ia direto para o rio.

— Está cansada do passeio? — Ele ficou em pé depois de lavar as mãos.

— Não. — Ela girou a pequena flor azul cheia de outras florezinhas brancas em volta dela que havia pegado no caminho.

Henrik secou as mãos e guardou suas luvas de montaria no bolso da calça. Ele esticou a mão para Caroline, ajudando-a a descer para o caminho que os levaria pela estreita estrada ao longo do bosque, que os faria chegar mais rapidamente em casa. Era uma das rotas que o marquês sempre usava, indo de seu escritório ao ar livre para aquele lado da propriedade. Assim como os trabalhadores que, acostumados ao local, também a conheciam.

Ali, as árvores ainda eram bem espaçadas, mas havia sombra o suficiente para Caroline empurrar seu chapéu para o pescoço, onde ele ficou preso pela fita de cetim.

— Eu queria alegrá-la — ele disse, puxando os cavalos e indicando-os o caminho. Event já sabia onde estava e Lira seguiu depois de uma palmadinha em seu flanco. — Imaginei que pudesse estar triste depois da partida repentina do médico.

— Não estou triste.

— Ele já se foi há dois dias e você tem passado todo o tempo dentro daquela sala.

— Não é por causa disso. Eu estava só descansando, lendo e tomando conta de assuntos mais práticos. Ele me manteve ocupada lhe fazendo companhia.

Ele assentiu e olhou os cavalos.

— Mas obrigada por pensar nisso — ela adicionou.

— Sabe, Caroline, ele pode ser bom para você. De verdade. Pode ser sua nova fuga, vai ser livre outra vez. Eu sei que em algum momento deixará Bright Hall e eu realmente gostaria que, quando isso acontecesse, você pudesse ter liberdade para ser exatamente como é.

— Eu já sou livre — ela declarou.

— Tem certeza?

— Tenho. — Ela levantou o queixo, mas depois desviou o olhar.

O marquês discordava. Quando chegasse o momento de ela ir, para onde iria? Ele não achava que ela seria feliz retornando para os arredores da casa de seu falecido marido. Também não achava que ela se daria bem presa a uma vida completamente diferente da que sempre teve. E Bright Hall não era lugar para ela. Não havia nada ali para mantê-la, tudo iria apenas prendê-la e sufocá-la. Com o tempo, ele temia que ela acabasse como ele.

Caroline ficou olhando as pontas de suas botas aparecerem por baixo do seu traje de montaria e levantou a cabeça, vendo o marquês ir um pouco à frente. Ela andou até alcançá-lo.

— Por que acha que eu ficaria feliz com isso? — ela perguntou de repente, fazendo-o se virar ao ouvir o som de sua voz. — Eu já tive o agradável e adequado. E odiei cada dia!

— Ele pode ser diferente. Não é sempre igual, Caroline. Eu lhe disse isso. Não acho que você seja obrigada a nada, mas está fugindo da possibilidade. Ele pode ser... o que você deseja — ele disse as últimas palavras com cuidado, sem saber se eram as adequadas, mas se obrigando a dizê-las.

Ela o olhou de uma forma estranha, dardejando com o olhar e prensando os lábios antes de dizer:

— Sabe o que está me oferecendo? O mesmo de sempre. Por acaso, é isso que gostaria? Exatamente o que tem agora? Essa dor, sofrimento, angústia... O desprezo que sente por ela. — Caroline deu uma batidinha no peito dele. — Esse vazio — ela enfatizou. — Eu não quero isso.

Henrik tentou se afastar, mas ela havia segurado em sua camisa e olhava para onde estava sua mão. Quando ele ficou parado, ela voltou a olhá-lo.

— Ou poderia ser ainda mais cruel. E se lhe oferecessem o que teve antes? Aquela paixão desenfreada e desejosa, tão forte que o levou à beira do egoísmo tentando mantê-la de toda forma? Mesmo quando sua amante o liberou e você se casou, não conseguia esquecê-la porque o sentimento era mais forte do que você. Eu não consigo sequer entender, não sei como é sentir-se assim. Eu nunca me apaixonei por alguém!

— Pare com isso, Caroline. — Ele segurou seu pulso. Ouvi-la dizer tudo aquilo era doloroso, ela o fazia encarar seu passado, a parte que valeu a pena e os sentimentos que ficaram lá.

— Não! Vá para o inferno, não quero nada do que já tive. Eu não vou voltar e nem você ou todas essas malditas matronas podem me obrigar. Dessa vez não! — Ela moveu o pulso no ar e sentiu seus olhos arderem.

Henrik soltou seu pulso, segurou-a pelo rosto e a beijou repentinamente. Desde o primeiro toque, o beijo foi sôfrego e um tanto desajeitado, sem nenhum planejamento. Mas aqueles eram os lábios de um homem que não procurava por beijos há anos, assim como ela. Ainda assim, ele segurou-a firme e investiu em sua boca, procurando seu gosto, sentindo-a estremecer quando suas línguas se encontraram e continuaram até ambos estarem sem fôlego.

Caroline segurou com força nas costas da camisa dele e seus dedos apertaram o tecido, porque ela temia que algo fosse acontecer. Talvez um buraco se abrisse sob seus pés, mas a sensação era maravilhosa e aterrorizante. Enquanto eles se beijavam, seu corpo se arrepiou e ela se sentiu fora dali, como se ambos tivessem ido a um lugar distante. Mesmo que o interior solitário de um bosque já fosse perfeito para isso.

O coração dela batia tão rápido que ela achou que isso não podia ser normal. A forma como ele deixou seu corpo quente só com um beijo foi uma novidade bem-vinda que Caroline gostou de descobrir. Ela não pensou que fosse assim; para ela ser beijada sempre foi desagradável e com o médico descobriu que o marquês havia dito a verdade, podia ser agradável. Mas com Henrik descobriu porque as pessoas perdiam completamente a razão com um beijo.

Os dedos dele acariciaram o rosto dela, que parecia pequeno entre suas mãos. Henrik respirou contra os lábios dela, que também soltou o ar quente contra ele. Quando suas bocas se afastaram, ele olhou para baixo por um momento enquanto engolia a saliva e memorizava seu gosto e, por um minuto, não sentiu culpa pelo que fez. Foi a melhor sensação que teve em muito tempo e sabia que jamais sentiria aquilo novamente.

— Aquilo que eu lhe disse... — Henrik murmurou. — Não sou eu quem vai lhe mostrar.

— Mas acabou de fazê-lo — ela disse baixo, ainda ofegante.

Ele colocou as mãos em seus ombros, deslizou-as por seus braços e a trouxe para mais perto, acariciando suas costas e sentindo o calor do corpo dela junto ao seu. As formas femininas sob suas mãos provocavam um desejo que ele vinha repudiando e não queria mais. Ao menos até ela aparecer em sua vida e, quanto mais tempo ela permanecia, mais ele podia sentir.

Henrik finalmente a pressionou contra seu peito e Caroline se deixou encaixar em suas formas rijas. Ele colocou a mão sobre sua cabeça, mantendo-a ali por um momento.

— O que estamos fazendo, Caroline?

— Não sei.

Forçando-se a soltá-la, ele se afastou e deu alguns passos para longe dela.

— Ele me beijou — ela disse baixinho.

— O quê?

Ela se abaixou e pegou a pequena flor que soltou quando ficou perdida no beijo que trocaram.

— Dr. Koeman... ele me beijou.

O marquês se virou olhou para ela.

— Quando? O tempo todo que esteve aqui? — ele perguntou, sentindo dificuldade em pensar na possibilidade de ela ter passado todos esses dias trocando beijos com o médico. Na verdade, o marquês achou até que estava subitamente suando frio.

— Não, na tarde antes de partir — ela pausou. — Acho que você tem razão. Foi simplesmente um beijo carinhoso e eu o senti. Não foi desagradável. E agora me fez entender que não se resume só ao que eu sabia. Pode ser terno e rápido ou lhe tirar o fôlego e acelerar seu coração, mas nenhuma das experiências precisa ser desagradável.

Henrik só assentiu enquanto ela falava, mas acabou dizendo:

— Estou feliz que tenha descoberto isso. — O que não era uma verdade completa. Ele estava feliz por ela ter descoberto que ser tocada e acariciada não era desagradável como o maldito marido a fez pensar. Mas, por mais que soubesse que não tinha o menor direito de se sentir assim, ele queria se rasgar inteiro porque outro homem havia beijado aqueles lábios.

Caroline se aproximou e parou na frente dele, levantando o rosto para olhá-lo.

— Assim como me mostrou isso, talvez entenda que esse sentimento nem sempre vai corroê-lo por dentro e deixá-lo vazio. E não será apenas uma sombra do que teve no passado.

Levantando a mão, ele segurou o queixo dela com cuidado e levantou um pouco seu rosto, enquanto a observava. Ela apenas fechou os olhos por um momento e pendeu a cabeça.

— Eu queria... — ele sussurrou — eu realmente queria que fosse assim.

Ela não sabia se ele queria acreditar nela ou continuar perto dela. Caroline virou o rosto, mesmo com o queixo ainda apoiado pelos dedos dele e Henrik se inclinou e encostou o nariz na maçã de seu rosto, depois seus lábios tocaram sua pele. Ela voltou a fechar os olhos, dessa vez até ele se afastar.

Eles voltaram pelo bosque, o marquês puxou os cavalos e Caroline o acompanhou, distraindo-se com sua flor silvestre.

# CAPÍTULO 11

No dia seguinte, Caroline levou Lydia até a modista e deixou que Telma as acompanhasse, porque ela estava animada para ajudar a menina a se decidir.

— Oh, Lady Caroline! Estava imaginando quando viria — disse a Sra. Garner.

— Mesmo? Eu havia combinado algo? — perguntou Caroline, soltando a mão de Lydia e deixando-a ir investigar o ateliê.

— Não, mas seus dois vestidos estão prontos. Como não pediu que eu entregasse, achei que viria para mais uma prova.

— Eu me esqueci deles. — Ela franziu o cenho.

— Entendo, muita coisa na mente, não é? — A costureira sorriu.

— É, de certa forma.

— Soube do médico que estava hospedado lá em Bright Hall — disse a modista enquanto seguiam para a parte de trás.

— E o que a senhora não fica sabendo? — quis saber Caroline. Ali era uma das concentrações de fofoca da região, já que algumas mulheres tinham escrúpulos sobre fofocar na igreja.

— Milady sabe como é, agora que todos parecem ter voltado para o campo, as coisas aqui andam animadas. Mas eu sempre dou prioridade aos seus pedidos.

— Como se eu pedisse tanta coisa assim — resmungou Caroline.

Elas se fecharam na parte de trás do ateliê para a última prova dos vestidos novos de Caroline, que agora já parara de reclamar dos tecidos e das combinações que precisava encomendar junto com eles. Quando voltaram para o espaço principal, encontraram a filha mais velha da Sra. Garner lidando com um pequeno grupo de mulheres.

— Se eu soubesse o tipo de clientela que está recebendo, teria vindo em outro horário.

Não foi grande surpresa para Caroline descobrir que a dona de uma frase tão odiosa só podia ser lady Elliot.

— A senhora não consegue entregar meu vestido quando quero, mas consegue entregar de determinadas pessoas — ela disse com extremo pouco caso. — Se for essa sua nova política, trarei minhas roupas de campo direto de Londres.

A Sra. Garner estava tão chocada que não sabia nem o que dizer, apenas olhou de um lado para outro. Lydia veio correndo mostrar seu vestido novo, pois quem cuidava de roupas para crianças era a irmã mais nova da modista.

— Gostei! — disse a garota, girando para Telma e Caroline verem enquanto a moça a perseguia para não desfazer a marca na barra. — Posso usá-lo no domingo?

— Se estiver pronto... — disse Caroline.

— Se esperar um pouco mais, eu termino o conserto na barra — disse a moça.

— Tudo bem — disse Caroline, sem saber se queria mesmo permanecer mais tempo ali.

Ela se afastou um pouco e Telma ficou sem saber se devia lhe fazer companhia ou ir ajudar a costureira a controlar Lydia, que ficava super excitada quando estava ali.

— Mulheres dadas a escândalos são perseguidas onde estiverem. E são um péssimo exemplo para as debutantes que acham que, metendo-se nesse tipo de coisa, ficarão famosas na sociedade e terão pretendentes aos seus pés — dizia lady Elliot, sem se dar ao trabalho de falar baixo nem esconder que era uma indireta para Caroline.

— Nessa temporada, a escandalosa foi aquela menina perdida dos Eccleston. Ela se safa porque é filha de um duque — disse lady Calder com aquele tom de inveja e raiva inexplicável.

Uma das moças que estava na companhia delas deixou um chapéu no lugar e se virou.

— Mas a Srta. Ellison tem vários pretendentes aos seus pés — disse a Srta. Rebecca, que Caroline já conhecia dos lanches. — E a Lady de quem vocês estão falando, até onde eu sei, também teve.

— Não se meta, menina. Todas nós sabemos que você andou passeando muito e com mais de um Lorde pelos cantos do Hyde Park — disse lady Calder.

— O quê? — indagou Rebecca. — Eu estava acompanhada!

— A quem quer enganar? Sua mãe a trouxe para o campo só para abafar os comentários de que é uma moça desfrutável — emendou lady Calder. — Não é bonito ser tão indecisa.

Rebecca franziu o cenho, sem acreditar no insulto que recebera sem ter feito nada para merecer. Aquelas mulheres estavam acostumadas demais a dizer o que não deviam por aí, estragando reputações e saindo impunes.

— Só porque sua filha é um entojo encalhado, não quer dizer que as outras que são convidadas para passeios sejam moças de má fama — Rebecca devolveu em tom frio.

Lady Calder ficou vermelha como um pimentão e começou a insultar a moça que estava sem sua mãe para defendê-la. Sua filha, a Srta. Francis, que realmente não recebera convites e estava começando a adquirir os maus traços da mãe, apenas prendeu o ar e ficou chocada. Nas poucas vezes em que se metia em situações constrangedoras, era por culpa da mãe e ainda era ela a atingida.

— Mamãe — disse a Srta. Aveline, nervosa com o desentendimento.

— Não se meta — disse lady Elliot para a filha. — Essa mocinha é muito desrespeitosa — ela completou, referindo-se a Rebecca.

Caroline fechou os punhos, cansada do que elas estavam fazendo, tanto com ela quanto com a moça, e Telma teve de correr para alcançá-la.

— Venha — ela disse, tocando o ombro de Rebbeca. — Pode voltar para sua casa conosco.

— Não se meta nisso — disse lady Calder à Caroline. — Vou dizer à mãe dessa mocinha exatamente o que ela anda falando por aí — ela disse, pegando o braço de Rebecca como se fosse arrastá-la até a frente de sua mãe.

— Não seja malvada, Lady Calder. É melhor todas esquecerem o que se passou aqui, para não haver mais desentendimentos — sugeriu Caroline, libertando Rebecca das garras da mulher.

— É claro que é a mais interessada em acabar com essa conversa — intrometeu-se lady Elliot, aproveitando a oportunidade. — Antes que nomes sejam dados a seus donos. Nunca tivemos de lidar com tantas moças chegadas a escândalos nessa comunidade. Passeios com cavalheiros demais e até com concubinas fingidas.

— Perdão? — disse Caroline, tão surpresa que seu tom saiu agudo.

— Não se faça de sonsa, Lady Clarington. Sabemos bem que vive desgarrada desde a morte de seu marido. Não é nenhuma viúva casta e sequer tem filhos para lhe ocupar. E sequer tem vergonha de passar seu tempo com o Marquês de Bridington. Onde esteve antes de mudar de protetor, com o novo Barão de Clarington? Sua história não é nenhum segredo em Londres, eles só não sabem da sua nova faceta.

Telma não conseguiu segurar Caroline a tempo de evitar um escândalo ainda maior. Quando ela se moveu, o som do tapa que Caroline deu no rosto de lady Elliot já havia calado todos no recinto. Não foi forte, não chegou a fazer a mulher cambalear, mas ardeu e o estalo foi alto o bastante. Seus dedos esticados bateram contra a pele clara demais da mulher, que ficou tão vermelha que parecia ter levado tapas pelo rosto todo e pelo pescoço.

E, para piorar, o leque que ela levava preso ao pulso completou o trabalho, batendo no pescoço da mulher.

— Como ousa? — lady Elliot gritou. — Peça desculpa imediatamente, sua mulherzinha de má fama!

Até Caroline estava chocada com os próprios atos, mas estava também mortificada pelo que lady Elliot disse e borbulhando de raiva. Ela fechou o punho e a encarou.

— Não pense que pode sair impune de tudo o que diz por aí e toda a difamação que espalha. Sua sorte é não ser um homem, senão resolveríamos isso em um duelo e eu teria prazer em acertar uma bala em sua boca. Não se diz essas mentiras por aí. Sobre ninguém — disse Caroline, sem conseguir controlar sua revolta.

Ninguém emitia qualquer som no lugar, estavam todos dominados pelo choque enquanto as duas se encaravam.

— Acho melhor que desapareça daqui — disse lady Elliot. — Mas não vai sair ilesa dessa afronta! — Ela estava com a mão no rosto onde levou o tapa, mas seu outro dedo apontou para Caroline. — Vou dizer ao meu marido o tipo de mulher que o Marquês está abrigando e ele tomará providências!

— E quem me impedirá de difamar sua reputação e de sua filha por toda Londres? Se me acha tão escandalosa, imagine como seria se eu começasse a falar. Ainda precisa casá-la, não é? — Caroline devolveu, mas seu coração estava batendo em sua boca e ela sentia a mão tremer.

Lady Elliot quase explodiu de raiva ao ser ameaçada dessa forma. Era bom quando fazia com os outros, mas odiava levar o troco e levava o insulto em dobro. Telma teve certeza de que a cabeça da mulher iria pular de seu pescoço e bateria no teto.

— Pelo amor de Deus, parem com isso! — pediu a Sra. Garner, entrando na discussão. — Não quero escândalos aqui.

— Amantes, concubinas... todas iguais — disse lady Elliot, insultando-a abertamente.

A Srta. Rebecca segurou o antebraço de Caroline e lhe lançou um olhar cheio de significados.

— Vamos, Milady. Preciso ir também, antes que fique pior para nós duas — ela disse e depois olhou lady Elliot. — É muito feio para uma dama mentir dessa forma. Não pense que não vou falar — avisou Rebecca.

Lady Davenport, sua mãe, era famosa na sociedade e atualmente era uma das patronesses do Almack's, o lugar onde todas precisavam ir para participar dos bailes. Lady Elliot ficou ainda mais raivosa com a nova ameaça daquela garota cheirando a leite. O pior é que ela sabia que era verdade. Não podia ficar malvista logo em um dos lugares mais importantes para mocinhas solteiras da sociedade irem em busca de um marido.

— Mamãe! — exclamou a Srta. Aveline, que não queria sair prejudicada por causa dos excessos de sua mãe.

— Cale a boca, menina — disse lady Calder para Rebecca enquanto tentava levar sua prima dali. Ela gostava de espalhar veneno, mas era mais sutil e não ia tão longe quanto lady Elliot.

Telma olhou em volta e viu Lydia com a costureira ajoelhada perto dela. A menina olhava para elas sem realmente entender o que se passava. A preceptora foi correndo até lá e a pegou, com o vestido novo e tudo.

Elas entraram na carruagem e partiram. Lydia queria o colo de Caroline, mas ela ainda estava muito nervosa. Suas mãos estavam juntas e ela sequer notava que as apertava com tanta força. Não estava chorando, mas porque prensara os dentes e respirava rápido, fungando às vezes.

— Não fique assim, Milady. Aquela mulher não merece — disse Telma.

— Elas estão me provocando desde que cheguei aqui — declarou Rebecca. — Lady Elliot acha que roubei pretendentes de sua filha, como se ela tivesse algum! Lady Calder é uma mulher má que, inexplicavelmente, odeia quase todo mundo. Vou contar tudo e não vou deixar que elas fiquem nos difamando impunemente. Minha mãe pode dar um jeito nelas. Ela tem muitos contatos e, se ameaçar dizer o que não deve, elas podem ficar a próxima temporada sem receber bons convites. — Ela apertou o antebraço de Caroline. — Não chore, Milady.

Caroline tentou, mas estava perdendo a batalha. Seus olhos ardiam tanto que as lágrimas escaparam. A última vez que foi tão insultada e desrespeitada foi quando caiu na armadilha de seu falecido marido. Aquelas mulheres metidas a damas lhe apontaram o dedo, chamaram-na de perdida e a acusaram de armar truques imorais para levar um futuro barão ao casamento.

E lá estavam mais mulheres como aquelas. Só que dessa vez era ainda pior. De que adiantava sua suposta liberdade em momentos como esse? Tinha uma carapaça dura que criara ao longo desses anos, mas toda fortaleza tinha suas falhas. Ela estava gostando mais do marquês do que deveria e sentia-se culpada por isso.

Era horrível quando alguém atacava algo que você sequer conseguira admitir para si mesma. E por mais que dissesse que não se importava, estava morta de vergonha por ter sido tão insultada.

— Obrigada por me defender — disse Rebecca antes de descer.

Caroline ainda não sabia, mas, assim como ganhara inimigas eternas, também havia acabado de ganhar uma amiga leal, que valeria muito mais do que todas aquelas megeras.

No horário do jantar, o marquês entrou na sala e viu Lydia mordiscando algo e a preceptora tentando pegar dela dizendo que não podia pegar coisas antes de estarem todos à mesa.

— Papai, veja meu vestido novo! — A garota soltou o pãozinho assim que o viu e foi correndo para ele. Telma limpou-a antes de descerem para jantar, mas ela insistia em pôr o vestido para o pai ver.

— Está parecendo uma dama — ele disse, pegando-a pela cintura e colocando-a na cadeira.

— Eu sou uma dama! — ela exclamou.

— Em miniatura — ele brincou.

Eles se sentaram e Henrik franziu o cenho, olhando para o lugar vazio no seu lado direito.

— Onde está Lady Caroline? — ele perguntou quando o Sr. Roberson começou a servir o jantar.

— Está indisposta, Milorde — disse Telma, evitando olhá-lo.

— Como assim indisposta? — ele perguntou, porque não se importava nada com pequenas sutilezas. Podia ser algum assunto pessoal no qual ele não deveria estar se intrometendo, mas Henrik não se importava com isso.

— Dor de cabeça e mal-estar, Milorde — inventou Telma.

Durante a refeição, Lydia falou sobre o que havia aprendido naquele dia, mas, por ser ingênua e ainda não ter adquirido nenhuma sutileza, ela disse:

— E Caroline me disse que não posso brigar em público — disse a menina.

— Lady Caroline — corrigiu a preceptora.

— E alguém, por acaso, andou brigando por aí? — perguntou o marquês, entretido com as frutas de sua sobremesa.

— Sim! — Lydia disse, como se fosse algo animador. — Lady Caroline, as bruxas feias e a moça da costura! Todas brigaram. Até a Srta. Rebecca!

Telma sorriu, orgulhosa por Lydia ter completado uma frase com os tratamentos corretos, mesmo com a adição de "bruxas feias". Henrik franziu o cenho. Vindo de sua filha isso podia significar muita coisa. Ele passou a olhar para a preceptora, que estava fazendo de tudo para não encará-lo.

— Vocês estavam brincando? — ele perguntou.

— Não sei... — disse Lydia.

Telma podia sentir o olhar do marquês sobre ela e não conseguiu mais ficar com o queixo quase enterrado em seu colo.

— Aquelas damas que estiveram aqui foram um tanto indelicadas — disse Telma, resumindo muito o acontecido.

Ele deixou seus talheres e ficou apenas olhando-a.

— Quais delas? Creio que essa casa andou recebendo mais damas do que deveria — declarou o marquês, ainda querendo entender melhor aquela história.

— Lady Elliot... — Telma disse baixinho.

— Ah... — disse Henrik. Só a menção a esse nome já o fazia entender.

Depois do jantar, Telma recebeu permissão para fazer o que quisesse e Henrik se ocupou com Lydia, colocando-a para dormir algum tempo depois. Ele ficou imaginando se o fato de lady Elliot ter sido indelicada tinha alguma coisa a ver com o mal-estar de Caroline. A mulher sempre era indelicada, até ele sabia disso. Então qual era a novidade? Será que passara dos limites?

Mais tarde, antes de se retirar para dormir, o marquês foi até o quarto de Caroline e, como viu uma luz leve passando por debaixo da porta, deu algumas batidas.

— Caroline, está tudo bem? — ele perguntou.

Ela pensou em não responder, mas achou que seria pior se ele ficasse batendo na porta. Então falou lá da cama, onde já se encontrava.

— Sim.

— Você não jantou, está se sentindo bem? Quer que eu lhe traga a ceia? — Henrik aproximou o ouvido da porta, pois ela falava baixo.

— Estou apenas com dor de cabeça. Não sinto fome.

— Muita dor? Precisa que eu chame o médico?

— Não! Eu só preciso dormir.

— Tudo bem. Boa noite. — Ele não estava contente com isso, mas deixou-a em paz para descansar de seu suposto mal-estar.

— Aquela mulher fez o quê? — exclamou a marquesa viúva quando lady Davenport foi até sua casa na manhã seguinte.

— Foi o que escutou, Milady — respondeu lady Davenport. — Minha filha não é dada a aumentar nada. E ela me contou tudo que aconteceu.

— Quem ela pensa que é para afrontar minha família dessa forma? — Hilde estava muito aborrecida.

— E minha Rebecca não é nenhuma desfrutável. Ela recebeu muitos convites sim, mas nunca foi desacompanhada. Além disso, sou da opinião de que antes de aceitar uma proposta é necessário estudar todas as possibilidades. Como ela vai saber se gosta do rapaz se não passear com ele?

A marquesa viúva balançava a cabeça, pensando que aquela maldita Elliot estava a ponto de estragar seus planos. E tudo parecia estar indo tão bem. Agora, nem sabia como as coisas haviam ficado. Ao menos imaginava que, se Caroline não havia aparecido ali logo cedo com suas malas, ainda estava em Bright Hall. Ela confiava que a moça tinha um espírito forte, mas todos tinham limites.

— Vamos! — disse a marquesa viúva, ficando em pé.

— Para onde? — Lady Davenport também se levantou.

— Até a casa de Bernice. Ela precisa saber disso. Aquela maldita Elliot está de olho no seu neto mais velho. Se ela pensa que vai casar aquela songa da filha que tem com algum dos rapazes daqui está muito enganada.

— A Srta. Aveline é até agradável, apesar da mãe que tem. Mas sua prima, a Srta. Francis, filha da amarga Lady Calder, está ficando tão má quanto elas.

— Eu não ataco quem não tem valor, Lady Davenport. Lady Calder odeia a si mesma e descontar nos outros é seu refúgio, mas ela nunca foi tão longe. E tenho certa pena de sua filha, pois não tem nem para onde fugir. Vai acabar como a mãe.

— Não tenho a menor pena. — Lady Davenport a seguiu pelo corredor. —Não sabe o quanto ela tem implicado com a minha Rebecca.

— Pensei que Lady Elliot havia entendido a indireta quando não a convidei para meus eventos, já que até sua prima foi convidada.

— Acho que esse é exatamente um dos motivos para ela estar tão irritada.

— Pois ela vai ver com quantos convites se faz um baile! — exclamou a marquesa viúva, porque lady Elliot iria oferecer um baile no final daquela semana e havia convidado todas elas.

Claro que lady Elliot havia começado a trabalhar no dia seguinte ao incidente na modista. Ela também tinha seus aliados e, apesar de não ter espalhado demais o acontecido, porque sabia que lady Davenport podia mesmo prejudicar seus convites para a próxima temporada, ela não deixou de falar para algumas pessoas. E falou por horas no ouvido de seu marido.

No primeiro horário da tarde, o marquês estava retornando para casa quando viu um cavalo seguindo pela estrada. Ele não reconheceu o cavaleiro de longe, mas chegaram à porta da casa quase ao mesmo tempo.

— A que devo sua rara visita? — ele perguntou.

Lorde Elliot era alto, pálido e bem esguio, com uma aparência normal demais, sem nenhum item de destaque, nem para embelezar ou enfeiar sua figura. Era dessas pessoas que se esquece facilmente. Ele deixou o cavalariço segurar seu animal e levantou as sobrancelhas ao ver toda aquela movimentação em volta da casa, que ainda estava em reforma. Ele não sabia como as coisas haviam melhorado ali.

— É realmente gratificante ver uma das propriedades mais antigas daqui em tão bom estado.

— Imagino que não tenha vindo aqui me parabenizar pela reforma. Até porque não sou o responsável por ela — disse o marquês, ainda estranhando a visita dele.

— É exatamente esse o ponto, Milorde.

O dia não estava muito ensolarado, mas, mesmo assim, o pálido lorde Elliot não parecia estar confortável ali, mesmo com o chapéu que estava usando.

— Eu não consegui ter paz em minha casa, então resolvi vir logo.

Henrik cruzou os braços e lorde Elliot subiu as escadas, indo para a sombra que a casa oferecia junto ao pórtico recém-reformado onde o marquês se encontrava.

— É um assunto um tanto delicado — disse lorde Elliot, tentando ser sutil.

— Então vá direto a ele, costuma ser mais simples — respondeu o marquês, sem paciência para sutilezas desnecessárias.

— Minha esposa, a prima dela e algumas de suas conhecidas estão incomodadas com o comportamento indecente dos seus hóspedes.

— Meus hóspedes? — Henrik o olhou atentamente.

— Bem, sua "convidada".

O marquês descruzou os braços e se moveu, franzindo muito o cenho e fazendo lorde Elliot ficar desconfortável e ciente demais de suas diferenças físicas.

— Minha convidada? — Ele havia entendido, mas era bom obrigar o homem a se explicar. — Imagino que não esteja falando de minha nova preceptora, não é?

— Bem, minha esposa e suas companheiras dizem que Milorde, na verdade, tem uma amante e que ela é uma mulher escandalosa e que poderia arruinar a reputação delas e de suas filhas. Afinal, é uma moça que se envolve em escândalos desde seu debute na sociedade. Soube que é uma moça muito bonita, mas, dadas as circunstâncias, imagino que não seja adequado que ela circule tanto por...

Foi nesse momento que a carruagem com a marquesa viúva, lady Davenport e lady Grindale — mais conhecida por Bernice — chegou à frente da casa. Bem a tempo de verem o marquês agarrar lorde Elliot pela gravatinha e arrastá-lo para perto, fazendo suas botas bem lustradas produzirem barulho contra o chão.

— Escute aqui, Lorde Elliot, se eu souber que repetiu esse tipo de difamação em qualquer outro lugar, vou pegar uma pistola e atirar bem no lugar onde deveriam estar os seus colhões. Não vou querer saber se aceitou ou não o duelo, acertarei no alvo, pois é preciso ser um homem sem nenhum brio para se meter em algo desse tipo, inventado por aquela víbora que você tem a infelicidade de chamar de esposa! — disse Henrik, segurando o homem pelo pescoço.

O marquês não podia acreditar na audácia dos Elliot ao dizerem por aí o que bem entendiam sem medir consequências. E pior: aquele homem vir até sua porta para lhe dizer aonde Caroline podia ou não ir e ainda difamá-la em público. Henrik tinha alguém tão ou mais malvada do que lady Elliot embaixo de seu próprio teto, mas era uma situação completamente diferente.

— Henrik! — gritou a marquesa viúva, apressando-se pelas escadas. — Não o mate! O que faríamos com o corpo? Seria um grande aborrecimento.

As outras duas ladies se alvoroçaram com o susto. O Sr. Roberson passou rapidamente pela porta e apenas arregalou os olhos ao ver o marquês apertando o pescoço do homem, que já estava parecendo um peru de tão vermelho. Lorde Elliot, em tal estado de pânico, ficara todo rijo, parecendo um graveto sendo balançado pelo marquês, que segurava seu pescoço com apenas uma das mãos. E como todos sabiam, ele não tinha as mãos delicadas de um almofadinha.

— Avise sua esposa que eu jamais levantaria minha mão contra mulher alguma, mas ela vai se ver comigo de um jeito ou de outro, pois, se você tem coragem de vir até aqui repetir essa infâmia, vai ter coragem de levar o tiro por ela. E diga a mesma coisa àquele inútil do Lorde Calder, pois onde sua esposa está, sua prima está também. Eu tenho mais de uma pistola, caso fiquem em dúvida.

— Milorde, ele vai sufocar — avisou o mordomo, calmo demais para a situação. — E não vai conseguir passar o recado.

Henrik soltou o pescoço do homem com um safanão. Lorde Elliot começou a tossir e se curvou, colocando a mão sobre o peito.

— É bem feito — disse a marquesa viúva. — Para aprender a não ser o garoto de recados daquela sua esposa desaforada.

A Sra. Daniels chegou correndo à porta e seguindo-a veio Caroline, que estacou ao encontrar aquela confusão. Lorde Elliot não conseguia nem falar, sua garganta ainda estava dolorida pelo aperto.

— Acho bom levar o recado completo, Lorde Elliot — disse o marquês. — Não incomodamos ninguém e gosto de não ser incomodado. Se eu botar o pé para fora dessa propriedade e escutar qualquer coisa que a sua esposa inventou, é atrás do senhor que irei.

— Mas, quando nos incomodam, nós devolvemos em dobro —

completou a marquesa viúva. — Dê um jeito de controlar a língua dela. Nem que precise cortá-la.

Bem que alguns diziam que os Preston eram perturbados e viviam no limite do aceitável. Lorde Elliot agora tinha certeza disso, mas nunca disseram que eles faziam ameaças ou promessas vãs. Então, ele recuperou seu chapéu do chão, cambaleou pela escada ainda com a mão no pescoço e precisou da ajuda do cavalariço para montar e sair dali antes de descobrir quantas pistolas o marquês realmente tinha.

Caroline estava extremamente envergonhada, de novo. Era óbvio que aquela confusão a perseguiria. Lady Elliot não iria engolir aquele tapa facilmente nem o fato de alguém ter lhe respondido à altura em público.

— Eu avisei que ela era uma víbora — disse a Sra. Daniels, que até se arrepiava só de mencionar a mulher.

A marquesa viúva, lady Davenport e lady Grindale até tentaram melhorar o espírito de Caroline, dizendo-lhe que elas iriam cuidar de lady Elliot e sua língua maldita. Mas ela já estava se sentindo humilhada. O pior era a culpa por algo que não fez e, no fundo, era o que vinha sendo sua fantasia de conforto.

A Sra. Bolton subiu para contar uma versão bem alterada da confusão à Roseane, porque ela queria saber o que se passava e estava lá em cima gritando pela enfermeira, mandando-a ir até lá imediatamente. A preceptora ficou no andar superior com Lydia e não viu o que aconteceu.

## CAPÍTULO 12

Depois que Caroline não apareceu para o jantar outra vez, Henrik subiu e foi até seu quarto. Agora, ele já sabia de tudo, pois lady Davenport narrou o que sua filha contou. Afinal, se fosse mesmo dar um tiro em lorde Elliot, precisava saber toda a história. E ele estava falando sério sobre isso.

Quando chegou ao quarto dela, a porta estava encostada. Ele ia bater, mas a escutou arrastando algo e os sons de fungadas acompanhavam.

— Caroline? — O marquês empurrou um pouco a porta e, quando viu as malas sobre a cama, acabou entrando. — O que está fazendo?

— Eu vou partir — ela disse, recusando-se a olhá-lo.

— Claro que não vai.

— Sim, eu vou. Antes que isso fique pior.

— Pare com isso, Caroline. Não vou deixar que vá embora porque uma maldita mulher desocupada resolveu difamá-la.

Ela só balançou a cabeça e deixou vários tecidos amassados caírem dentro de sua grande mala. Ele reparou que os dedos dela estavam manchados de tinta negra.

— Eu nem tenho malas suficientes para partir com esses vestidos novos! Até para ir embora não terei dignidade. Vou ter que lhe pedir uma emprestada...

— E eu não vou lhe dar. — Ele se aproximou e olhou o conteúdo das malas. — Você é livre para partir, assim como para ficar. Mas não vai embora assim, como se essas mulheres tivessem algum poder sobre você, sobre mim e sobre essa casa.

Caroline continuava se negando a olhar para ele, mas sentou-se na cadeira e amassou um papel, jogando-o fora também. Era mais uma das cartas que ela tentou escrever para se despedir do marquês, de Lydia e de todos que trabalhavam ali. Nada que tentou dizer parecia suficiente.

Henrik foi até lá e afastou o tinteiro dela, recolheu os papéis jogados no chão e os colocou na lixeira no canto.

— Por que tinha que ser assim? Nem escondida nesse lugar...

Ela se levantou e começou a se afastar, mas Henrik pegou seu antebraço.

— Você me disse há poucos dias que não ia mais deixar ninguém obrigá-la a nada. Então por que está recuando dessa forma? Você não acabou o que veio fazer aqui. Também não parece pronta para ir embora, assim como eu não estou pronto para que vá. Tenho certeza de que Lydia também não. E todos os outros para quem pretendia endereçar suas cartas de despedida.

Caroline deixou que ele a trouxesse para perto e o olhou.

— Eu não sou nada do que elas disseram — ela murmurou.

— Eu sei disso. Sei perfeitamente.

— Esse maldito casamento nunca vai sair do meu passado.

— Sabe tão bem quanto eu que o passado gosta de nos atormentar. Mas foi você que me disse que não é preciso viver sob a sombra dele — lembrou o marquês.

— E você acreditou?

— Você não? Certamente me fez pensar. E fazia muito tempo que eu não queria pensar sobre isso.

Ela balançou a cabeça e o olhou rapidamente.

— Acho que sou culpada, Milorde. Eu queria, eu... não sei bem. Só... — Ela mordeu o lábio, sem saber o que dizer.

Henrik soltou o ar e passou o braço em volta dela, acariciando suas costas com a mão e soltando o braço que esteve segurando antes.

— Se há alguém nessa história que não é culpada, é você. Eu sou. — Ele abaixou a cabeça e a olhou, acariciou seu rosto e encostou os lábios em sua têmpora. — Fazia muito tempo que eu não sentia nada, Caroline. E você mudou isso de todas as formas, irritando-me, instigando-me, aborrecendo-me, divertindo-me. Eu sou culpado.

Ela não sentia vontade de encará-lo ainda, sentia vergonha do escândalo e daquela situação deplorável, mas não do que sentia.

— Por favor, não vá embora até que decida isso por conta própria e não por causa das ameaças de alguém.

Caroline assentiu e continuou ali parada, mesmo quando o marquês se afastou.

— Eu vou ajudá-la a pôr tudo no lugar.

— Não é necessário.

— Está tarde, vamos guardar tudo isso para que você possa descansar.

Henrik colocou tudo no lugar que ela lhe indicou, guardou as malas e esperou enquanto ela guardava itens íntimos. Ele carregou sua mala grande de volta ao lugar onde estava e arrumou a bagunça em cima de sua mesinha, o que acabou fazendo-o ler alguns trechos das cartas que ela tentou escrever.

— Não leia isso. — Ela foi até lá e pegou as folhas. — Era só para o caso de nunca mais vê-lo.

— Você realmente ia partir sem me dizer?

— Eu ia lhe escrever, seria mais fácil.

— Para quem?

— Todos... assim eu esperava.

O marquês assentiu, mas pela sua expressão estava claro que ele não concordava. Se ela partisse agora, de forma tão abrupta e deixando-lhe apenas uma carta, ele ficaria perdido. Era provável que nunca mais se recuperasse de mais essa perda.

— Vou lhe dizer algo que eu, particularmente, acho que homens usam como desculpa para esconder seu egoísmo e incapacidade de dar o que suas parceiras precisam. Mas é verdade que, além do meu traquejo social, eu perdi outras habilidades ou ao menos as esqueci. E essa foi uma delas. Eu não fui capaz de deixá-la notar, mas gosto muito de você, Caroline. Sou mais culpado do que aparento e não apenas por meus erros passados. O que eu descobri que sinto por você pode ser condenável, mas é tão precioso para mim que prefiro continuar sentindo.

Ela prendeu o ar por um momento, sentindo seu coração acelerar enquanto o marquês permanecia ali, de pé perto de sua mesinha de escrita. Caroline se aproximou e o surpreendeu, abraçando-o com força e pressionando o rosto contra seu peito. Henrik abraçou-a de volta e permaneceu assim por alguns minutos, apreciando a sensação de tê-la nos braços.

Um pouco depois, ela deitou a cabeça e se esticou, beijando-o nos lábios. O marquês até gostaria de conseguir se afastar, mas colocou a mão atrás de sua cabeça e a beijou. Sua mão afrouxou o penteado dela — que não notou. Ela apenas continuou beijando-o e descobrindo como um beijo poderia ser bom e fazê-la finalmente sentir como era o desejo de uma mulher por um homem.

Como a porta estava apenas encostada, ao escutar sons vindos do lado de fora, eles pararam de se beijar, mas, antes de se afastar, Henrik disse:

— O motivo para eu não poder ficar não é nenhum complexo moral tolo ou um comprometimento inútil. Não posso prendê-la. Nem condená-la a nada disso. Eu quero que você possa ir e recomeçar.

— Acabou de dizer que eu não deveria partir agora.

— Sim, porque sou egoísta, já lhe disse isso. E gostaria de ter mais tempo para tê-la aqui.

— Eu não me arrependeria. E partindo agora ou depois, que diferença faria?

— Dor. Doeria menos — ele disse de um jeito bem simples.

— Para quem?

— Para todos aqui, tenho certeza. E para mim. Eu gosto de vê-la, Caroline. É o que mais gosto em minha vida no momento. Fique e termine o que veio fazer.

Henrik deu alguns passos, afastando-se depois que se forçou a desviar o olhar de cima dela. Ele foi até a porta e segurou a maçaneta para abri-la o suficiente para partir ou fechar o pedaço que ainda faltava. Os passos de Caroline atrás dele soavam como estrondos, mas ela se sentou na beira da cama e olhou para baixo. Agora sim havia a possibilidade de se sentir mal e arrependida.

Soltando o ar, o marquês fechou a porta e voltou. Ela ficou em pé imediatamente, levantou os braços e os passou em volta do pescoço dele, enquanto ele envolvia sua cintura e a puxava para seu corpo. Dessa vez, Caroline não sentiu apenas o início do que os braços do marquês vinham lhe prometendo. Enquanto se abraçavam e se beijavam como se tivessem pouco tempo de vida lhes sobrando, seu corpo lhe mostrou exatamente como era corresponder ao desejo do homem por quem ela já achava estar apaixonada.

E por mais que Henrik houvesse fugido e tivesse acabado de propor que ficasse para que pudesse gostar dela mesmo de longe, sentir seu coração palpitando novamente, a quentura apenas conhecida no passado e que deixava seu corpo vivo, era demais para que recusasse. Era impossível fugir do que seu coração lhe avisava, que podia sentir amor por uma mulher novamente.

Mesmo quando ficaram completamente sem fôlego, ainda permaneceram abraçados, ambos com receio de que fosse acabar repentinamente.

E foi exatamente o que aconteceu. Primeiro, houve um barulho estranho de algo se arrastando e depois um grito.

— O que é isso? — perguntou Caroline. — Você ouviu?

— Sim. Fique aqui. — Ele se afastou dela, foi rapidamente até a porta e olhou antes de abri-la.

Depois que o marquês saiu correndo do quarto, Caroline pegou um castiçal e fez o mesmo, seguindo os sons. Assim que chegou à escada, ela estacou, tomada de surpresa.

— O que aconteceu?

Henrik tinha acabado de descer os degraus e se abaixar no intervalo onde a escadaria fazia uma leve curva, que deixava aquele espaço mais largo. Telma, a preceptora de Lydia, estava ali caída e desmaiada.

— Acho que ela caiu — disse Henrik, olhando-a para ver se precisaria imobilizar alguma parte de seu corpo antes de pegá-la.

Ela desceu alguns degraus para iluminar melhor. Telma estava inconsciente, mas, por causa da luz, começou a mover a cabeça e piscar lentamente. Henrik a pegou no colo e carregou-a escada acima, com Caroline iluminando o caminho até o primeiro quarto livre do corredor, onde a deitou na cama com cuidado.

— Telma? Está me ouvindo? — perguntou Caroline, deixando o castiçal no criado-mudo e pegando a mão dela.

A preceptora murmurou algumas coisas e depois gemeu de dor.

— Será que ela quebrou alguma coisa?

— Se não houvesse caído no intervalo da escada, provavelmente seria pior. São mais degraus de lá até o térreo — disse o marquês, que pediu licença e examinou as pernas e os braços da mulher, procurando sinais de ossos quebrados. — Vou ter que encontrar um médico.

Onde o marquês iria encontrar um médico a essa hora, Caroline não fazia ideia, mas ele saiu e no caminho avisou ao Sr. Roberson o que havia acontecido. Algum tempo depois, Telma acordou e ficou imóvel, reclamando de dor nas costas e na cabeça, pois a havia batido quando chegou ao patamar intermediário da escada.

— Aqui, Milady — disse a Sra. Daniels, que entrou rapidamente no quarto. — Esquentei água, podemos fazer compressas quentes para aliviar a dor.

— Será que a Sra. Bolton não tem algo para dor? Se o marquês não encontrar um médico...

— Ela não está lá em cima, Milady. Deve estar dormindo no quarto da marquesa.

— E não escutou o grito?

— Ela dorme como uma pedra — reclamou a governanta. — Mas há um médico na vila, imagino que esteja em casa. Ele é velho, mas ainda é funcional. Sem ser ele, creio que só na próxima vila, perto de Eastfield.

Telma se manteve imóvel, mas foi voltando a si lentamente. Elas lhe aplicaram compressas quentes e lhe deram um pouco de leite para sua garganta seca.

— Como você caiu, meu bem? — perguntou a Sra. Daniels.

— Não caí — disse Telma baixinho.

Caroline voltou para a cadeira ao lado da cama e se inclinou para perto dela.

— Estava escuro, tem certeza de que não tropeçou?

— Eu gosto de beber leite quente à noite, Milady — disse Telma. — Alguém me empurrou na escada. Eu juro, estava segurando uma vela.

— Mas não tinha ninguém mais acordado — disse Caroline. — E quem iria empurrá-la?

— Credo em cruz! — disse a Sra. Daniels. — Deus me livre!

— Não foi Deus quem a empurrou, Sra. Daniels.

— Milady acredita em mim? Eu não iria inventar isso — murmurou Telma.

— Eu sei. — Caroline se virou para a governanta. — Sra. Daniels, pode, por favor, ir verificar Lydia? Só para ver se está na cama.

— Milady acha que a menina...

— Não! Claro que não. Mas se há alguém empurrando pessoas da escada, quero saber se ela está segura em sua cama.

Assim que a governanta saiu com seus chinelos fazendo barulho pelo corredor, Caroline voltou a se inclinar para a preceptora.

— Você viu alguma coisa? Viu quem fez isso?

— Não... eu estava de costas, só senti o empurrão.

O marquês apareceu com o médico um bom tempo depois, mas o velho Dr. Walters ainda estava ativo. Ele examinou Telma e não encontrou fraturas, mas havia pontos de dor e ele desconfiava de uma torção. Ele recomendou repouso absoluto por pelo menos dois dias, então voltaria para vê-la. Passou-lhe uma infusão e uma leve dose de láudano para esses dois dias, caso a dor ficasse muito desconfortável.

Quando o médico partiu, os outros voltaram para seus quartos, mas Caroline ficou com Telma até ela adormecer.

— Ela disse que alguém a empurrou — falou em voz baixa para o marquês assim que deixaram o quarto e fecharam a porta.

— O quê? — ele perguntou de forma incrédula.

— Foi o que ela disse e eu duvido que tenha inventado isso.

— Acha que alguém entrou aqui e a empurrou?

— Não sei! — ela sussurrou de volta. — Estava tudo trancado, não é?

— O Sr. Roberson sempre checa tudo e sabe que os cachorros latem se escutarem sons estranhos lá fora.

— Então, quem a empurrou?

O marquês ficou pensativo.

— Ela teve algum desentendimento com alguém da casa?

— Telma? Claro que não, ela passa quase todo o tempo com Lydia e se dá bem com todos os outros. Vive escutando as confidências das arrumadeiras quando precisa de uma conversa mais adulta.

— Acho melhor averiguar isso. No escuro, é difícil enxergar e ela ainda estava confusa — decidiu o marquês, preocupado com algo assim acontecendo em sua casa.

— Isso é tão assustador. Por que alguém empurraria a preceptora?

— Vou tentar descobrir se alguém pode ter arrombado uma janela, mas não creio que seja o caso.

— Acha que foi alguém aqui de dentro, não é?

Ele só balançou a cabeça e a olhou.

— Ao menos somos o álibi um do outro. Seria medonho se, por acaso, desconfiasse que ando empurrando preceptoras de escadas. — Ele sorriu, aliviando um pouco a tensão.

— Eu nunca desconfiaria de você.

— Deveria. Faz um tempo que não excluo possibilidades — disse o marquês em um tom de quem já havia sido surpreendido.

De manhã, depois de dormir pouco, o marquês encontrou na escada a vela e o pequeno castiçal que Telma disse estar carregando na hora do incidente. Assim que a notícia se espalhou, todos os criados ficaram chocados. E a maioria fornecia álibis uns para os outros. Como as arrumadeiras que dividiam o quarto, os jardineiros que não moravam na casa, a cozinheira que tinha dificuldade em subir as escadas. Seria no mínimo temeroso achar que a Sra. Greene empurrou alguém e depois ainda conseguiu fugir correndo.

Porque quem empurrou a preceptora precisou ter tempo para sair dali antes que o marquês chegasse. A pessoa correu para outra ala ou entrou em algum cômodo.

O que praticamente eliminava a primeira suspeita dele.

— Eu quero saber que bagunça foi essa aqui no corredor durante a noite! — exigiu Roseane. — Essa velha gorda não explica nada direito — ela reclamou, referindo-se a Sra. Bolton.

A acompanhante dela não era velha nem gorda, mas ninguém mais se importava com os insultos que Roseane escolhia.

Henrik andou em volta da cama. Por mais que ela fosse a primeira pessoa que viesse à sua mente para cometer um ato tão vil quanto tentar matar alguém empurrando-o da escada, ele não tinha como acusar Roseane. Dr. Koeman havia dito que, devido à recusa dela de se exercitar durante esses anos, seus músculos realmente estavam fracos. Ela dava aqueles espetáculos de arremessar coisas e conseguia ficar de joelhos na cama, mas estava com dificuldade para sustentar todo o seu peso e andar.

— Empurraram a preceptora de Lydia da escada — ele informou.

— Eu sei! Ela morreu? — perguntou Roseane, ávida por receber a notícia.

— Não, está em repouso.

— Por que aquela mulher não morreu? Eu sei que ela é uma das suas concubinas redondas. Acha que não sei? É o tipo horroroso que você prefere.

— Não faz muito tempo que você estava gritando e acusando-a — disse o marquês. — Espero que não saiba nada sobre isso.

— E o que você faria? Estou entrevada na cama, lembra-se? Não posso sequer me levantar daqui para expulsar sua atriz dessa casa!

— Você nunca esteve entrevada na cama, mas talvez esteja agora — ele disse.

Henrik pensou por um momento. Não havia como Roseane ter feito isso, ela sequer usava a cadeira de rodas e não tinha contato com ninguém fora daquela casa. Isso o deixava com um grande problema para resolver, pois não podia ter pessoas sendo empurradas da escada dentro de sua casa.

Assim que ele saiu e a Sra. Bolton entrou com uma bandeja, Roseane empurrou as cobertas e olhou para sua acompanhante.

— Eu quero ver a garota — disse Roseane.

— Qual garota, Milady?

— A garotinha redonda. Quem mais?

— Sua filha?

— Traga a garota aqui.

— Mas, Milady...

— Estou mandando trazer a garota aqui.

— Agora?

— Ande logo!

A Sra. Bolton não conseguiu levar Lydia imediatamente porque ela estava tomando café com Caroline. Depois, ficou junto com ela na sala amarela, então visitou brevemente sua preceptora, que continuava em repouso. A acompanhante só conseguiu ficar com a menina quando Paulie a levou para se lavar depois de brincar um pouco ao ar livre.

— Eu não acho que isso seja uma boa ideia — Paulie disse, vendo a menina ser levada pela mão, depois que terminou de penteá-la.

— Você não tem que achar nada — disse a Sra. Bolton. — Foi a Marquesa quem mandou.

— Mas a Marquesa não gosta dela.

— Não importa, ela nos dá ordens e nós obedecemos — disse a Sra. Bolton, segurando firmemente a mão de Lydia.

— Dá ordens a você. Eu não faço nada que ela manda. — Paulie cruzou os braços.

— Não seja atrevida, garota.

— Ela não sai de lá porque não quer — disse Paulie, com petulância.

— A primeira pessoa que direi para ela mandar embora será você — disse a Sra. Bolton.

A arrumadeira viu a mulher virar no corredor com Lydia em direção à ala leste da casa, então correu para a escada de serviço e quase se chocou com a governanta quando a encontrou na sala com vista para o jardim dos fundos, supervisionando a colocação dos móveis reformados.

— A senhora me disse que é meu dever reportar diretamente à governanta tudo que acontecer de errado e diferente na casa, não é? — perguntou Paulie, falando rápido.

— Diga logo, garota — disse a Sra. Daniels.

— A Sra. Bolton disse que a Marquesa mandou que levasse a menina para ela.

— O quê? — indagou a governanta.

Enquanto a Sra. Daniels atravessava rapidamente o corredor em direção à frente da casa, o inferno se desenrolou no segundo andar. Lydia e Roseane começaram a gritar e a Sra. Bolton acompanhava.

— Mas o que pode ser agora? — Caroline subiu as escadas e a Sra. Daniels e Paulie correram atrás dela.

Não tiveram tempo de explicar. A porta bateu antes que elas chegassem ao quarto, mas as três conseguiram abrir e viram tudo o que não esperavam: Lydia estava dando socos e chutes no ar, lutando para se soltar enquanto a Sra. Bolton tentava conter Roseane, que arrancara os enfeites do cabelo da menina e já rasgara seu novo vestido leve e fluido. Paulie acabara de colocá-lo nela.

— Eu avisei que não queria preceptora nenhuma! E nada dessas indecências nessa casa! — dizia Roseane.

Lydia conseguiu se soltar e pulou na cama, tentando fugir. Roseane agarrou-a pelo pé, fazendo-a cair. A menina bateu contra o colchão e seu choro ficou alto.

— Vejam só isso, estão criando a garota para ser mais uma meretriz nessa família!

Caroline correu até ela, agarrou Lydia e a tirou da cama, enquanto a Sra. Daniels fazia a marquesa soltar a perna da menina. Paulie estava chocada demais para ajudar, então observou tudo com olhos arregalados e crescente nervosismo. A Sra. Bolton conseguiu fazer Roseane voltar a se deitar.

— Sou eu quem manda em todas vocês! Devolvam a garota imediatamente ou mando todas embora! Quero todas na rua!

Caroline saiu com Lydia no colo e Paulie se apressou para correr dali. Ela tinha pavor da marquesa. A Sra. Daniels ficou para trás e ajudou a Sra. Bolton a arrumar a cama novamente. Sem saber bem o que fazer, Caroline foi para o quarto da menina, pois iam precisar trocar sua roupa. Ela a carregava e acariciava suas costas, tentando acalmá-la. Tentou colocá-la no colchão, mas Lydia continuou agarrada a ela como um macaquinho.

— Paulie, pegue outro vestido, por favor.

Enquanto a moça corria para cumprir a tarefa, Caroline sentou-se na cama, ainda com Lydia chorando baixinho contra seu ombro e agarrada a ela, segurando o tecido de seu vestido com força em seus pequenos punhos.

— Está tudo bem, querida. Ela ficou lá no outro quarto. — Acariciou suas costas e deu um beijo em sua cabeça.

Quando Lydia se acalmou, Caroline secou seu rosto e a menina olhou para ela com aqueles grandes olhos verdes ainda úmidos.

— Eu não gostei dessa brincadeira — ela disse baixinho, sua voz saindo fina. — Achei que era de pular na cama...

— Foi só um susto — disse Caroline, tirando o vestido arruinado de seu corpo.

Lydia começou a fungar de novo. Agora que o susto passara, estava magoada. Sua cabeça doía pelo jeito que as presilhas foram arrancadas de seu cabelo e ter o vestido arruinado foi assustador.

— Rasgou meu vestido lilás — ela choramingou.

— Paulie vai lhe trazer outro da mesma cor, não é? — Caroline disse um pouco mais alto.

A arrumadeira apareceu com outro vestido lilás.

— Eu gostava do outro — murmurou a menina, passando a mão pelos olhos.

Caroline a vestiu e pegou a escova para pentear seu cabelo novamente. Lydia balançou a cabeça e ficou fungando. Parecia que só queria ser deixada em paz. Como ela era a primeira criança com quem Caroline realmente convivia, não tinha experiência, mas acariciou sua cabeça e lhe deu um beijo. Lydia gostou da atenção e ficou segurando a escova que ela lhe deu.

— Eu quero meu pai — ela choramingou.

Caroline assentiu para Paulie, que saiu correndo, esperando que o marquês ainda não estivesse longe dali.

— Ele virá logo — disse Caroline, voltando a segurá-la junto a si.

Cerca de dez minutos depois, o marquês apareceu no quarto e pegou a filha no colo. Ela se agarrou a ele e provavelmente passaria boa parte do dia daquela maneira. Paulie sequer conseguiu lhe explicar direito o que aconteceu, mas, só de olhar para o rostinho magoado da filha, ele sabia o que fazer.

Aproveitando que agora Lydia tinha a companhia do pai, Caroline saiu do quarto e voltou pelo corredor. Quando passou na frente do quarto de Roseane, tudo estava quieto. Parecia que ela havia dormido, provavelmente sob o efeito de algum calmante.

Ela esperou e surpreendeu a Sra. Bolton quando voltava para o quarto de Roseane.

— Milady, eu não... não tive culpa.

— Claro que teve — disse Caroline. — Ela não sai daquele quarto, você sabe que ela não gosta de Lydia e ainda foi buscá-la?

— Mas, Milady, ela ordenou.

— Não vai me enganar, Sra. Bolton. Essa foi a gota d'água. Desde que cheguei aqui, quase todas as confusões têm o seu dedo. É uma fofoqueira. Se não dissesse o que não deve, não deixaria Lady Roseane agitada nem criaria problemas para as outras pessoas que moram e trabalham aqui.

— Com todo o respeito, Milady, é meu dever ficar ciente e informar. Recebo ordens da Marquesa e não posso negar.

Caroline soltou o ar com irritação. Depois do que aconteceu com Lydia, ela não deixaria a Sra. Bolton e sua língua comprida saírem impunes.

— Quem paga o seu salário é o Marquês! — Ela agarrou a acompanhante pelo braço, levou-a até a janela, segurou sua cabeça e forçou-a para fora, assustando a mulher, que soltou um gritinho. — E se continuar se comportando dessa forma, é para lá que vai. Para o olho da rua. Escutou bem, Sra. Bolton?

Ela puxou a mulher de volta e a encarou.

— Milady, por favor... eu não faço por mal. Ela manda em mim, como vou negar?

— Negando! Faz parte dos seus deveres. Já que é tão medrosa, quem a senhora acha que é mais perigosa no momento? Eu, que estou pensando seriamente em jogá-la daqui de cima pelo que fez Lydia passar, ou a mulher que acompanha e nunca sai daquela cama?

— Tenho certeza que Milady é mais perigosa.

— Foi uma pergunta retórica, Sra. Bolton. Não precisa me adular. Mas, se as pessoas que moram aqui voltarem a sofrer de alguma forma porque a senhora não consegue manter essa boca fechada, vai passar a ser verdadeira.

Caroline lhe lançou seu melhor olhar ameaçador para que a acompanhante acreditasse que ela era mesmo mais perigosa que Roseane. Devido ao que sabia do passado da marquesa, duvidava um pouco disso, mas não importava, desde que a Sra. Bolton acreditasse.

236  LUCY VARGAS

# CAPÍTULO 13

As implicações do que o marquês fez com lorde Elliot começaram logo. Ao menos, depois que o homem parou de tremer. Lady Elliot não podia acreditar na ousadia, inadequação e em tamanho comportamento selvagem. Mesmo vindo de alguém como o marquês de Bridington, que todos ali sabiam que não se comportava mais como o esperado há anos. A questão é que o marido dela estava levando o marquês tão a sério que a proibiu de continuar com essa história. Geralmente, lorde Elliot não se preocupava em proibir sua esposa tão expressamente, mas era o pescoço dele que estava em perigo.

E lorde Calder, que mal se dignava a olhar para a esposa, apenas disse que, se fosse envolvido nisso, mandaria Francis e ela para sua propriedade minúscula em Yorkshire e não patrocinaria a próxima temporada em Londres. Para ser sutil, lady Calder nunca foi vista em tamanho estado de terror.

— Isso não vai ficar assim — lady Elliot disse à prima enquanto remoíam o fato de estarem momentaneamente de mãos atadas e incapazes de seguir com sua pequena vingança pessoal. — Ela me bateu! Eu nunca fui tão afrontada em minha vida.

— Eu devo enumerar quantos tapas de luva de pelica você levou nessa temporada? — disse lady Calder. — Lady Roberts a insultou tanto que você quase sangrou sem que ela encostasse um dedo em você. E olha que o Conde nem precisou ameaçar fisicamente seu marido.

— Ela é outra em minha lista. Aquela mulher escandalosa! Você sabe que agora ela se sente poderosa porque é uma Condessa. Mas eu a conheci quando era uma debutante empobrecida com aqueles vestidinhos de segunda categoria. E veja só que coincidência: ela e essa tal Lady Clarington debutaram no mesmo ano. Frutos podres.

— Eu estava pensando. Se o marquês ficar viúvo, o que o impediria de se casar com ela? Então, ela ficaria aqui e se tornaria a dama mais importante da região, a Marquesa. Se estivermos em guerra com os Preston, será problemático.

— Não seja ridícula! A marquesa viúva, aquela bruxa velha, está procurando uma esposa para ele. Por que mais ela convidaria tantas mocinhas para ir a Bright Hall?

— E ela certamente não escolherá nossas filhas — lembrou lady Calder de forma bem inoportuna, apesar de verdadeira.

— Eles não vão se casar. Nem por cima do meu cadáver! — disse lady Elliot.

O marquês ficou tão irritado com o episódio de Lydia que o Sr. Roberson o convenceu a ficar longe do quarto de Roseane por um dia. Ele sabia o que ela estava fazendo e o pior era que estava conseguindo. De tempos em tempos, ela conseguia formas de fazê-lo reagir e atormentar a paz em que tentava viver. Mas ele aguentava, só que usar Lydia para isso era demais.

— Milorde, eu não sei se já se acalmou, mas devo lembrá-lo... — dizia o mordomo, seguindo-o pelo corredor.

— Já é outro dia, Sr. Roberson — disse o marquês.

O mordomo continuou falando com ele, mas Henrik entrou no quarto de Roseane, surpreendendo-a e fazendo a Sra. Bolton pular da cadeira onde estava costurando.

— Você chegou ao seu limite — ele avisou. — Eu lhe dei todas as chances que não merecia. Foram anos fingindo que você precisava de ajuda e não o contrário. Mas fazer isso com a minha filha foi o fim!

— Aquela garota maldita e redonda! Você a está criando como uma meretriz! — acusou Roseane.

— Minha filha! — respondeu o marquês, dando um tapa no próprio peito como se indicasse a si mesmo. — Tem toda razão quando não a reconhece. Ela é minha e eu não vou deixar ninguém magoá-la! Você não saía daqui porque não queria, agora não vai sair nunca mais! E, se você finalmente pular dessa maldita cama, vai direto para a rua! Então, fique bem aí, onde esteve esse tempo todo fingindo que não fez o que fez!

— Foi culpa sua! — ela gritou. — Culpa sua! E você deveria ter morrido com ela!

— Não foi. — Ele balançou a cabeça. — Eu demorei para aceitar e enxergar a verdade, mas agora isso vai ser algo que você não vai me tomar. A culpa foi sua. E você não vai mais ver a minha filha.

Ela gritou como sempre fazia, mas ele se afastou da cama quando ela chegou para frente, esticando a mão.

— Você é culpado! Culpado por estar criando uma meretriz como aquela maldita! É bem feito ela ter ido para o inferno! Por sua culpa! E ela levou o meu filho! Essa menina redonda deveria ter morrido no lugar dele! — Ela arremessou o pequeno relógio de madeira que ficava no criado-mudo.

A Sra. Bolton correu para a cama sem saber o que fazer; o Sr. Roberson segurou o braço do marquês e o tirou dali. Finalmente dizer o que precisava, depois de tanto tempo, parecia tê-lo esgotado emocionalmente, mas, assim que saiu do quarto, ele passou a mão pelo cabelo e foi se afastando pelo corredor.

Caroline viu quando o marquês passou direto pela sala de jantar de onde ela estava vindo com a Sra. Daniels. Ele passou em frente à sala amarela e olhou para lá, mas ela não estava lá dentro. Henrik ficou ali parado por um minuto e o Sr. Roberson o olhava de longe, como se lamentasse profundamente. A governanta foi até o mordomo, provavelmente para saber o que poderia ter acontecido.

Ao escutar alguém se aproximando, Henrik se virou e viu Caroline. Ele deu um passo para trás e ela se surpreendeu, a expressão estava perdida, mas seu olhar era intenso.

— Tudo bem, Milorde?

— Eu posso ficar um pouco?

Ela sorriu para ele e deu um passo para dentro da sala amarela, que, agora, limpa e bem arrumada, demonstrava bem o motivo de ter esse nome.

Toda a paleta de cores usada, desde as cortinas, passando pelos ornamentos do papel de parede, o cetim das almofadas, até o estofado dos sofás e das cadeiras, tinha tons sutis de amarelo. Os móveis eram de madeira mais escura e o contraste com a riqueza dos amarelos dava um ar de leveza e alegria. E o marquês achava que o local combinava perfeitamente com Caroline e com o que ela representava para ele.

— Acha mesmo que precisa perguntar? É a sua casa.

— Eu já acho que essa sala é sua.

Ela entrou antes dele, que se sentou na poltrona mais próxima da janela e ficou olhando-a. Caroline foi até lá e se sentou em frente a ele.

— Eu ia lhe perguntar se algo aconteceu, mas vejo que machucou a mão. Não pode estar tão chateado por isso.

O marquês se lembrou do machucado em sua mão direita e olhou o ferimento que conseguiu em um cabo de madeira que se soltou da pá na plantação da fazenda.

— Não é nada.

— Quer biscoitos? — Ela se levantou para pegar o vidro.

— Não, estou bem.

Caroline estacou e deixou o vidro no lugar, virou-se lentamente e o olhou.

— Não está bem, nunca recusa biscoitos...

Ele sorriu levemente e continuou olhando para ela.

— Eu finalmente cheguei a mais um dos meus limites. E quase o ultrapassei. Só preciso de um tempo aqui.

*Um tempo olhando para você*, ele pensou. Ele realmente gostava de vê-la. E Caroline já devia saber disso.

— Vamos ver essa mão — ela disse.

Ela pediu a Sra. Daniels a pequena bacia que usava e o bálsamo de ervas para cortes.

— Talvez, mergulhando suas mãos aqui, elas fiquem menos queimadas — ela disse, fazendo-o ficar com as mãos imersas na água esbranquiçada da bacia.

O marquês ficou sorrindo levemente enquanto ela banhava suas mãos, a direita estava ardendo por causa do corte, mas ele não estava se importando.

— Depois, vamos enfaixá-la e vai prometer ficar longe de pás por alguns dias — ela disse, concentrada no que fazia.

Ele assentiu, mas, como não disse nada, Caroline o olhou rapidamente e viu que o marquês continuava imóvel. Quando percebeu, estava acariciando as mãos dele e ambos olhavam o que ela fazia. Ele a sobressaltou quando subitamente moveu a mão e segurou a dela. Caroline o olhou e, por um momento de loucura, enquanto encarava aqueles bonitos olhos cor de amêndoas, o marquês desejou tirar mais um peso de seu coração e dizer a Caroline como gostava dela.

Ela já o libertara dos grilhões de um segredo que carregaria para o túmulo, já o fizera redescobrir que seu coração não era uma caixa vazia, fizera-o reviver sentimentos que ele deixara dormentes e lhe mostrara que ainda podia desejar, pois seu corpo não estava morto como sua mente preferira fazê-lo acreditar por tanto tempo.

Depois de ela lhe dar tanto, confessar o que vinha sentindo o tornaria muito ingrato. Prendê-la a algo sem futuro, infrutífero e que atrasaria sua vida não era nada digno. Podia escutá-la dizendo "eu já tive o certo, digno e aceitável e odiei cada dia". Só que isso não significava que ela não poderia ter novamente, dessa vez com uma chance de felicidade. E ele não cabia em nenhum dos adjetivos citados.

— Com licença, Milorde — disse o mordomo, parando um pouco depois da porta que já estava aberta. — O Sr. Kellog está aqui.

Henrik abaixou a cabeça, mas não soltou a mão dela.

— Mande o Sr. Kellog para o inferno — ele resmungou.

Caroline colocou as mãos dele sobre a toalha e as secou.

— Vou liberá-lo logo, deixe-me apenas enfaixar o ferimento — ela disse.

O mordomo olhou para eles e ficou sem saber o que fazer com a visita.

— Devo providenciar a retirada do Sr. Kellog ou deixá-lo esperando no escritório?

Henrik deixou a cabeça pender para trás e aceitou que sair dali era melhor.

— Deixe-o no meu escritório, por favor.

O Sr. Roberson saiu para cumprir a ordem e Caroline terminou de enfaixar a mão dele.

— Está bom, mas evite fazer esforço com ela, por hoje.

— Obrigado, Caroline.

Ele se levantou para ir conversar com o Sr. Kellog e Caroline também ficou em pé, segurando as ataduras que sobraram. Ela parecia ter algo mais a dizer, talvez mais alguma recomendação para sua mão, mas ficou somente olhando. O marquês se aproximou um pouco, levantando a mão enfaixada e segurando levemente em seu braço abaixo da proteção do vestido. Caroline aproximou-se como se seu corpo a atraísse naturalmente e o mesmo acontecia a ele.

Dessa vez, se houvesse alguém na porta, seria muito difícil explicar o que os dois faziam tão próximos, com seus olhares saudosos um sobre o outro como se estivessem a quilômetros de distância e não a centímetros.

Eles ficaram tão próximos que o nariz dele tocou o dela e suas bocas se encontraram, selando um beijo curto, mas suficiente para deixar seus lábios úmidos. O marquês a olhou. Ele se arrependia de não conseguir se manter longe, mas apenas disso, jamais pelo que sentia por ela. Aquele sentimento era seu, era rico e belo e ele o guardaria como um tesouro. Ele se afastou, deixando a sala amarela e Caroline ficou ali, apertando as ataduras entre as mãos.

A marquesa viúva conseguiu uma maneira de deixar bem claro que não estava satisfeita com a desfeita de lady Elliot: simplesmente não compareceu ao baile que a mulher ofereceu. Obviamente, lady Davenport e sua filha, Rebecca, também não compareceram, assim como seu filho mais velho. Bernice, sua filha e sua neta também não. Nem seu neto mais velho, lorde Malcom, futuro conde de Grindale e ótimo partido. Na verdade, de todo aquele grupo, apenas lady Ausworth foi, porque alguém tinha que ir para contar às outras depois.

E a fofoca de que lady Hilde estava indisposta com a situação se espalhou, o que desfalcou um pouco mais o quadro de convidados. Era de conhecimento geral que lady Elliot não era simpática, mas, ali no campo, sua casa era uma boa fonte de entretenimento e a família tinha dinheiro suficiente para proporcionar bons eventos.

Não foi preciso especificar o tamanho da ira de lady Elliot após o baile.

— Eu acho bom que se prepare para um golpe — disse a marquesa viúva, sentada na sala amarela de Bright Hall. — Já deixei bem claro que não gosto de desaforos com a minha família, mas ela é uma víbora e não consegue ficar muito tempo sem morder alguém.

— Eu não estou mais preocupada com ela — disse Caroline.

— Não precisa mentir para mim.

— Estou preocupada com esse baile para o qual quer me levar.

— Não é na casa dela. Acaso vai acatar o desaforo e se esconder aqui? Está se deixando influenciar pelo meu filho?

— O Marquês tem estado mais sociável.

— Concordo. Pretendo, inclusive, dar-lhe um presente por ter conseguido que ele renovasse o guarda-roupa.

— Não me dê presentes, Milady. E o guarda-roupa do Marquês ainda não está completo. Ele se recusa a jogar fora suas calças de montaria antigas, diz que é desperdício se vai sujá-las de terra.

— Deixe-o ter suas manias. E não recuse meu presente, já lhe disse para evitar essa síndrome de dama pobre e modesta. Se alguém adequado lhe oferecer um presente, aceite e sorria com charme. Se odiar, seja lá o que for, dê a alguma criada. Mas vai gostar do que lhe darei. Até porque, se der para alguém, vou encher o seu traseiro de chineladas do modo menos educado possível.

Caroline ficou sorrindo com a lição da marquesa viúva, mas retomou o assunto que lhe interessava.

— Podemos ao menos ficar por pouco tempo?

— É a casa de Bernice e sou bem-vinda lá desde sempre. Vai ser bom encontrarmos com aquela mulher e sua corja feiosa. Quero ver a cara dela. — A marquesa viúva estreitou os olhos.

Caroline não estava gostando nada disso. Por mais que não fosse a primeira vez que iria acompanhar lady Hilde, antes não estava envolvida em mais um escândalo, nem no topo da lista de desafetos dos Elliot e, possivelmente, dos Calder.

Telma estava se recuperando bem, mas ainda evitava descer e subir a escadaria, o que fazia Lydia passar boa parte do tempo lá em cima. Elas já haviam retomado a maior parte das atividades. Mas agora a menina não queria ir para a ala leste, porque sempre achava que a levariam para o quarto de Roseane e aquilo era de partir o coração, porque era exatamente para onde ela deveria querer ir.

Caroline estava jantando sozinha com o marquês outra vez e nem o Sr. Roberson, sempre tão observador, havia notado a diferença no comportamento deles. Somente o fato de que ela não estava mais provocando-o tanto, mas isso poderia se dever ao fato de que Henrik estava usando suas roupas novas e passara a deixar a barba aparada. Ele ainda não conseguia pensar em sua imagem de rosto limpo, pois o fazia ver sua versão de dez anos atrás, quando ainda era um rapaz livre e sem ideia do que seria sua vida.

Agora, era um homem de trinta e cinco anos e preferia sua imagem madura e um reflexo de suas experiências de vida. Por mais que ainda não sentisse conforto em passar muito tempo à frente do espelho, agora que precisava se barbear constantemente era obrigado a se encarar. Aquele seu interlúdio com Caroline havia lhe devolvido algo mais: sua percepção própria.

Mesmo que se olhasse no espelho e ainda não conseguisse ver o homem atraente que enxergava antes, era isso que ela parecia ver. Essa aparência, com a barba tão bem aparada, certamente lhe caía bem. Caroline achava que combinava com seu estilo viril e um tanto selvagem.

— Fico feliz que tenha cedido e doado aqueles seus robes velhos — disse a Sra. Daniels, enquanto arrumava as peças novas no closet de Caroline.

— Estavam começando a ficar puídos nas mangas — ela disse enquanto soltava o cabelo e pegava a escova de cerdas macias.

Caroline ficou se olhando enquanto puxava o cabelo para o lado e descia a escova lentamente pelas mechas cor de café. Envolver-se com o marquês também a afetou e melhorou sua autoestima. Independentemente do que os outros dissessem, ela não se achava sedutora, mas, quando debutou, considerava-se aceitável. E definitivamente ficou de mal com ela mesma depois que se casou. Também não teve motivos para melhorar a própria avaliação quando ficou viúva, com vestidos velhos e sentindo-se desvalorizada.

Mas o marquês parecia atraído demais por ela e mesmo as atenções do Dr. Koeman e a proposta indecente do novo barão de Clarington não a fizeram se olhar no espelho como agora.

— Não sei por que anda sempre com o cabelo em um coque simples. Estou há várias temporadas soltando cachos do penteado de mocinhas que desejam uma aparência mais atual — disse a Sra. Daniels, olhando para Caroline através do espelho.

— Eu... prefiro. — A verdade é que antes ela não se importava. Agora, talvez pensasse no assunto com mais carinho.

— Não seja tola, Milady. Tem a sorte de ter esse cabelo tão maleável. Eu tive que lidar com cabelos grossos e rebeldes e, acredite, elas pagariam pelo seu. Esses malditos penteados de festa são um tormento!

A governanta ficou olhando para ela, que continuou penteando os cabelos vagamente. Alguém ali naquela casa havia sim notado algo. A Sra. Daniels tinha o faro do melhor cão de caça. Ela acreditava que esse era seu dever como governanta, ver tudo e saber de tudo.

O marquês esperou Lydia dormir e voltou pelo corredor, passando em frente ao quarto de Caroline. Ele sempre fazia isso: passava em frente à porta e hesitava. Voltava um passo, olhava a madeira e franzia o cenho, forçando-se a continuar pelo corredor, condenando-se mentalmente pela vontade de bater.

Foi para seu quarto, como na noite anterior, e andou da porta até a janela cerca de dez vezes.

Ele queria vê-la e sabia que era por isso que não deveria ter cedido. Porque, uma vez que sucumbisse ao sentimento, seria irrevogável. Passar o dia normalmente, forçando-se a nunca olhar para ela por tempo demais, especialmente quando havia mais alguém por perto, fazia com que sonhasse em poder vê-la depois.

Ele escutou duas batidas bem leves e pulou da poltrona onde tinha acabado de se sentar. Achou que podia ter imaginado ouvir o som, mas, ao abrir a porta, viu Caroline ali, apertando as lapelas de seu penhoar com uma mão e segurando o castiçal com a outra.

— Eu tinha decidido ir para a cama, mas o escutei andando em frente à minha porta.

— É tão evidente assim? — ele perguntou, admirando sua figura. Ela havia deixado o cabelo longo cair por cima dos ombros e era a primeira vez que aparecia na frente dele tão desfeita, deixando-o vê-la tão intimamente.

— Ninguém mais anda no escuro nem com passos tão rápidos.

Ele soltou o ar. De que adiantaria mentir?

— Ando ainda mais rápido quando passo em frente à sua porta, ou pararia lá todas as vezes. — Ele saiu e pegou a mão dela. — Meu quarto não é nada seguro, pois o Sr. Roberson só bate uma vez antes de abrir.

Ele a levou pela mão e eles entraram na pequena sala de estar recém-reformada daquela ala. Estava novamente bonita e aconchegante, um ótimo lugar para ler um livro, sentado perto da janela, com aquela bela vista e com a lareira acesa. Também era fresco e iluminado, ideal para um bom dia de verão.

— Gostou da sala nova? — ela perguntou, parando ao mesmo tempo que ele. — Não era assim antes, mas algumas coisas precisaram ser descartadas...

Henrik tirou o castiçal da mão dela e o colocou sobre a mesa, depois a trouxe para perto, segurou seu rosto e a beijou, surpreendendo-a com a intensidade da paixão que depositou sobre seus lábios. Ele a abraçou, deixando que seus corpos se colassem e foi como um choque de desejo se espalhando por eles. Caroline se segurou em sua camisa e sentiu seus seios incharem contra a pressão que o peito dele exercia em seu corpo. Ela queria ser tocada e estava surpresa por querer tanto.

— Henrik... — ela murmurou, separando os lábios dos dele totalmente sem fôlego e corada.

Ver o olhar dela daquele jeito o deixava tanto realizado quanto agoniado.

— Você me faz querer tudo que eu jamais poderei ter, Caroline. — Ele subiu as mãos pelos braços dela, roçou as laterais dos seus seios, fazendo-a soltar o ar rapidamente e acariciou seu pescoço antes de segurar seu rosto. — E é bom ouvi-la dizer meu nome.

— Você já vem dizendo o meu há tanto tempo... — Ela deixou o peso do corpo ficar todo contra o dele.

— Dizer seu nome faz com que me sinta mais próximo do que posso estar.

Ela suspirou com as mãos dele tocando suas costas em carícias gentis e sensuais, que a deixavam com a cabeça leve demais. Caroline encostou a testa contra seu peito, aspirando o cheiro tão real de sabão e folhas. Ele cheirava à liberdade, ar puro e paixão.

As mãos dela subiram e tocaram seu peito, sentindo os mamilos rijos sob o tecido branco da camisa. Os braços dele envolveram sua cintura e Henrik voltou a beijá-la com sofreguidão; deixou beijos pelo seu queixo e rosto enquanto Caroline inclinava a cabeça, dando-lhe acesso. Ele a acariciava com atenção, era tão bom que ela chegou a pensar que estava imaginando.

— Gosto do jeito que me faz sentir. Se foi isso que quis dizer naquele dia, eu sei que nunca vou me arrepender de nenhum minuto que passei com você — ela disse, abraçando-o.

Ouvi-la dizer isso lhe causava sentimentos contraditórios: alegria misturada à dor. Era só uma pequena amostra da dor que ele sentiria assim que ela partisse. Henrik olhou para ela. Aproveitando a primeira oportunidade que tinha, passou as mãos pelo seu cabelo e a manteve bem perto de si.

— Você é linda, Caroline. É a visão mais adorável que alguém poderia ter, nunca mais deixe ninguém lhe dizer o contrário. — Ele beijou seus lábios e olhou-a, com tudo que estava sentindo estampado em seus olhos. — E eu não consigo mais ficar longe de você, não como deveria.

Ela lhe deu um sorriso que resumiu tudo para ele.

— Será que algum dia conseguiremos passar mais do que quinze minutos juntos? — ela perguntou, levantando o olhar para ele. Já estava corada, mas não por vergonha.

— Se eu ficar mais tempo com você, não vou conseguir dormir sozinho.

Caroline arregalou um pouco os olhos, mas não corou mais. Apenas lhe lançou um olhar surpreso e apreciativo. O marquês sorriu em resposta e lhe entregou o castiçal.

— Amanhã, vinte minutos. — Ele piscou para ela.

— Vou a um baile amanhã. Chegarei tarde.

Ele franziu o cenho. Havia esquecido que o tal baile já era amanhã. Tudo o que podia fazer era assentir. Ela podia encontrar algum pretendente lá e ele sabia disso. Agora que seu envolvimento deixara de ser platônico, Henrik não conseguia mentir e desejar verdadeiramente que ela encontrasse algum outro homem. Era como ouvir Dr. Koeman lhe dizendo que iria cortejá-la e ter de assisti-lo fazendo. Era tudo que podia fazer, mas doía tanto que parecia que seu coração se apertava até virar apenas um pequeno grão.

E antes, quando ele disse a ela que encontraria alguém, não era mentira. Ele desejava que ela pudesse descobrir a felicidade de se apaixonar e esperava que ela pudesse permanecer com essa pessoa. Ele era um fim de linha e sabia disso. Era melhor que ela não ficasse em Bright Hall por mais tempo do que durasse sua missão.

Pensar nisso, saber que em breve seria convidado para vê-la subir ao altar com outro homem — talvez até com o Dr. Koeman — era seu novo recorde de dor. Não mais possível mensurar com algo que ficou no passado.

Estava vivendo o presente e a dor ia chegar até o seu futuro.

— Você deveria ir também — ela sugeriu.

— Não.

— Não negue ainda. Fique só um pouco, que tal por meia hora? Por favor.

— Por que quer que eu vá a um baile? Sabe que não me interesso por eles.

— Vai fazer parte de seu novo plano de vida. Quem sabe em um futuro próximo precise voltar a comparecer a um ou outro.

— Pare de me dizer isso, Caroline. Não vou fazer nada disso em um futuro próximo ou distante. E, se eu tivesse de me obrigar a ir a um baile, seria apenas para vê-la.

*Vê-la dançar com outros*, ele sabia disso. E era exatamente onde devia estar, do lado de fora, só assistindo.

— Eu estarei lá. Meia hora? — Ela precisava tentar ao menos mais uma vez.

— Vou considerar, está bem?

Ela assentiu. Ao menos ele havia cedido um pouco.

250  LUCY VARGAS

# CAPÍTULO 14

— Oh, Deus! Esse é o vestido mais indecente que já vi. Onde a Sra. Garner estava com a cabeça?

— Milady está doida — respondeu a Sra. Daniels. — Aquele vestido branco que usou em um dos chás era quase uma camisola. Isso é um vestido de baile, está muito mais coberta.

— E estarei sob muitos olhares. Não só de mocinhas bobas comendo bolinhos e bebendo limonada.

— Está uma beleza, Milady. Esse leve tom de dourado vai fazê-la brilhar pelo salão de dança. Pretende dançar, não é?

— Não estou interessada.

— Dançaria com o Marquês se ele fosse? — perguntou a Sra. Daniels de repente.

Caroline olhou rapidamente através do espelho.

— O... o Marquês? Nosso Marquês? Duvido que ele ainda saiba dançar. Iria esmagar meu pé com aquelas botas — ela declarou.

— Ah, um sapatinho tão delicado — disse a Sra. Daniels, divertindo-se e olhando o sapato de cetim preso ao pé dela por fitas do mesmo tecido.

Caroline estava coberta por seda finíssima que, a partir da fita dourada sob seus seios, tinha outro tecido translúcido por cima que lhe conferia um ar de pura leveza. E a Sra. Daniels deixara alguns cachos cuidadosamente feitos descerem de seu penteado.

Ela não viu o marquês quando saiu, mas ele ficou olhando pela janela e a viu entrar na carruagem da marquesa viúva. Estava tão bela e cheia de vida!

Ele podia olhar para ela pelo resto de seus dias. O problema era que para isso ela teria de permanecer ali e, na opinião dele, isso era justamente o contrário do que ela precisava.

— Estou até emocionado, Milorde. Achei que nunca mais o veria todo abotoado e com um plastron em seu devido lugar — disse o Sr. Roberson, alisando o lenço branco que deveria ficar sobre o colarinho da camisa do marquês.

— Não fique todo excitado, isso vai pinicar como o inferno — disse Henrik, voltando até o meio do quarto e olhando sua figura no espelho.

— Seus sapatos de baile, Milorde. Não ficará bem chegar sem eles. — O mordomo indicou os sapatos negros e brilhantes.

Tudo o que o marquês iria usar hoje fazia parte de seu novo guarda-roupa. Ainda bem que concordou em fazê-lo, ou não iria pôr seus pés lá. Já que iria se submeter a tamanha provação, era melhor aparecer elegante. Sua mãe iria cair para trás.

— Não estou com pressa, Sr. Roberson. Vou ficar pouco tempo. — Ele vestiu o colete e o ajeitou no corpo.

— Espero que tenha tempo suficiente para dançar com duas damas por pura educação, já que os bailes aqui sempre têm menos cavalheiros do que deveriam. E é inadequado não tirar ao menos duas para dançar.

— O que o leva a crer que ainda sei dançar? — Henrik perguntou, com um leve sorriso devido ao tom que o mordomo usava.

— É algo que não se desaprende. E espero que saiba o mínimo, pois Lady Caroline ficará imensamente chateada se pisar em seus dedos delicados. Sugiro que a tire para uma dança mais comedida.

— Não passou pela minha cabeça tirá-la para dançar — resmungou Henrik.

— Ora essa, Milorde. Alguém poderia explicar por que chegaria a um baile depois de anos sem colocar os pés em um e não dançaria justamente com sua adorada convidada e parente distante da marquesa viúva? Devo lembrá-lo do desequilíbrio entre damas e cavalheiros no salão?

— Eu ignoro tudo isso, Sr. Roberson. Já devia saber. — O marquês ignorou o espelho, pois, se a casaca não estivesse no lugar, o mordomo teria dito.

— Bem, fico feliz que ao menos tenha aceitado aparar o cabelo. Apesar de o barbeiro ainda estar achando que era o seu fantasma. Eu teria recomendado que cortasse mais uns dois dedos.

O marquês ignorou as recomendações do mordomo e deixou o quarto.

A marquesa viúva estava em sua melhor pose, com um vestido muito digno em tons de azul, enquanto Caroline ainda achava que, pelo fato de já ser viúva, mesmo que ainda jovem, deveria poder usar cores mais escuras também.

— Muito obrigada, meu bem — Hilde respondeu a uma dama que lhe fez um cumprimento, dizendo como estava bem. — É de família, ficamos bem conservadas até ser tarde demais para os outros notarem que estamos velhas. Veja só o caso de minha adorada Lady Caroline: fresca como no dia em que debutou.

Caroline só pôde sorrir. Mais uma vez, sentia-se como se tivesse dez anos a mais do que sua idade real, mesmo que tivesse sido um elogio.

O momento mais aguardado ou mais temido, dependendo do ponto de vista, não demorou a acontecer. Lady Elliot e lady Calder com suas filhas, Srta. Aveline e Srta. Francis, chegaram juntas, como se formassem um grupo de escolta. Lorde Elliot seguia o grupo, parecendo estar tentando se esconder. Assim que foram anunciados, Caroline sentiu um calafrio e não se virou.

— Eu sabia que ela viria com toda a sua corja — lady Davenport falou baixo. — Já que seu baile foi um fracasso, ela precisava aparecer e mostrar que nada a abalou.

— Foi realmente um fracasso? — Rebecca perguntou baixinho.

— Certamente não foi o que ela planejou — respondeu a mãe.

— Se houvesse sido um enorme sucesso, ela sequer se dignaria a aparecer aqui. Adoraria mostrar que deu um baile tão bom a ponto de não precisar se dar ao trabalho de comparecer a outro logo depois — opinou lady Ausworth.

Apesar das opiniões e dos absurdos que lady Elliot e lady Calder também disseram sobre essas damas, quando os grupos se encontraram, todas foram educadas. Apenas lady Davenport se afastou com Rebecca, porque ela não esqueceria um insulto à sua filha assim tão facilmente.

— Lá está a descarada! Eu sabia que a bruxa velha não perderia a oportunidade de trazê-la para nos provocar — disse lady Elliot para a prima.

— Garanto que ela pagou pelo vestido — resmungou lady Calder, olhando para a figura de Caroline deslizando belamente pelo salão de dança com o futuro conde de Grindale. — E ela está apostando alto. Como é amiga de Lady Grindale, tem fácil acesso ao Visconde.

— Garanto que ele não sabe do passado escandaloso dela. Não pode querê-la para futura Condessa. Mas logo saberá que tipo ela é — disse lady Elliot, estreitando os olhos.

Mal sabiam elas que Caroline quase foi jogada nos braços do rapaz pela marquesa viúva e a avó dele. Como ambos tinham a mesma idade, imaginavam que poderiam se dar bem.

— É melhor que o médico — disse a marquesa viúva. — Ora essa, um médico? Foi Baronesa e agora vai regredir? Ao menos o neto de Bernice será um Conde. Como eu sei que não está apaixonada pelo doutor, trate de dançar com ele. Além disso, ainda seria dona desta casa e continuaria morando perto de mim. O que há de melhor?

*E perto do Marquês*, pensou Caroline. O que seria impossível para ela. Como poderia se casar com um homem e passar seus dias sentada perto da janela olhando saudosamente para a propriedade daquele que realmente amava?

— Bem que ouvi sobre sua beleza, Milady. Estão falando de seus dotes por todos os lados — disse o visconde, que era um paquerador inveterado.

— Duvido — disse Caroline. — Até pouco tempo, eu andava por aí com vestidos antiquados e o penteado da sua mãe, Milorde. De propósito.

— Oh... e é espirituosa também. Duvido que isso tirasse seu brilho.

— Não gosto de brilho, nem na minha roupa nem na minha testa. Agora, se me der licença.

Ela havia acabado de se livrar dele quando foi pega sozinha no meio do caminho e colidiu com a Srta. Aveline, que arregalou os olhos ao ver com quem havia esbarrado. E se ela estava ali, isso significava que...

— Achei que estivesse tentando ser discreta, afinal, com mais um escândalo em sua vida ficará difícil até para o médico mais respeitado da região conseguir limpar sua reputação — disse lady Elliot.

Caroline havia prometido a si mesma que, caso encontrasse a mulher, não aceitaria em provocação. Mas sua boca parecia ser mais rápida do que o seu bom senso.

— E a marca do tapa, Lady Elliot, já sumiu? Essas coisas estranhas em sua pele translúcida devem ser camadas intermináveis de pó de arroz. Está desigual, sabia?

Lady Elliot teve que fechar os punhos para não bater com o leque na cabeça dela e começar um escândalo ainda pior do que aquele na modista, que, agora, todos os lados envolvidos estavam empenhados em abafar.

Caroline se virou para sair bem rápido dali, antes que a mulher a matasse. Foi quando ouviu o anúncio do pajem à porta.

— O Marquês de Bridington.

Ela estacou e algumas pessoas também, provavelmente em choque. Ele havia mesmo vindo a um baile? Ela voltou rapidamente para perto da marquesa viúva, onde tinha uma visão melhor e ficou esperando ver o marquês chamando atenção do salão inteiro com sua camisa meio aberta, a calça na cor errada para a ocasião, as botas e...

— É um prazer vê-la tão bem, mãe — ele disse à marquesa viúva, que mesmo sendo uma pessoa difícil de impressionar, quase caiu para trás.

Ele estava perfeito. Cada pedaço de seu traje escuro estava impecável, adequado, passado e limpíssimo. E nas cores certas para a ocasião. Até seu plastron era tão branco que podia cegar. E seu cabelo estava penteado. Seus sapatos de baile brilhavam de tão bem lustrados. Caroline ficou sorrindo, feliz por ele ter mantido sua barba inadequada, que também estava perfeitamente rente e aparada.

— Querida, você mereceu cada pedrinha dessas — disse a marquesa viúva, ainda olhando para seu filho.

— Não se alegre demais, mamãe. É uma ocasião única.

— Recebeu meu bilhete? — ela perguntou, pois havia escrito a ele, dizendo como era importante que fosse e parecesse bem, dissipando assim qualquer boataria que ainda estivesse circulando.

— Não foi por isso que vim. — Ele desviou o olhar para Caroline. — Também é ótimo vê-la tão bela, Milady — ele pausou —, por meia hora.

— É suficiente, Milorde — respondeu Caroline. — Porém, devo dizer que é um desperdício estar tão bem vestido — ouso dizer que é o cavalheiro mais elegante da noite — e só nos dar o prazer de sua presença por trinta minutos.

A marquesa viúva alternou o olhar entre eles.

— O que é isso, vocês ensaiaram? E sem me convidar para a peça? Que ultraje! Vou improvisar minha própria participação, então. — Ela tornou a se virar para o filho. — Sua primeira dança é com a Srta. Rebecca, seja agradável.

— Adoro a Srta. Rebecca. Ela me defendeu naquele dia fatídico — lembrou Caroline.

— Está bem, já que insistem.

O marquês levou a Srta. Rebecca para dançar, deixando lady Davenport com um sorriso enorme e iniciando o burburinho sobre ele estar mesmo se preparando para a próxima esposa. Afinal, há quantos anos ele não comparecia a nenhuma atividade social? Enquanto isso, ele só pensava em não fazer vergonha e avisou a Rebecca que não era um dançarino assíduo, para dizer o mínimo.

Quando terminou, Henrik pausou as danças por um tempo, passando alguns minutos andando pelo salão e aceitando cumprimentos e conversas rápidas. Enquanto isso, Caroline dançava um minueto com um cavalheiro que ele não reconhecia.

O fato era que ele já não se lembrava dos passos de todas aquelas danças e achava no mínimo chato. Então, esperou até algo mais curto aparecer e ele ser forçado para o salão com a Srta. Glenda, a mesma moça do episódio do pêssego. Enquanto ele dançava, Caroline descansava.

Ao se separar da Srta. Glenda, o tempo que o marquês disse que permaneceria estava quase acabado e ainda tinha coisas para fazer no baile antes de conseguir escapar. Alguns homens estavam falando sobre os avanços de Napoleão — agora, oficialmente imperador — e das consequências disso. Seria inevitável, mais cedo ou mais tarde, voltar à guerra de fato. Ele ficou cinco minutos ali e voltou até a marquesa viúva para cumprir sua última tarefa da noite.

— Achei que teria o desplante de escapulir sem vir aqui — ela disse, dando-lhe uma olhada para ver se ainda estava tudo no lugar. — Leve Caroline para a próxima dança, antes que achem que estão se evitando.

Os dois se entreolharam e ele lhe ofereceu o braço para aguardarem o início da próxima música.

— Como está se sentindo de volta às meias de seda e aos sapatos de baile? — ela perguntou.

— Como um tolo. E como está se saindo, de volta às luzes dos bailes, às luvas longas e aos gracejos masculinos?

— Não é meu primeiro compromisso social em anos, sua mãe já me fez acompanhá-la. Mas, no momento, sinto-me nua.

— É um belo vestido, Milady.

Ela sorriu levemente, mas não o olhou. Apenas se posicionou no lado das damas para iniciarem a dança.

De fato, dançar funcionou mais do que se tivessem fingido que não podiam comparecer juntos. E lady Elliot estreitou os olhos, pois, se tudo parecesse bem, isso significava que dizer o contrário era só coisa de uma dama desocupada e com más intenções.

— Eu pensei que não acabaria nunca — disse o marquês quando a devolveu.

— Não foi tão ruim assim — ela disse.

— Não queria passar vergonha junto com você.

Eles se separaram antes que a marquesa viúva fizesse algum comentário e o marquês deveria ter seguido direto para a saída, mas permaneceu mais um pouco, recostado em um canto, observando as pessoas se movendo e socializando. Caroline preferia ficar junto dele, mas viu-se envolvida em uma situação delicada com lorde Georges que, depois de ser dispensado de mais uma dança, pediu para não ser ignorado só por sua posição quando a encontrou circulando com a Srta. Rebecca.

— Não acredito que seria um problema tomarmos um ar — ela acabou dizendo, disposta a cinco minutos de conversa enfadonha para não se envolver em mais nenhuma situação chamativa.

Henrik viu Caroline se afastando com o rapaz com quem dançou mais cedo e que ele não reconheceu. Contra sua verdadeira vontade, achou que já era hora de partir. Saiu do canto onde estava e teria ido embora, se não houvesse visto a Srta. Rebecca acenando para ele, mais animadamente do que determinava o bom gosto. E o estava chamando com a mão, claramente sem se importar com o que os outros pensavam. Sua visão foi bloqueada por lorde Malcom, neto mais velho de Bernice, mas foi até lá assim mesmo.

— A senhorita é, certamente, ainda mais encantadora do que ouvi em algumas descrições, que não eram nada lisonjeiras se comparadas à realidade — dizia lorde Georges a Caroline.

— Imagino que não tenham vindo de pessoas simpáticas — ela respondeu.

— Espero que não ache que tomo parte nas futricas de minha mãe.

— Sua mãe, Milorde?

— Sim, ela é um tanto impulsiva. — Ele chegou mais perto dela. — Mas, se eu soubesse que era tão encantadora, teria concordado mais rápido.

— Tire as mãos de cima de mim! — Caroline disse de repente, quando ele chegou tão perto que seu peito encostou no braço dela, onde ele segurou e virou-a de frente para si.

— Posso irritar mais a minha insuportável mãe se, ao invés de lhe comprometer, resolver que vale o meu investimento — ele disse. — Eu realmente acho que vale.

— Lorde Georges! — Rebecca apareceu bem no momento em que Caroline o empurrou.

Em seguida, ele foi afastado com brusquidão e ela viu o marquês alternar o olhar entre os três. Logo depois, lorde Georges estava sendo perigosamente inclinado sobre a amurada enfeitada da varanda. Henrik o estava segurando pelo pescoço e o inclinou tanto que os pés do homem mal tocavam o chão. Se o marquês o soltasse, ele cairia no jardim.

— Mas o que é isso? — lady Elliot gritou assim que entrou na varanda, acompanhada de sua prima, suas filhas e mais duas damas.

— Lorde Georges estava sendo extremamente inadequado conosco! — disse Rebecca. — Não fique assim, Lady Caroline, ele pagará pelo linguajar que usou.

Caroline piscou. Ela havia ficado petrificada e assustada por estar novamente presa em uma situação como aquela, uma armadilha.

— Estou mortificada — ela disse, entrando na encenação de Rebecca e se virando para ela, como se precisasse ser consolada.

Lorde Georges empurrou o marquês, que não o soltou. Os dois se empurraram por alguns momentos, causando espanto no grupo que havia entrado na varanda. Henrik balançou o homem, tirando suas roupas do lugar. A cabeça de lorde Georges ia tanto para baixo e para cima que parecia estar solta do pescoço devido à forma que o marquês o sacudia. Mas todos se sobressaltaram quando ele bateu as costas de Georges na amurada e o homem soltou um urro nada másculo.

— Solte-o imediatamente, seu brutamontes! Você vai matá-lo! — gritou lady Elliot para o marquês.

Foi exatamente o que Henrik fez. Ele agarrou lorde Georges pela casaca e o arremessou do outro lado, no jardim dos Grindale. Como estavam no primeiro andar, a pequena queda causaria arranhões, algumas dores nas costas e alguns espinhos no traseiro, mas seria o ego do homem que ficaria mais ferido. O marquês se virou para lady Elliot e seu olhar a assustou. Era muito além do seu mundo de intriguinhas de baile.

— Seu marido sabe que mandou seu filho envolver essas moças em escândalo? — ele perguntou à lady Elliot.

— Mas que história é essa? — disse a marquesa viúva, cortando caminho entre os outros e chegando ao centro.

Lorde Malcom entrou logo em seguida e lady Grindale veio atrás do neto, que foi direto até a Srta. Rebecca ver se estava tudo bem.

— Olhe como fala comigo, Milorde — disse lady Elliot, empinando o nariz.

— Eu não tenho respeito por damas com o seu comportamento. Sequer sei se ainda devo considerá-la uma dama — ele disse.

— Milorde! — ela exclamou, agora verdadeiramente insultada.

— Eu não acredito que ela foi capaz de mandar o filho nos encurralar aqui — disse Caroline, fingindo que começaria a chorar a qualquer momento.

— Estou tão mortificada — disse Rebecca, já conseguindo forçar lágrimas e se agarrando às mãos de Caroline. As duas pareciam mocinhas aterrorizadas e fragilizadas, que era exatamente a impressão que queriam passar.

— O quê? — disse lorde Malcom, elevando sua voz e se virando para lorde Georges, que só agora havia conseguido ficar em pé. — Como ousou fazer isso?

Lorde Malcom era jovem e esquentado. Não admitia insultos a damas, ainda mais à Srta. Rebecca, por quem mantinha grande interesse, mas não era retribuído. Foi então que a confusão realmente virou um escândalo. Ele pulou a amurada que os separava do jardim e deu um soco em lorde Georges. O marquês foi obrigado a pular também para separá-los. As mulheres gritaram, os outros também pularam e ajudaram a parar com a briga.

A marquesa viúva nem se preocupou em observar a contenda, pois sabia que Henrik podia se cuidar sozinho. Ela fez sinal para Rebecca e Caroline, que foram para lá, ainda parecendo profundamente magoadas. E agora, lady Davenport havia entrado na conversa também.

— Não pense que será convidada para qualquer outro baile aqui — disse a marquesa viúva antes de mover a cabeça e sair, com seu grupo em seu encalço.

— Creio que não nos veremos em Londres esse ano — disse lady Davenport à lady Elliot e lady Calder. — A menos que eu resolva frequentar os piores bailes do final de ano.

Apesar de ter escapado, Caroline estava realmente mortificada. Quando entrou na carruagem, agarrada à sua retícula, só conseguia pensar que esteve a ponto de cair em uma cilada muito parecida com a que já vivera. Só que, por ser algo planejado por lady Elliot, ela não teria sequer um casamento infeliz em vista.

— Não fique assim, meu bem — disse a marquesa viúva. — Veja a vantagem. Ao menos arranjou uma amiga. Não é muito fácil ter amigas verdadeiras e a Srta. Rebecca vai ser uma boa adição ao seu grupo. Se algo assim acontecer novamente, ambas podem agarrar um porrete e bater na cabeça de quem for. Ou encenar lágrimas e terror como se fossem grandes atrizes da ópera.

Elas pararam primeiro na casa de Hilde, o que deu ao marquês tempo para alcançar a carruagem na estrada para Bright Hall.

— Caroline! — ele chamou, subindo as escadas da entrada atrás dela.

O mordomo ficou olhando com estranhamento para ambos.

— Sr. Roberson, vou me despir sozinho — disse o marquês, passando pelo mordomo, que abriu a porta.

— Tente não tornar tudo um emaranhado, Milorde.

O marquês subiu as escadas rapidamente e olhou na nova sala de estar, que estava vazia. Depois, foi até o quarto de Caroline e parou na porta, vendo-a de costas para ele, bem junto à janela. Ele entrou e caminhou até ela, que estava segurando a cortina entre os dedos.

— Eu sabia que não deveria ter ido. — Ela olhava para baixo.

— Claro que deveria. Ou nunca teríamos dançado ao menos uma única vez. Por que acha que fui? — Ele não havia chegado perto o suficiente.

Ela virou o rosto para ele e aquela feição envergonhada desapareceu. Henrik se aproximou, pegou sua mão enluvada e a acariciou.

— Mas você não teria precisado arremessar aquele homem no jardim.

— Foi um prazer.

Caroline se virou para ele e chegou bem mais perto, falando baixo.

— Eu odiei aquele momento, foi como voltar no tempo. Eu fiquei paralisada ao invés de me defender corretamente.

— Ninguém a culparia por isso. Acho que se defendeu bem, eu a vi empurrando-o.

— E ele me tocou... eu odiei. Foi como... como... antes.

O marquês soltou a mão dela e ia tocar seu rosto, mas parou. Talvez ela não quisesse mais ser tocada naquele dia. Foi Caroline que o surpreendeu, abraçando-o bem apertado. Henrik abraçou-a de volta, levantando seu rosto e beijando-a carinhosamente.

— Eu sinto não ter chegado antes... — Ele tocou o rosto dela e deixou suas mãos irem até seus ombros. Ela se moveu, ajeitando seu corpo junto ao dele.

— Você chegou a tempo. — Ela sorriu para ele. — Vinte minutos?

Ele se lembrou do que conversaram no dia anterior e acariciou o cabelo dela, puxando-a para beijá-la novamente. Henrik tocou seu cabelo e retirou os grampos, soltando-o em suas costas. Ele lhe deu beijos lentos e repetidos que ela retribuía com abandono enquanto ele mexia em seu cabelo, soltando as ondas que ficaram por causa do penteado.

Caroline passou os dedos pelo rosto dele, sentindo a textura macia da barba bem aparada e olhando o que fazia. O olhar dela era de pura atração e desejo, e Henrik abraçou-a tão forte contra seu corpo que ela sentiu os botões do seu colete pressionarem sua pele.

Os vinte minutos passaram como um estalo e eles sequer perceberam, entretidos demais nos seus beijos, na sensação tão boa e dominadora de ter seus corpos tão próximos. Ele a beijava e tocava com tanto desejo que ela sentiu seu corpo estremecer.

A porta ficara entreaberta e, quando ele se afastou, Caroline também andou até lá e parou, olhando-o caminhar e pensando em como não queria ser deixada sozinha outra vez. O marquês soltou o ar e fechou a porta, depois se virou para ela, que o observava com expectativa.

— Henrik, não mude de ideia — ela disse, dando um passo que diminuiu o espaço entre eles.

— Você deveria ter me permitido continuar com meu amor platônico... Não, você não tinha que fazer nada. Eu deveria ter sido mais forte. Mas não consigo, Caroline. Não posso me forçar a passar por mais uma porta que me leve para longe de você — ele disse, com a voz cortada por emoção, mas ela já estava habituada a entendê-lo, mesmo com o tom profundo que tornava sua dicção difícil.

— Você cortaria meu coração se me deixasse sozinha mais uma vez. Você partiria, mas eu ficaria para trás... sozinha.

Ele voltou em dois passos e a abraçou novamente, envolvendo-a em seus braços e, quando a beijou, ela estava com lágrimas nos olhos. Caroline se encolheu no abraço dele, ficando o mais próximo possível, colocando seus braços por dentro de sua casaca. Henrik acabou se livrando da peça e jogando-a para o lado. Ela sorriu e levantou as mãos, soltando o lenço que prendia sua gola.

As mãos dele desceram com facilidade pela seda e ele acariciou sua cintura e seu quadril, sentindo-a mover-se contra ele, procurando a quentura de seu corpo. Caroline sentia-se quente e desejosa, as mangas pequenas e um tanto bufantes do vestido eram delicadas, assim como o decote. Era tudo frágil demais. E da maneira febril que estavam se movendo, quando Henrik segurou seu vestido, ele cedeu e seus seios ficaram expostos. Ela se surpreendeu ao não se envergonhar. Só queria ser tocada por ele.

Ela deixou escapar um gemido baixo e fechou os olhos quando as mãos dele cobriram seus seios e os seguraram firmemente, mas também com carinho, endurecendo os bicos delicados que despontavam para ele. Caroline deixou a cabeça pender e o olhou. Viu como seus olhos verdes e intensos estavam sobre ela.

— Em toda a minha vida, nunca desejei tanto que algum homem me tocasse de forma mais íntima quanto desejo que você o faça. — Seus olhares se conectaram. — E você disse que não seria aquele que me mostraria isso.

— Eu erro, Caroline. — Ele beijou seus lábios. Devagar e tão sensualmente quanto acariciava seus seios e esfregava seus mamilos. — Mais do que gostaria.

Ela colocou as mãos sobre o peito dele e as deslizou até os botões, abrindo o colete — que ele tirou rapidamente — e passou para a camisa.

— Nós não somos um erro, Henrik. — Ela colocou as mãos em seu peito e ambos notaram que ela ainda usava as luvas de baile.

— Você não é um erro, Caroline. — Ele segurou sua mão esquerda e puxou a luva, depois retirou a direita. — Você nunca seria um erro.

Ele soltou os botões do vestido dela, deixando-a com a malha que usava por baixo. A camisa de Henrik desceu por seus braços e ele a abraçou, finalmente experimentando a pele dela contra a sua e sentindo-se um brutamontes tocando em algo delicado demais.

Henrik a surpreendeu ao levantá-la e colocá-la na cama, depois tirou suas sapatilhas, meias e a malha. Ele tirou a roupa, esperando não escandalizá-la e, quando se deitou, ela estava segurando o lençol e olhando-o, com seu cabelo cor de café cobrindo os ombros e um dos seios.

— Você é tão atraente... — ela disse para ele, com um sorriso que ele achou sedutor demais, como se já não estivesse totalmente seduzido por ela. — Sei bem porque moças mais experientes gostam de você.

Ele sorriu de seu gracejo e tirou o lençol das mãos dela, trazendo-a para perto e puxando seu corpo, deixando-a sentir como era quando seus corpos nus se colavam. Caroline passou as pernas pelas dele e gemeu baixo quando Henrik começou a acariciar seu corpo. As mãos dele circularam seus quadris, apertaram seu traseiro, seguraram sua cintura, deslizaram por suas costas e ombros e retornaram aos seus seios. Ele estimulou os mamilos rijos com os polegares e se inclinou sobre ela.

Seu desejo era tocar cada pedaço dela, incitar a entrega de cada ponto do seu corpo feminino e macio e lhe mostrar como era sentir prazer e ser desejada ao ponto do descontrole.

Caroline estremeceu e apertou seus braços. O toque quente de sua boca sobre seu seio a deixara trêmula de antecipação. Ele tomou seu mamilo na boca, sugando-o lentamente e provocando-o com a língua, tomando seu tempo para apreciar seu gosto. Ela inclinou a cabeça e sua mão subiu pela nuca dele, puxando seu cabelo. Henrik virou a cabeça e abocanhou o seio esquerdo com vontade, excitando-a até que ela ficasse inquieta sob seu corpo e se agarrasse com força em seus ombros. Ele levantou a cabeça e tomou sua boca com a mesma fome, deixando que suas mãos mantivessem a deliciosa tortura sobre ela.

— O que você está fazendo com meu corpo, Henrik? — ela perguntou baixinho.

Ele se ajeitou sobre ela, deixando-a sentir seu peso enquanto seus corpos se encaixavam naturalmente. Com as pontas dos dedos, ela sentiu a rigidez dos músculos em suas costas e o abraçou, apreciando seu peso e o contato da dura ereção pressionada entre suas pernas.

— Você me deixa faminto, Caroline. — Ele mordiscou seu pescoço e moveu o corpo sobre o dela.

— Isso parece bom... — ela murmurou para ele, um tanto ofegante.

— É delicioso, mas não consigo afastar a boca de sua pele. Quero beijar seu corpo todo e ouvi-la exultar de prazer. Vou tocar e apreciar suas partes mais íntimas até tê-la estremecendo em meus braços.

Ela gostou disso e voltou a acariciá-lo, suas mãos viajaram até o fim de suas costas e ela o pressionou entre as pernas. Henrik gemeu entre seus seios, mostrando que seus toques o excitavam.

— Isso é tão... — Ela nunca havia tido o corpo todo beijado. Suas frases terminavam em gemidos e depois ela não lembrava o que ia dizer, o que fazia Henrik sorrir e continuar beijando e acariciando-a.

Ele se moveu entre suas pernas e ela estava tão excitada que as afastou mais, pronta para se entregar realmente pela primeira vez. O contato íntimo entre seus corpos os deixou mais ávidos. Henrik colocou a mão entre eles e a tocou, sentindo-a muito úmida e lhe arrancando um gemido mais alto. Caroline moveu-se instintivamente, procurando o contato com os dedos dele.

Henrik sentia seu corpo rígido de desejo e ela estava completamente molhada contra seus dedos, seu ponto de prazer inchado, pedindo por seu toque. Ela era responsiva e quente, correspondendo a cada toque seu enquanto ele a descobria. Caroline fechou os olhos, tentando conter os gemidos, sobrecarregada com o prazer que se espalhava para cada canto de seu corpo. Ele deslizou dois dedos dentro dela e era simplesmente bom demais para conseguir se saciar. Seus dedos apertaram os ombros dele com muita força e o escuro por trás de seus olhos cerrados virou um emaranhado de cores dançantes e explosivas.

— Sentiu isso, Caroline? Isso é prazer. É entregar-se sem ressalvas, sentir o corpo, os lábios e o toque do seu parceiro e desejar mais. — Ele beijou seus lábios, sentindo seus arquejos contra sua boca.

Ela segurou seu rosto e continuou beijando-o e Henrik deixou seu corpo cobrir completamente o dela.

— Sempre parecia que ele conseguia o que queria... Eu não sentia nada — ela sussurrou, sobrecarregada pelo que ele a fizera sentir.

— Shhh... — Ele tocou o rosto dela com os lábios. — Se você não sentiu também, não foi real.

Ela finalmente abriu os olhos e o encarou.

— Você vai fazer amor comigo?

— Já estamos fazendo, mas ir além é um caminho sem volta.

— Já estamos perdidos. — Ela segurou o rosto dele. — Se você pode me dar prazer, talvez também possa senti-lo.

Henrik sorriu e beijou seus lábios. Moveu-se sobre ela, excitando-a com seu corpo repleto de planos rijos e fortes e ela o correspondia, ávida com suas mãos, seu corpo e sua boca.

— Caroline... — ele dizia seu nome como se fosse uma carícia. Henrik moveu o quadril contra o dela, que levantou os joelhos, passando os pés nas laterais das pernas dele. — Você me dá prazer a cada vez que ficamos juntos, a cada toque seu em minha pele. Você me mostrou que ainda estou aqui, vivo, como um homem.

Ela o abraçou e o beijou, repleta de desejo e do prazer que ele lhe dera. Henrik desceu as mãos por seu corpo, apoiou-se nos joelhos e segurou suas coxas, afastando mais suas pernas. Caroline o sentiu acariciá-la com seu membro e, logo em seguida, colocar-se dentro dela. Ela inclinou a cabeça e gemeu com a sensação dele indo até o final, preenchendo-a.

O corpo de Henrik estremeceu e se retesou de tanto prazer, que até o fez perder seus pensamentos racionais. Ele se inclinou sobre ela e a beijou, movendo-se facilmente em seu interior tão úmido, perseguindo o pico de prazer onde ambos pendiam. Caroline segurou-se nele com força, ansiando cair e temendo a intensidade que a descontrolava.

Henrik fez com que as pernas dela se prendessem a ele e aumentou o ritmo, ouvindo-a gemer deliciosamente em resposta, sentindo seus corpos úmidos deslizando, chocando-se e a ponto de explodirem de prazer. Vivos como nunca. As unhas dela eram curtas, mas ele as sentia nas costas, nos ombros e onde mais ela tentasse segurar enquanto atingia o clímax e o levava junto. Ele se apoiou nos antebraços, com seu corpo colado ao dela enquanto ambos estremeciam de olhos cerrados.

Ao abrir os olhos, com a visão ainda embaçada, procuraram se encarar. Henrik deixou seu peso tombar na cama e a trouxe para junto de si, mantendo seus corpos colados e beijando-a com tanta vontade que não parecia que o corpo dela ainda estava trêmulo contra o seu.

— Eu acho que me sinto mais real... — ela disse, tocando o peito dele.

— Se eu posso opinar, você parece real demais nos meus braços — ele disse, apertando-a um pouco mais para ilustrar seu ponto.

— Isso é bom, Henrik. Tão bom que a paixão finalmente faz todo sentido. Eu achava que as pessoas eram todas loucas e que nada disso existia. Definitivamente estava errada. — Ela sorriu.

Ele deitou a cabeça e riu.

— Ah, aquele tipo de paixão arrebatadora e quente, não é?

— Tem outro tipo? — Caroline levantou as sobrancelhas.

— Não, não para nós. Vamos ficar nesse. — Ele chegou perto novamente e voltou a beijá-la. — Eu ainda tenho muitas formas de amá-la e despertar toda a paixão que quiser experimentar.

— Essa noite?

— Agora.

Horas depois, o marquês acordou com a claridade se infiltrando pelas cortinas do quarto de Caroline. Ele ainda estava abraçado a ela, que se encolhera junto a ele. A eternidade poderia se estender sobre eles agora ou, pelo menos, mais algumas horas para que a mantivesse em seus braços. O dia trazia a realidade de volta. Para alguém que apreciava a luz solar, ele nunca quis tanto que ainda fosse noite.

— Henrik... — Caroline se apoiou nos cotovelos e virou o rosto para a janela, depois o olhou. — Será que dormimos além da conta?

Ele se virou por um momento, apenas olhando-a, mas acabou abrindo um sorriso e disse:

— É manhã, posso escutar os sons da casa já acordada, os passos lá embaixo. Se você se concentrar, vai ouvir os passinhos curtos e rápidos de Paulie. Ela sempre vem da escada de serviço bem cedo. — Ele afastou as cobertas e tornou a olhar as cortinas.

— E você vai partir tão cedo para chegar antes do Sr. Roberson? — Ela se sentou na cama e puxou o lençol, cobrindo os seios.

Henrik sentou-se também e desviou o olhar para a janela mais próxima.

— Não importa, ele já passou. Espero que acredite que fugi.

— Eu não queria que você fosse, nem que houvesse clareado. Se ao menos estivesse chovendo... — ela lamentou.

Ele apontou a janela que parecia ainda mais iluminada, só para provar que era dia e para lembrá-los de que seria uma manhã ensolarada e o tempo deles estava terminado.

— Olha, Caroline, para aquelas estrias invejosas que cortam pelas nuvens do nascente. As candeias da noite se apagaram; sobre a ponta dos pés o alegre dia se põe, no pico das montanhas úmidas. Ou parto, e vivo, ou morrerei, ficando. Ficar é para mim grande ventura; partir é dor.

Ela ficou olhando a janela, mas virou o rosto para ele e franziu o cenho. Acabou sorrindo quando ele sorriu também e só por isso teve certeza que não estava doida, ele citara Romeu e Julieta.

— Então quer dizer que você fica lá no meio do bosque lendo Shakespeare? Que coisa mais selvagem, Milorde! — Ela riu, apoiou-se nas mãos e ficou observando-o.

— Eu já li tanta coisa na vida, Caroline. Para alguém como eu, sempre à procura de um refúgio, a leitura é o mais alto castelo existente.

— E sem dúvida o mais belo — ela respondeu.

O marquês balançou a cabeça e se aproximou dela, tocando seu rosto e admirando-a.

— Só o mais fantasioso. Agora, você é o meu refúgio e sem dúvida o mais belo.

Ela o abraçou, apertando o rosto contra seu ombro e sem a menor vontade de soltar, mas se virou e o beijou, sabendo que tinham de voltar à sua rotina. Ao separar os lábios dos dele, Caroline o olhou e disse:

— Eu também gosto muito de vê-lo.

Dessa vez, foi ele quem a beijou, porque não pôde evitar. Escutar isso era como um regozijo doloroso.

— Obrigado por acordar essa manhã ao meu lado, Caroline. Nunca esquecerei essa noite. E nunca poderei deixar de vê-la.

— Eu também me lembrarei de cada minuto.

Ela vestiu o penhoar por cima do corpo nu e se sentiu no ápice de sua sensualidade ao fazer isso. Dessa vez não estava envergonhada. Ela foi até a porta e abriu somente uma pequena fresta enquanto o marquês se aproximava, usando só a camisa, a calça e segurando o restante, caso tivesse de fingir que adormeceu em outro local e estava indo para o quarto.

— O que eu deveria lhe dizer agora? — ela perguntou.

Henrik sorriu, inclinou-se e lhe deu um beijo nos lábios.

— Você só precisa continuar sorrindo.

Ela lhe deu um sorriso e o marquês devolveu, saindo logo depois.

Como o marquês era uma pessoa atípica e imprevisível em sua rotina, o mordomo achou mesmo que ele havia saído cedo da casa e, quando o viu na mesa do café, simplesmente pensou que ele retornara para comer. Logo depois, Lydia e Telma chegaram e Caroline também, o que colocou a rotina matinal em pleno curso, do jeito que o mordomo gostava.

— Milady, chegou uma carta — disse a Sra. Bolton, carregando-a. — Eu vi quando o Sr. Roberson a recebeu e ia pôr no meio do resto da correspondência.

— Não quero saber de cartas — respondeu Roseane.

— Mas já faz tempo que sua irmã mandou uma...

— Aquela inútil só sabe falar de crianças idiotas e vestidos... Ela pensa que não sei que aquele marido bobo dela também dorme com uma concubina redonda.

— Mas, Milady... Eles parecem felizes.

— Cale a boca. Leia a maldita carta.

A Sra. Bolton se sentou na cadeira perto da mesa, abriu e viu que o remetente não condizia com o que dizia ali.

— Desaprendeu a ler ou está cega? — perguntou Roseane.

— Creio que Milady não vá gostar do conteúdo.

— Eu não lhe pago para achar nada. Dê-me!

A Sra. Bolton soltou o ar e entregou a carta, já se recriminando. Ela não deveria sequer ter respondido quando aquela lady chique a parou no caminho de casa para saber se a governanta estava indo bem. Só então ela viu que a mulher estava com lady Elliot, que era a ex-patroa da Sra. Daniels. Agora, já havia até contado que a preceptora estava acamada.

*Prezada Lady Bridington,*

*Não tenho notícias suas há muito tempo. Talvez não se lembre de mim, mas moro nas redondezas e espero que se recupere em breve. Assim, poderemos nos encontrar.*

*Como deve saber, sua casa está com duas hóspedes novas. Mas soube que apenas uma delas recebe ordens. E sua preceptora não é minha preocupação.*

*Sinto ser tão intrusiva, mas preciso alertá-la que essa dama de má fama que abriga não é bem-vinda aqui. Mesmo que não se importe com tanto, eu gostaria que a reputação da comunidade local se mantivesse.*

*Para tanto, a amante do seu marido, essa dama escandalosa conhecida como Lady Clarington, tem de ser posta daqui para fora. Não é nada cômodo ter de encontrar com ela pelas redondezas.*

*Espero que entenda minha posição.*

*Atenciosamente,*

*Amalya Elliot.*

Roseane levantou o rosto e lançou um olhar para a Sra. Bolton, que a fez afastar ainda mais a cadeira da cama.

— Quem é Lady Clarington? Ela está aqui? Essa maldita redonda está aqui? E você não me contou? — ela gritou.

— Mi... milady. Do que está... — disse a Sra. Bolton, que não chegara a ler toda a carta, mas vira que lady Elliot a enviara, ou seja, boa coisa não era.

— Onde ela está? Onde ele a escondeu? Ela já teve o filho dele? Maldito!

— Lady Clarington é Lady Caroline. Deve estar enganada... ela nunca esteve grávida, ela.... — balbuciava a Sra. Bolton.

— Aquela mulher redonda? Aquela maldita parente redonda da velha? Aquela velha maldita trouxe a amante dele e me enganou?

— Não, Milady, ela é uma parente distante da...

— Mentira!

— Quer que eu chame a...

— Não! Agora não! — Ela pausou e dobrou a carta. — Vou pensar. Traga-me a cesta de costura. Ande logo! Costurar me ajuda a pensar.

# CAPÍTULO 15

Caroline se abaixou na frente de Lydia e a olhou nos olhos.

— Você confia em mim, não é? Sabe que eu nunca faria nada para machucá-la — ela disse.

A menina assentiu, olhando apenas para ela e não para o corredor.

— Eu sei... — disse Lydia.

— Então vamos. No final do corredor, tem chá e bolinhos de creme como recompensa pela sua bravura — disse Caroline, ficando de pé e estendendo a mão para ela.

Lydia pegou sua mão e foi junto. Elas atravessaram o corredor da ala leste e Caroline sentia a menina apertando mais os seus dedos conforme se aproximavam do quarto da marquesa. Elas passaram em frente à porta, que estava fechada, e continuaram passando pelo cômodo de espera do segundo andar, que as levava ao corredor principal.

— Doeu? — perguntou Caroline.

— Não — Lydia negou prontamente, contente pela experiência ter passado.

— Viu? Foi só um susto, ela estava em um dia ruim. Não vai mais acontecer. Até porque agora a Sra. Jepson está boa novamente, não é?

— Sim! — a menina assentiu. Estava feliz pela total recuperação da preceptora.

Elas entraram na nova sala de estar e ali estava servido o chá com bolinhos de creme e biscoitos. Telma e Bertha as esperavam. A preceptora abriu um sorriso quando viu Lydia e Bertha correu para abraçá-la.

— Você conseguiu! — Ela bateu palmas.

Lydia e Bertha foram correndo para perto dela e Caroline também se adiantou, sentando do outro lado para servir o chá.

— Meu pai vem comer bolo? — perguntou Lydia.

— Seu pai está ocupado trabalhando, mas ele disse que vem para o jantar — disse a preceptora.

Quando eles terminaram o jantar, Telma ficou novamente livre para conversar um pouco com Caroline enquanto o marquês ficou com Lydia até colocá-la na cama. Henrik encontrou Caroline quando voltava para o quarto, ela estava junto com a Sra. Daniels, que era dada a dormir tarde. A governanta entrou em seu quarto e Caroline parou na porta, virando-se para o marquês. Ele voltou um passo, inclinou-se para trás, segurou a mão dela e a beijou, depois descansou o queixo ali por um momento enquanto a admirava. O que ele sentia era visível no brilho renovado de seus olhos verdes. Ela sorriu levemente e entrou.

— Temos que nos preparar. Com essa promessa de chuva... — dizia a governanta.

— Eu planejava visitar a Srta. Rebecca amanhã — disse Caroline.

— Use a carruagem. Milady tem medo de chuva?

— E alguém na Inglaterra pode ter medo de chuvas, Sra. Daniels? Seria viver em tormento.

— De chuvas não, mas de tempestades, talvez.

A Sra. Daniels foi embora e Caroline deitou em sua cama, ajeitando-se e sorrindo, virando-se de lado e lembrando-se de ter dormido nos braços do marquês bem ali. Foi a coisa mais inadequada que já fizera e fora simplesmente perfeita. Certamente melhor do que se encolher embaixo das cobertas, esperando seu corpo se aquecer sozinho.

Caroline acordou um tempo depois, quando a casa já estava em total silêncio porque todos dormiam. Ela ouviu algo se arrastando, um som estranho, mas só abriu os olhos ao sentir uma movimentação sobre o seu colchão. Ela se virou. Podia ver pouco com as cortinas abertas e a luz da lua, mas havia alguém ajoelhado sobre ela e cabelo loiro sendo iluminado.

— Ro... — ela começou depois que piscou.

— Maldita mulher redonda! É você! — Roseane gritou.

Ela deu tapas em Caroline que, ainda sonolenta, não respondeu tão rápido quanto deveria. Os tapas fortes não paravam de vir sobre o seu rosto e ela começou a se defender, empurrando e movendo as mãos rapidamente.

— Pare com isso! — ela conseguiu dizer.

— Maldita! Redonda! Onde está o bastardo que você pariu? — disse Roseane, agarrando o pescoço dela.

Quando sentiu seu pescoço sendo apertado, Caroline agarrou os braços de Roseane e afundou as unhas, arranhando e movendo as pernas para projetar seu corpo e se livrar. Ela conseguiu derrubar a mulher que tinha muito mais força do que parecia.

— Eu me livrei de uma! E era muito mais esperta do que você! — disse Roseane, agarrando a roupa dela.

Caroline lutou para se soltar, acertou um tapa nela e moveu suas pernas, emaranhando-se com os lençóis e tombando na cama. Não era tão fácil lutar para se livrar com aquela luz incerta filtrada pelas cortinas finas.

— Chega! — disse Caroline, livrando suas pernas com uma mão e se defendendo com a outra.

Roseane a agarrou pelo cabelo e a derrubou. Caroline sentia gosto de sangue na boca, mas foi quando se virou que ela viu o brilho do metal. Roseane levantou a tesoura e Caroline gritou, agarrando um travesseiro e batendo nela, evitando que a lâmina criada pela grande tesoura fechada a acertasse.

— Não! — Caroline gritou e tentou empurrá-la.

Com a fúria estampada em seu olhar, Roseane cortou o ar com violência, acertando o braço de Caroline, que gritou, ainda usando o travesseiro para se proteger das tesouradas.

— Milady! Pelo amor de Deus, pare com isso! — disse a Sra. Bolton, aparecendo no quarto. — Não era para chegar a tanto!

Roseane a ignorou e Caroline se distraiu, procurando enxergar a Sra. Bolton e esperando que ela a ajudasse.

— Ajude-me! Sra. Bolton, tire-a daqui!

Com o braço sangrando, Caroline segurava o travesseiro com a outra mão, usando o lado já ferido para tentar empurrar a mulher. Sabia que não podia parar, estava lutando pela própria vida. Roseane agarrou o travesseiro, puxando-o enquanto olhava para baixo. Caroline pôde ver o rosto dela e soube que ia acertá-la. Ela se debateu e a tesoura desceu, cortando seu ombro.

— Pare de se mexer, maldita! — gritou Roseane, como se Caroline a estivesse desobedecendo por se defender. — Vou eliminá-la agora!

A mulher esbravejava seus insultos típicos e lutava para pegar o travesseiro. Pareciam estar lutando há horas, mas foi tudo rápido demais. Com o braço direito ferido e o ombro cortado, Caroline perdeu a proteção do travesseiro sobre seu peito, mas não o largou, continuou lutando. A tesoura desceu e acertou o travesseiro. Ela escutou passos pesados, ainda devia ser a Sra. Bolton, aquela inútil.

Mas, quando a tesoura desceu novamente, Caroline sentiu apenas a dor e o metal se enterrou em seu peito. Ela soltou um grito de agonia, ainda movendo os braços e tentando se defender, agora com os olhos fechados por causa da dor. Ela percebeu que Roseane não batia mais nela e não lutava. O travesseiro caiu sobre seu estômago, o tecido rasgado, sujo de sangue e as penas voando. A dor era tanta que, por um momento, ela achou que tudo rodava e não podia escutar. Mas um chute acertou sua perna e Caroline piscou, voltando à realidade.

O marquês segurava Roseane e ela se debatia, chutando e socando o ar, gritando impropérios e tentando se soltar.

— Você perdeu! Perdeu outra! — gritava Roseane, debatendo-se com tanta força que Henrik precisava usar os dois braços para controlá-la.

Alguém mais apareceu. Parecia ser Telma, mas ela não tinha força para conter Roseane.

— Fique com ela! — disse o marquês, afastando-se pelo corredor, levando Roseane embora.

Telma entrou correndo, acendeu as velas e a luminária ao lado da cama. Ela gritou quando viu todo aquele sangue e Caroline deitada na cama, chorando de dor, com a tesoura ainda no peito.

— Sua mulher maldita, por que você não fez nada? — Telma gritou para a Sra. Bolton, que estava em choque.

A preceptora se aproximou da cama, mas não sabia o que fazer, então ajeitou o corpo de Caroline, deixando-a estirada, com a barriga para cima.

— Desapareça daqui! — o marquês disse para a Sra. Bolton e empurrou bruscamente a cadeira de rodas de Roseane para fora.

Ele chegou perto da cama e tudo que viu foi Caroline com a tesoura ainda em seu peito.

— Não podemos tirar, Milorde! Pode ficar pior — dizia Telma, olhando a tesoura.

Se Henrik fosse fraco, ele teria se dobrado e colocado tudo para fora ou se deixado cair no chão. Aquela visão era exatamente o que ia direto ao seu pior pesadelo.

— Ela está viva? — ele perguntou.

— Sim! — disse Telma. — Acho que não atingiu o lugar certo.

A cabeça dele girou. Era a mesma imagem, outra situação, outra pessoa. Novamente a mulher que ele amava estava morta, com uma tesoura enterrada no peito. Os gritos de Roseane ainda ecoavam em seus ouvidos. *Você perdeu outra!*

— Fique com ela, vou buscar o médico. — Ele girou e saiu correndo, desesperado para não deixar acontecer de novo.

Um pouco depois, a Sra. Daniels entrou correndo no quarto com Paulie em seu encalço.

— O Marquês gritou pelo Sr. Roberson antes de sair e ele nos acordou.

Ele... Ai, meu Deus! Milady! — A governanta quase desmaiou quando a viu na cama, ensanguentada.

— Pelo amor de Deus, Sra. Daniels. Se desmaiar, o que vamos fazer? — disse Paulie, com olhos enormes.

— Panos limpos, água quente, bandagens... traga tudo! — gritou a governanta, voltando ao controle.

Com as mãos tremendo, a Sra. Daniels tirou o travesseiro de cima de Caroline e afastou seu cabelo do rosto. Quando Paulie voltou com tudo, elas limparam o sangue e envolveram os ferimentos em bandagens para conter os sangramentos, mas ficaram longe da tesoura.

Para desespero do marquês, Dr. Walters não era bom tratando desse tipo de coisa. Eles precisavam de um cirurgião. Mas ele tinha um filho que já praticava e o marquês foi buscá-lo, um pouco mais longe de Bright Hall.

Eles chegaram com o dia clareando e o que Henrik mais temia ao entrar em casa era que lhe dissessem que Caroline não havia resistido. O velho Dr. Walters era esperto e, enquanto o marquês foi buscar seu filho, rumou para Bright Hall. Quando eles chegaram, o médico já havia tratado do ferimento no braço, no ombro e havia aplicado calmantes herbais no rosto de Caroline.

— Como ela está? — Henrik perguntou, empurrando o médico para dentro do quarto.

— Fraca, Milorde... — disse a Sra. Daniels com voz chorosa.

O médico, filho do Dr. Walters, chegou bem perto e olhou a tesoura. Examinou, confabulou com o pai, mexeu nela, notou bem onde estava e fez até medições. Torturando os outros que esperavam.

— Note que retirá-la não é garantia de que a Lady sobreviverá — o médico disse em voz baixa ao marquês.

— Apenas tire isso do corpo dela, pelo amor de Deus. — O marquês não aguentava olhar. Era como ver novamente a mulher do seu passado, deitada com a tesoura no peito. Só que ela estava morta. Caroline ainda podia ser salva.

Dr. Walters Filho pediu para os outros saírem, pois não sabia o que iria acontecer e ficou somente com o auxílio de seu pai. O marquês podia ficar, mas ele foi para a porta, torturado pela situação, pelas lembranças e pela ameaça de perdê-la. A cada gemido de dor que ela dava, parecia que era o corpo inteiro dele que agonizava.

Eles retiraram a tesoura, combateram o sangramento, deram os pontos e fizeram os curativos. Agora, só podiam esperar e rezar.

A marquesa viúva chegou muito cedo por causa do curto bilhete que o filho lhe enviou. Quando o encontrou, ele estava tão transtornado que acabou lhe contando a parte da história que vinha escondendo. Hilde sabia de tudo, menos que Roseane havia assassinado a atriz naquela noite. Ela pensava que a ex-amante do filho havia simplesmente tomado outro rumo assim que soube do casamento de Henrik.

Ela foi correndo ver Caroline, que continuava dormindo, com o Dr. Walter Filho instalado em uma cadeira perto da cama e com a promessa de ser bem remunerado por seu trabalho.

— Henrik! — A mãe entrou na sala do segundo andar, foi até ele e o abraçou.

Ela não disse mais nada, só ficou abraçada a ele, como não fazia há muito tempo.

— Eu sinto tanto... Ela vai sobreviver, tem que sobreviver. Ela é forte e jovem.

Ele só assentia e aceitava o conforto momentâneo. Era bom ter outra pessoa segurando suas partes no lugar, porque ele vinha fazendo isso sozinho há tempo demais e, dessa vez, o estrago seria permanente.

— E Lydia? — ela perguntou.

— Não sabe — resumiu o marquês.

— E como vai explicar o desaparecimento de Caroline?

— Você vai. Diga a ela, por favor.

— Você quer que eu diga que sua maldita mãe assassina tentou matar outra pessoa? E desconfio que seja a terceira! Agora que sabemos da cadeira de rodas que achávamos que ela nunca usou e da maldita acompanhante cúmplice, tenho certeza que a preceptora foi a segunda vítima e Caroline, a terceira. Ao menos até onde sabemos. Deus sabe o que ela pode ter feito antes de se casarem.

— Invente algo melhor — ele murmurou.

— E quando ela crescer, Henrik?

— Então ela terá maturidade para a verdade.

— Não vou dizer que ela caiu da escada também. Se disser que foi um ladrão, ela pode ficar aterrorizada dentro da própria casa. Se disser que Caroline foi passear e foi atacada, a menina pode não querer mais sair. Sinceramente... — A marquesa viúva se afastou e andou de um lado para o outro. — O que vai fazer com aquela assassina?

— O que espera que eu faça? Perante a lei e as outras pessoas, estarei mandando a marquesa, mãe da minha filha e supostamente uma inválida, para a forca. Não tenho provas, nem o magistrado vai acreditar nisso. Talvez eu seja preso por estar tentando me livrar dela.

Henrik estava deplorável. Exausto e com olheiras e olhos vermelhos, parecia que sequer poderia continuar aquela conversa. Só por isso, sua mãe amenizou o tom.

— Estamos presos. Você esteve preso desde aquela maldita noite e agora está preso novamente. Mas e agora?

— Ela vai ficar trancada. Pela segurança de Lydia e de todos nessa casa. Expulsei a Sra. Bolton e vou arranjar outra pessoa para vigiá-la.

Hilde assentiu, porque estavam ambos de mãos atadas, presos àquela situação. Mas seu filho era o refém. Ela ainda podia voltar para sua casa.

— Eu posso ficar aqui enquanto Caroline...

— Não — ele disse, adquirindo um tom mais firme.

— Não me quer aqui?

O marquês caminhou até mãe e a olhou.

— Caroline vai ficar boa, eu sei que vai. Ela tem que ficar. E assim que ela estiver recuperada o suficiente para ser movida, você vai levá-la para sua casa. Tem que tirá-la daqui; eu não a quero aqui dentro por mais nem um minuto além do necessário. Esse lugar, eu, aquela mulher, tudo aqui vai destruí-la. Nós já a destruímos o suficiente. E eu não posso deixar. Não ela.

— Meu filho, ela...

— Não — ele a interrompeu e sentiu um nó na garganta, mas o engoliu. — Ela vai embora. Se eu ainda posso fazer alguma coisa por ela, vai ser isso. E quando ela ficar boa, faça-a ir para bem longe daqui. Leve-a a Londres para uma nova chance. Ela merece recomeçar e ser feliz, bem longe desse lugar e de mim. — Ele tentou manter a cabeça erguida para olhar a mãe, mas doía muito saber que ele era a causa de tudo isso. Sentia-se como uma maldição para a mulher que amasse. Só que agora havia acabado, porque, depois de Caroline, não haveria nenhuma outra.

A marquesa viúva balançou a cabeça e a abaixou, soltando o ar lentamente.

— Você se apaixonou por ela, não foi? Eu estava certa, mas agora acho que desejo não estar.

— Foi muito mais do que me apaixonar e é por isso que ela vai embora. Faça isso por mim, mãe.

— Vou fazer... sob protestos — ela sussurrou.

Caroline acordou algumas vezes. O médico estava lhe dando láudano e ela estava odiando porque a fazia dormir e a deixava delirante. Mas ela viu a Sra. Daniels, Paulie e Telma. Viu a marquesa viúva menos vezes e no terceiro dia, quando o médico disse que seus ferimentos estavam melhorando e ela estava sem febre, ela viu o marquês.

Como dissera a Sra. Daniels, estava chovendo e ele estava preso em casa, não apenas pela chuva. Afastar-se demais de sua porta era impossível.

Caroline o viu segurando sua mão, acariciando com o polegar e olhando para baixo.

— Perdoe-me — ele disse baixinho. — Por tudo. Você vai ficar segura agora.

No dia seguinte, Caroline foi levada para a casa da marquesa viúva. Lydia estava inconsolável, mesmo com Bertha para lhe fazer companhia nesses dias. Ela era uma menina que não esquecia e se apegava facilmente. Ficar com Caroline já era parte de sua vida, estava tão agarrada a ela que sua mente infantil facilmente a tornara a substituição da figura materna que não havia em sua criação. Ela só pôde vê-la dois dias depois, já na casa da avó. E não quis ir embora de jeito nenhum.

— Por que estou aqui? — Caroline virou o rosto e olhou para a marquesa viúva, que se sentara na cadeira ao lado da cama.

— As coisas são como um ciclo, não é? Começou aqui para acabar aqui.

Caroline se moveu um pouco na cama, ainda sentindo muita dor no ferimento do peito e ardência nos cortes. Seu rosto continuava dolorido, o estômago estava embrulhado e os efeitos do láudano ainda a incomodavam.

— Eu sinto muito, meu bem. — A marquesa viúva tocou a mão dela. — Eu a trouxe aqui e me sinto culpada, mas eu não sabia. Por um lado, não me arrependo, mas por outro... Você nos ajudou tanto e quase morreu.

— Não me trate tão bem porque levei uma tesourada. Vou ficar malacostumada.

— Não seja engraçadinha quando está cheia de curativos e sem poder se sentar como uma lady deveria — respondeu Hilde.

Caroline sorriu levemente, agora estava mais de acordo.

— Não me arrependo — ela disse, virando o rosto para olhá-la. — Mas gostaria de me despedir de Lydia. Ela é muito pequena para entender.

— A Sra. Jepson vai trazê-la. Ninguém terá paz se ela não conseguir vê-la.

— Creio que abusarei de sua hospitalidade, Milady. Não sinto como se fosse me levantar amanhã e sacolejar pela estrada.

— Nem pense nisso. E saiba que vou levá-la para me acompanhar.

— Aonde?

— Sabe que ainda temos uma casa em Londres. Estivemos alugando-a para alguns amigos que precisavam levar suas filhas para a temporada, mas... Estive conversando com Lady Grindale e Lady Davenport e estou mesmo precisando ver como andam as coisas por lá.

— Eu não... — começou Caroline.

— Nem pense em me negar isso, mocinha. Acha que vou deixá-la voltar para o meio daquela lama? Não seja tola. Veio me pedir uma ocupação, não é? Pois bem, foi perfeita na primeira, mas preciso de você para algo mais urbano. Além do mais, é um desperdício mantê-la longe dos salões.

Caroline fechou os olhos por um momento e umedeceu os lábios, depois passou a olhar para frente.

— Nunca mais verei o Marquês, não é?

— Meu filho selvagem e inadequado? Deveria ficar satisfeita. — Ela tentava dar um ar leve ao assunto. Sabia que estava falhando, mas era sua única alternativa.

Em resposta, Caroline apenas olhou para baixo. Mover a cabeça era tudo o que conseguia fazer sem disparar uma pontada de dor no ferimento em seu peito. Mas agora estava doendo não apenas naquela tesourada e sim onde ela quase fora golpeada. Roseane queria ter cravado a tesoura em seu coração. Como estavam lutando, ela acabou errando, mas ele iria doer do mesmo jeito. Já estava apertado agora e em breve a saudade acabaria com ela.

Sabia que não se esqueceria do marquês. Ele a fizera descobrir que a paixão era real e que ela podia amar e desejar; algo assim não se deixa simplesmente no campo e vai embora para a cidade, fingindo que são águas passadas. Seu coração ficaria para trás.

A marquesa viúva soltou o ar e a olhou.

— Como lhe disse, sinto muito. Esperava que chegássemos a algo perto disso, mas não assim. Meu plano deu certo de uma maneira errada — ela lamentava.

— Não estou entendendo, Milady.

— Ora essa, Caroline. Eu realmente precisava que você consertasse Bright Hall, mas, se a casa caísse e tivéssemos de construir outra, paciência. Mas eu já não aguentava mais ver meu filho destruído e minha neta seria a próxima. — Ela secou os olhos com um lenço. — E você consertou, emendou, reviveu, renovou... e quase acabou morta. O final acabou mais amargo do que o início. Eu sinto tanto...

Hilde levou o lenço que segurava ao cantinho de seu olho e o segurou ali por um momento, ainda tentando parecer composta. A marquesa viúva era dessas pessoas que só choravam na privacidade dos seus aposentos.

— E todas aquelas mocinhas convidadas para o chá?

— Parte do plano. Era bom para todas as partes. Ele não ia mesmo se interessar pela neta de uma amiga minha, mas, no fundo do meu coração de mãe, esperava que você trouxesse de volta o seu lado terno. E sei que você trouxe muito mais do que isso. O que só me dói mais.

Por um tempo, Caroline não disse nada. Ela havia precisado do marquês tanto quanto ele precisara dela.

— Diga ao... Por favor, diga a ele que... — Ela respirou fundo. — Apenas diga obrigada ao Marquês. Por mim.

## CAPÍTULO 16
*Dois anos depois..*

O marquês de Bridington atravessou o caminho de pedras do jardim. Ele seguia em silêncio, segurando a mão de Lydia, que também não estava pulando e falando como era o seu habitual. A Sra. Jepson, preceptora da menina, seguia atrás levando Bertha pela mão. A Sra. Daniels, a governanta, ia um pouco depois, ao lado do Sr. Roberson, o mordomo. Todos usavam roupas formais e negras.

Eles andaram até a parte de trás da capela. Já fazia tempo que todos os caminhos de Bright Hall haviam sido reformados, calçados e enfeitados, e permaneciam assim. O vigário tomou seu lugar e eles se espalharam, todos parando atrás do marquês e sua filha.

O caixão de madeira escura estava pronto para ser enterrado e não havia mais ninguém ali além do marquês e Lydia. Os criados compareceram por solidariedade a eles. Desde aquele incidente há pouco mais de dois anos, Roseane havia sucumbido e começado a mostrar os sinais de sua saúde decadente. Ficou fraca e precisava mais de uma enfermeira do que de uma acompanhante. Logo, ela realmente não representava mais perigo para ninguém e sua porta não precisava mais ser trancada.

Depois de seus últimos crimes, que viraram mais um segredo que não saiu de Bright Hall, a cadeira de rodas foi tirada do quarto e não havia mais nada que ela pudesse usar como arma, nem contra ela mesma. O último ano foi difícil, mas ela passava a maior parte do tempo dormindo. Ela nunca se arrependeu ou pediu desculpas por qualquer coisa que tenha feito, permaneceu firme no que acreditava ser o certo. Porém, em seu último ano, não expulsava os criados, que podiam entrar lá para trabalhar. De fato, ela até gostava de ver as pessoas se movimentando.

O marquês passava ainda menos tempo dentro de seu quarto, mas não fazia diferença, porque ele também parecia ainda mais dormente. Não importava o que ela dissesse, era como tentar acertar um receptáculo vazio. Ele finalmente deixara para trás tudo que ela podia usar para atingi-lo, mas estava pagando o preço todos os dias. Com Lydia continuava o mesmo. Divertiam-se muito pelos jardins e ela sempre seria sua garota e sua razão para continuar.

E, na tarde anterior, Roseane havia falecido. Sua irmã a visitou uma vez, quando o marquês lhe enviou uma carta dizendo que ela partiria a qualquer momento, mas ela expulsou a irmã e, ao menos dessa vez, estava certa. Em todos aqueles anos, sua mãe e sua irmã só a visitaram uma vez, assim que eles se mudaram para o campo e nunca mais voltaram. Então, para que vir quando ela estava morrendo?

— Podemos começar, Milorde? — perguntou o vigário.

Era triste que todos preferissem terminar logo com isso, deixando a falecida marquesa finalmente descansar, assim como todos que viviam em volta dela.

— A marquesa viúva está chegando, Milorde — avisou o Sr. Roberson.

Ele se surpreendeu e virou o rosto. Achou que sua mãe estivesse longe dali. Apesar de sua idade, ela vinha aproveitando bem o seu tempo longe do campo, mas visitava a casa de tempos em tempos, especialmente para ver a neta.

A carruagem devia ter parado na capela, porque ela vinha pelo caminho oposto e estava acompanhada. Ela e a dama ao seu lado usavam negro, ambas bem vestidas, ainda com capas de viagem e chapéus elegantes adornados apenas por uma simples fita negra em respeito ao luto. Era claro que Henrik reconheceria Caroline em qualquer lugar, mesmo que não a tivesse visto por todo aquele tempo. Não era recomendado que mulheres comparecessem aos velórios, mas era óbvio que os Preston pouco se importavam com isso.

Quando todos estavam em seus lugares, o vigário leu algumas passagens, encomendou a alma de Roseane e estava terminado. Lydia segurava a mão do pai com o rostinho apoiado contra o antebraço dele e observava tudo com estranheza, mas já haviam lhe explicado o que era a morte. Havia perdido a mãe, que nunca deixou de ser uma estranha para ela. E agora sentia a tristeza típica que alguém sentiria pela morte de uma pessoa que conhecia.

Eles se afastaram e voltaram pelo caminho que levava até Bright Hall.

Agora, a carruagem da marquesa viúva estava parada em frente à casa. Ela se aproximou de Henrik e o abraçou, dizendo baixinho:

— Vai ficar tudo bem, meu filho.

Depois, ela beijou a neta e Lydia finalmente se soltou da mão do pai e correu até Caroline.

— Eu sabia que viria me ver! — a menina exclamou.

Caroline se abaixou e a abraçou apertado, dando um beijo carinhoso em seu rosto. Bertha se soltou da preceptora e também foi correndo, esperando um pouco de atenção. Caroline abraçou e beijou ambas.

A marquesa viúva ficou sorrindo. Não a havia trazido só porque tinha que vir e ela era sua companhia, pois já havia ido até lá outras vezes e a deixado em Londres, mas era para Caroline ver e também se libertar daquele evento. Ninguém mais iria tentar matá-la e ela podia parar de sonhar com isso e ficar se lembrando daquela noite. Caroline não dormia mais no escuro desde então. Ela sabia que era irracional, mas todo medo é assim e nada conseguia fazê-la parar de pensar que, se apagasse todas as velas, podia acordar com alguém sobre ela, tentando matá-la outra vez. Talvez agora que havia visto aquele caixão sendo coberto por terra, seu medo começasse a arrefecer.

Seria difícil fazer Lydia soltá-la, mas elas não iam ficar em Bright Hall.

— Está tão grande que acho que não consigo mais carregá-la — Caroline disse a Lydia, notando todas as mudanças.

— Consegue sim — a menina disse, agarrada ao seu braço e à sua cintura. Ela também acabara como uma das vítimas daquele incidente, fora separada de Caroline e ainda sentia muita falta dela.

— Não fique tão desesperada, meu bem. Se seu pai permitir, pode ir lanchar lá em casa e Bertha pode vir também, se o pai dela não estiver vindo pegá-la logo.

— Não está, Milady — exclamou Bertha.

Caroline levantou a cabeça lentamente para ver o marquês tentando alternar o olhar entre ela e qualquer outra coisa, mas era inevitável, não conseguia desviá-lo de cima dela.

— Eu sinto muito, Milorde — ela disse.

Era ele quem sentia muito e ela não precisava lhe dar seus pêsames, mas ele só assentiu e disse:

— Fico feliz em vê-la tão bem.

— Eu me recuperei bem — ela respondeu.

— Eu sei... — Ele assentiu.

Ela virou o rosto e se forçou a parar de olhá-lo, focando-se nas crianças. Como dizia a marquesa viúva, seu trabalho havia perdurado. Havia muitas coisas que ela gostaria de dizer. A casa estava linda, ele havia levado a reforma até o fim depois que ela partiu. O jardim estava digno de uma propriedade que recebia bailes e muitos convidados. Bright Hall ainda não era um destino social, mas não devia nada às casas de campo mais agitadas.

E o marquês felizmente ainda tinha seus toques selvagens, como a pele bronzeada, o cabelo escuro e mais comprido do que devia, a barba que continuava bem aparada... mas estava tão bem vestido para a ocasião que a deixou orgulhosa. Sua camisa até estava fechada. Podia ver também que o cabelo de Lydia já crescera nesse tempo e ela estava parecendo uma pequena dama com seu vestido negro.

— É tão bom vê-la, Milady — disse a Sra. Daniels enquanto a acompanhava até a carruagem. — Saiba que todos nós sentimos a sua falta todos os dias.

— Diga a todos que nunca me esqueço deles e principalmente da senhora — respondeu Caroline, dando um leve aperto em sua mão.

Elas entraram na carruagem e partiram. O marquês ficou em pé na escada da entrada olhando o veículo se afastar pela estrada da propriedade. Ele cruzou os braços; seu olhar era uma mistura de sentimentos. Não esperava ver Caroline hoje e nem tão cedo. Vê-la de repente e nesse dia o havia deixado desconstruído.

— Milorde, permite-me ser intrusivo? — indagou o Sr. Roberson subindo o degrau. Ele e a Sra. Daniels também haviam observado a carruagem se afastar.

Henrik se sobressaltou com a voz do mordomo e piscou algumas vezes, forçando-se a olhar para ele. O que quer que fosse que o Sr. Roberson havia visto em seu olhar, fê-lo reconsiderar o que iria dizer, preferindo pigarrear antes.

— O senhor sempre é intrusivo — lembrou o marquês. Mas ao menos o mordomo conseguia diverti-lo e, após a partida de Caroline, foi algo difícil de fazer.

— Nem sempre, Milorde. Nem sempre.

A Sra. Daniels subiu os degraus também e os olhou.

— Com todo respeito, Milorde. Se aquela dama não está casada ainda, ela certamente tem um motivo, porque dois anos em Londres é tempo suficiente para uma moça bela, prendada e concorrida arranjar um pretendente — disse a Sra. Daniels com seu jeito mais direto.

— Bem, eu teria colocado de uma forma mais sutil, mas concordo com ela — emendou o mordomo.

Por um momento, Henrik apenas observou seus dois empregados mais próximos; não sabia como teria feito sem o Sr. Roberson e, nesses dois anos, a Sra. Daniels havia ido muito além das tarefas de uma governanta, mostrando-se um exemplo de bondade e fidelidade, tudo o que lady Elliot não soube dar valor. E era óbvio que eles se importavam mais do que deveriam com as questões pessoais do marquês.

— Vocês dois são mesmo pérolas — disse o marquês.

— Nós somos bijuterias velhas, Milorde. Aquela dama é uma pérola — disse a Sra. Daniels.

— Eu sei disso. Também sei que ela tem ótimas opções à espera e nós três sabemos o que aconteceu aqui, mas, para todos os efeitos, acabei de enterrar o corpo da minha esposa. Acham que vou pedir mais tempo àquela dama para o período aceitável de luto? Eu quase a matei e esse lugar ajudou a manchar sua reputação. — Ele soltou o ar e entrou na casa.

A Sra. Daniels ficou olhando-o se afastar.

— Mas Milorde a ama... — ela murmurou.

A governanta puxou um lenço e secou os olhos, deixando escapar uma leve fungada.

— Não sabia que era romântica, Sra. Daniels — disse o mordomo.

— Geralmente não sou. Mas... ela também o ama, afinal, não se comprometeu com outro. — Ela fungava e secava os olhos. — O médico era apaixonado por ela e garanto que teve mais algum pretendente. Para o inferno o luto! Ele está de luto há anos, não a partir de hoje.

— Eu sei, a senhora não imagina como sei bem disso — disse o mordomo, em tom de quem já vira muita coisa ali.

— Ambos são viúvos agora e... — ela pausou e entrou na casa rapidamente — não foi Milorde que quase a matou! Não importa o que pense, não foi! — disse a Sra. Daniels.

O marquês estava subindo a escada e podia escutá-la perfeitamente. A Sra. Daniels só não sabia que era a segunda mulher que ele amava em sua vida e, se por um milagre Caroline ainda estava viva, ele duvidava que fosse para ser presa a ele.

Ele sabia como ela havia passado esse tempo, não só porque sua mãe comentava em suas breves visitas, mas o Dr. Koeman era linguarudo. E com a saúde de Roseane se deteriorando, ele esteve muitas vezes em Bright Hall. Da última vez, enquanto desciam as escadas juntos, o médico comentou sobre seus planos.

— Vou me casar, Milorde. Em breve. E infelizmente não será como eu esperava. Eu sei que da última vez que conversamos ainda tinha esperanças, mas tenho de encarar a verdade. Aquela dama não vai ceder. Ao menos não para mim. Temos passado algum tempo juntos, sabe. Sempre que estou em Londres. Creio que Lady Caroline goste de minhas visitas, claramente tem mais paciência do que quando vivia ocupada aqui. Mas apesar dos passeios, chás e até danças, ela não me dá esperança.

Enquanto o escutava, Henrik se lembrava de ter fechado os punhos, invejando-o profundamente, mas assentiu do mesmo jeito. O médico não fazia ideia de como era doloroso para ele escutar sobre sua persistência e esperança de conquistar Caroline. Sem saber de nada, Dr. Koeman achava que o marquês adorava saber como sua antiga convidada estava passando.

— E não vou ficar mais jovem do que isso. Ela é bem mais nova do que eu, pode esperar um pouco mais. Mas eu não — continuou Dr. Koeman. — É uma pena, pois me encantei por ela, mas não creio que seja o suficiente para Lady Clarington. E não fui o único. Lorde David me odeia, porque ela prefere passear comigo, já que não sou intrusivo como ele. E o barão de Clarington — sim, o primo de seu falecido marido —, é um frequentador assíduo da casa. Mas duvido que ela queira voltar para lá.

— Ela não tem boas memórias do local... — comentou o marquês sem conseguir se forçar a dizer mais nada, seu maxilar parecia tenso demais. Ele nem conhecia lorde David, mas o odiava profundamente por tudo o que o médico dizia. O homem parecia estar apaixonado por Caroline.

Ao mesmo tempo em que gostava das visitas do Dr. Koeman, pois ele sempre tinha notícias atualizadas de Caroline e da marquesa viúva para lhe dar, o marquês também as odiava. O médico partia e o deixava arrasado. Todas as vezes, ele dizia que era exatamente isso que merecia e que era também o que desejava para ela, uma chance para ser feliz e descobrir como era estar com alguém que amasse e lhe dedicasse o mesmo sentimento. Porém, seu coração não concordava e gostava de lembrá-lo que ela já descobrira isso com ele.

— Bem, se algo mudar, creio que voltaremos a nos ver em uma situação mais agradável. — O médico pausou e mudou de assunto. — Sobre a marquesa, prepare-se para o pior a qualquer momento, Milorde. Sinto muito.

Após essa conversa o médico partiu e Roseane faleceu duas semanas depois. O marquês não o viu mais e imaginava que a situação dele não havia melhorado, ainda mais agora que Caroline estava de volta ao campo, mesmo que fosse ficar por pouco tempo.

— Tem certeza de que não quer ficar aqui? — perguntou a marquesa viúva.

— Sei que vai conseguir sobreviver sem mim por um tempo, Milady — disse Caroline.

— E quem será obrigada a atender aos meus caprichos? — ela perguntou com humor.

— Vai ser bom permanecer aqui um tempo. Sei que está cansada da cidade. Podemos voltar na próxima temporada, que tal?

— Podemos? Meu bem, da primeira vez que esteve aqui, eu lhe disse que estava um tanto passada. Desde então, já completou mais duas primaveras. Se continuar assim, vai acabar mesmo ficando presa com uma velha faladeira.

— Sim, mas ao menos nos divertimos juntas. — Caroline piscou para ela. Haviam aprontado um bocado em Londres, ou melhor, a marquesa viúva aprontou todas enquanto Caroline se via envolvida.

— Tem pelo menos cinco cavalheiros que querem vê-la na próxima temporada, alguns mais, outros menos. Mas todos interessados — Hilde não disse isso com a animação esperada.

Caroline hesitou só um instante antes de colocar dois livros na maleta. Ela não estava preocupada em deixar esses homens esperando por uma decisão sua ou por qualquer indício de que correspondia ao interesse deles. Eles deveriam procurar opções mais acessíveis, ela não estava interessada, estava ocupada.

— Nenhum deles me faz sentir como deveria.

— Não me diga que andou beijando todos esses rapazes por aí. Vai acabar como a Srta. Rebecca, acusada por aquela maldita trupe de megeras de fazer muitos testes.

Ambas riram. Até hoje, Rebecca ainda não havia conseguido escolher, então continuava passeando com seus pretendentes. E ladies maldosas como Elliot e Calder continuavam provocando-a por isso. Mas lorde Grindale, agora um conde, estava cansado das artimanhas de Rebecca e estava pressionando-a, porque sabia que tinha chances e era quem realmente gostava dela. Caroline estava torcendo por ele.

Depois de muitos dias, o marquês havia encontrado o bilhete que lady Elliot enviou, o que acabou deixando lorde Elliot em maus lençóis. Ele nunca mais esqueceria o tiro que passou raspando por sua cabeça nem os dentes que perdeu. Mas lady Elliot estava sumida porque foi banida de alguns bailes e o marido cortou os fundos que lhe dava para vestidos novos. Sua filha, a Srta. Aveline, estava sendo acompanhada por uma tia por parte de pai.

Por causa de seu castigo e dos dias que seu marido passou de cama e de péssimo humor, lady Elliot não pôde se regozijar pelo sucesso de sua artimanha. Afinal, assim que se recuperou, Caroline foi para Londres, supostamente dançar em bailes e se divertir com a marquesa viúva. Enquanto lady Elliot ficou banida e lady Calder, que nunca foi de receber muitos convites, sem a prima, recebeu ainda menos.

— Não preciso beijá-los para saber disso. — Caroline riu. — Bem, eu deixei algumas coisas lá e nunca mais voltei. Como disse o barão, a casa é minha enquanto eu a quiser.

— Eu não aconselho que se meta com o novo Barão de Clarington. Ele é um sedutor, namorador e desencaminhador de moças.

Caroline riu mais ainda.

— Ele não é nada disso. Ao menos nunca fez efeito em mim. E acha mesmo que eu seria tola o suficiente para voltar ao lugar de onde finalmente estou livre? Vou apenas à minha pequena casa, cuidar de algumas coisas e enfim... O futuro é incerto, Milady. Se eu tenho um teto, deveria mantê-lo.

— Espero que não esteja planejando passar um tempo no meio daquela lama na casa de seus pais. Eles mal se importaram com o seu bem-estar, mas souberam muito bem para onde escrever para repreendê-la por seu modo "desprendido" de vida e para mandá-la arranjar logo um marido. Mesmo que arranje um, rico como o próprio rei, não vai ser para pagar as dívidas do seu cunhado e a mania de grandeza de sua irmã. Imagine só... Desprendido. Eles é que vão ficar desprendidos se eu os encontrar! — Bufou a marquesa viúva.

Após três meses, Caroline já havia conseguido mudas de flores para os pequenos canteiros em volta da casa e abaixo das janelas da frente. A casa não chegava aos pés daquela onde a marquesa viúva morava e, saber que estava na casa destinada à baronesa viúva, fazia Caroline sentir que tinha bem mais do que seus vinte e oito anos. A casa tinha um andar e meio. Ao menos assim ela considerava, porque no andar de cima tinha apenas um aposento e um corredor curto.

No primeiro andar, ficava uma boa sala de estar, uma pequena sala de jantar, um lavabo, cozinha nos fundos e um pequeno cômodo que ela usava como escritório. Ainda havia o porão, um lugar úmido que a fazia espirrar, mas era onde ficava a lavanderia. A casa era boa. O problema — e o que a diferenciava tanto da casa de Hilde — é que essa era feita para alguém terminar seus dias sozinho. Tudo nela dizia que fora construída pensando em uma senhora que passaria o tempo que lhe restava junto à lareira, raramente recebendo visitas, comendo sozinha e em paz.

O jardim e a horta eram tão bons porque deviam ter sido pensados como um passatempo. E, por enquanto, era isso que ela estava fazendo: plantando mais flores. Assim, ao menos ficava parecendo uma casa de boneca. Lydia certamente gostaria dela.

Ela ouviu o som do cavalo se aproximando e torceu para não ser algum vizinho inconveniente. Por isso, continuou abaixada mexendo em suas flores. Só olhou quando ele chegou bem perto. Achou que estava vendo coisas. O marquês desmontou, puxou Event pelas rédeas e o prendeu na entrada da casa. Caroline se levantou e achou que havia acontecido algo muito grave para ele ter ido até ali.

— Por favor, diga que a marquesa viúva não... — ela disse, incapaz de se conter, antes que ele chegasse até ela.

Henrik parou na frente dela e parecia achar o que ela havia dito muito interessante.

— Ela manda lembranças — ele disse. — É bom vê-la, Milady.

Caroline soltou o ar que havia prendido e olhou para baixo, tomando seu tempo enquanto retirava suas luvas de jardinagem. Ela acabou olhando as mãos, esperando que não houvessem se sujado. O marquês estendeu a mão e ela lhe deu a sua, respondendo de maneira automática àquele gesto tão comum.

— Devo ter sujado com a terra... — ela murmurou, querendo puxá-la de volta e escondê-la.

— Sabe que não me importo com terra. — Ele beijou levemente os nós dos seus dedos, deixando seus lábios encostarem e demorarem mais do que o necessário.

Ele levantou a cabeça e voltou a olhá-la. Levou um momento para Caroline perceber e tirar a mão da palma dele, fechando-a junto ao peito.

— Também é bom vê-lo em boa saúde, Milorde. Gostaria de entrar para um chá ou prefere se acomodar ao ar livre?

— Vamos entrar. Eu já não tenho tanta necessidade de ficar ao ar livre. Na verdade, tenho passado um tempo proveitoso em meu escritório.

— Aquele dentro da casa?

— Sim — ele assentiu levemente.

— Acho que é notável, pois já não está com o bronzeado tão escandaloso. Mas continua fácil de perceber que dá preferência ao sol.

Ela o fez abrir um sorriso ao fazer essa observação. Na verdade, o marquês riu.

— É um belo jardim! Também tem passado muito tempo ao ar livre se o plantou — ele observou, olhando rapidamente ao redor e voltando a olhá-la.

— Consegui mudas prontas. Espero que não diga que estou bronzeada demais.

— Jamais faria tal afirmação.

— Ah, faria sim, Milorde.

Eles se olharam e Caroline notou que ele continuava aquela mistura única. Era bom saber que, apesar de ter mantido o cabelo mais aparado, ela ainda podia ver os cachos escuros se rebelando contra o vento. Henrik não conseguia parar de olhar para ela e foi impossível impedir seus olhos de focalizarem na marca que carregava no colo. Estava sutil agora, mas, por um tempo, Caroline teve que usar artifícios para esconder o lugar onde a tesoura esteve.

Usando um vestido atual, leve e que deixava boa parte de seu colo à mostra, ela não havia pensado em esconder, pois passara a ser só uma marca. Mas olhá-la fazia o marquês se lembrar de como chegara perto de perdê-la para sempre.

Percebendo que estavam parados ali sem dizer nada, ela subiu os dois degraus da pequena varanda e o convidou a entrar na casa, guiando-o ao sofá da sala de estar. Uma senhora apareceu assim que escutou o barulho de pessoas entrando.

— Sra. Neiman, esse é o Marquês de Bridington. Ele é um amigo querido e veio para uma visita. Será que poderia...

— Claro. Ainda deve haver alguns biscoitos. — A senhora fez uma leve mesura e voltou.

— Vou lavar as mãos. Por favor, fique à vontade.

Quando ela voltou, um minuto depois, o marquês continuava em pé, apenas aguardando. Ela se sentou no sofá mais próximo da mesa de centro e ele sentou-se ao seu lado, afinal, ele não mudara. Ser inadequado era um passatempo.

— Fico feliz que tenha vindo me visitar, mas imagino que tenha algum recado inadiável.

— Não, não tenho nenhum. — Ele pausou, apoiando as mãos nas coxas e apenas olhando-a. — Na verdade, minha mãe, que está muito bem de saúde, quer que volte para a companhia dela. Ela disse que já é tempo e que tem uma agenda cheia para ambas. Eu poderia dizer que vim por isso, afinal, sabe como ela é persistente, mas seria apenas uma dissimulação. Eu vim por conta própria.

Ela assentiu, concordando com o que ele dizia, mas parou subitamente quando ele terminou. Caroline piscou algumas vezes e juntou as mãos sobre a saia de seu vestido azul claro.

— E Lydia, como está?

— Bem, muito bem. Ela não sabe que vim ou teria fugido atrás de mim, porque não há um dia em que ela não a cite.

— Ah... — Ela olhou para baixo. — Eu sinto muita falta dela.

— E ela, a sua. Mas também não vim atormentá-la com isso.

— Não é um tormento.

— Vou levar Lydia a Londres pela primeira vez. Ela está muito animada com isso e será realmente um grande acontecimento para ela. Vamos, inclusive, levar Bertha, a Sra. Jepson, minha mãe e... bem, eu.

— Isso é fantástico, Milorde. — Ela o olhou seriamente. — Para ambos.

— Resolvi que já era hora de levá-la. Já é hora de muitas coisas e essa é só uma delas. Gostaríamos que fosse conosco. — Ele pausou. — Eu espero que vá.

Ela ficou olhando para ele, como se considerasse.

— Imagino que queira voltar a Londres — ele continuou, incapaz de ficar mudo enquanto ela parecia pensar.

— Na verdade, sim. Eu me desacostumei dos vestidos fora de moda. — Ela sorriu.

— E há muito para fazer lá. Minha mãe fez questão de me lembrar disso. Ela esperava que eu lhe dissesse.

— Não há tanto assim — ponderou Caroline.

Henrik assentiu por um momento, mas fechou os punhos sobre as coxas e perguntou:

— Há algo que a prenda a Londres ou que espere encontrar lá?

— Não, nada.

O marquês ficou olhando para ela porque era tudo o que conseguia fazer. Não importava o quanto não devesse olhá-la tão diretamente, ele não conseguia parar. Gostou de ver o aspecto saudável e corado em suas bochechas; a cor cremosa de sua pele; o rosado dos seus lábios; aquele nariz pequeno e bem feito, que um dia ele pensou ser belo demais para uma dama tão implicante. Mas ela o estava olhando de volta com aqueles olhos cor de amêndoas, lançando um olhar de curiosidade e dúvida.

Enquanto eles estavam ocupados olhando um para o outro, a Sra. Neiman trouxe o chá e o colocou sobre a mesinha de centro. Ela ficou em pé e os olhou.

— Devo lhe fazer companhia? — perguntou a mulher, notando como eles estavam próximos e ocupados demais acariciando um ao outro com o olhar.

— Não... — Caroline se ocupou em servir o chá. — Não é necessário. O senhor prefere limonada?

— Chá está ótimo — ele disse enquanto a Sra. Neiman saía.

Ela lhe entregou a xícara. O marquês bebeu um gole, depois a descansou na bandeja.

— Está horrível, não é? A Sra. Neiman tem problemas com o chá... — Ela acabou sorrindo e voltou a se concentrar no bule. — Mas se colocar um pouco de mel e...

Henrik pegou a mão dela e a parou. Caroline voltou a ficar ereta e o olhou.

— Não se preocupe com isso. — Ele pausou, enquanto a olhava. — Quando vai voltar?

— Para a temporada?

— Sim, gostaria que fosse a Londres conosco. Não precisa ficar aqui, volte para onde há pessoas que gostam de você e sentem sua falta. Talvez goste de viver na casa de minha mãe enquanto está no campo.

— Sinto falta deles... Lady Hilde disse que o senhor terminou a reforma e ainda fez melhorias.

— O quarto, aquele quarto na ala leste, não existe mais. — Ele se referia ao quarto que, por todos aqueles anos, abrigou a falecida marquesa. — Agora é um espaço comum, um jardim interno. É uma forma de trazer vida novamente à casa. Consegui muitos vasos daquelas flores azuis e brancas que você tanto gostava.

Caroline assentiu e resolveu olhá-lo mais demoradamente, notando que ele estava parecendo um lorde demasiado adequado para seu histórico.

— A viagem até aqui não é longa, Milorde. Mas também não é tão curta para parecer apenas uma visita no meio da tarde.

— Eu não poderia ter vindo direto. Parei naquela hospedaria antes das terras de Clarington, tomei um banho e troquei de roupa. Deve ter percebido que não adiantou muito eu ter tentado me pentear. Eu não queria aparecer tão inadequado na sua frente.

— Inadequado? Milorde! Esqueceu-se que eu o conheci antes?

— Eu sei. Não foi uma boa época, mas foi você quem trouxe de volta o meu senso de aparência. Foi quem fez com que eu voltasse a me importar. Agora, eu me importo como estou à sua frente.

— Está ótimo. Estou encantada pelo seu paletó. — Ela abriu um grande sorriso. — E pelos seus botões fechados. Mas, para mim, seus cabelos ao vento, seu bronzeado inadequado, o botão aberto, as suas adoradas botas que viviam sujas... Ou a mistura que se originou disso. Para mim é perfeitamente aceitável, se é o que lhe deixa feliz. Bright Hall é seu refúgio, deve viver lá como quiser.

Henrik sentiu seu peito se apertar ao vê-la sorrindo para ele daquela forma.

— Eu não preciso mais de um refúgio, Caroline. Não depois de você. E nunca vou poder agradecê-la o suficiente por isso.

Ela piscou várias vezes e virou o rosto, ouvindo-o dizer novamente seu nome.

— E eu estou livre. De verdade. Estamos quites — ela disse baixinho.

Ele a observou por um momento.

— Sim, você é livre e estou feliz que não deixe ninguém influenciar suas decisões. Mas, se for do seu agrado, eu gostaria que voltasse. Sei que passou bons momentos junto com minha mãe em Londres e não gostaria que ficasse presa do lado de fora só porque eu não estou mais preso do lado de dentro.

— Como sabe que é por isso?

— Eu não sei. Nem tenho a pretensão que seja. Mas lhe prometo que não será um problema. Eu não tenho direito de lhe pedir nada e nem de atrapalhar. E muito menos de influenciar sua reputação. Não vou mentir para você, Caroline. Você sabe o quanto eu gosto de vê-la. E, se isso não for um empecilho, porque é tudo o que acontecerá, volte.

Ela virou o rosto subitamente e ficou olhando-o com os lábios entreabertos, o coração acelerado e um olhar de descrença. Tudo o que ele disse havia se perdido em sua mente. Ela só passou a prestar atenção em uma frase.

— Gosta de me ver como antes?

— Sim, gosto muito de vê-la e isso nunca vai mudar. Mesmo sem permissão, vou fazê-lo, como deveria ter sido desde o início.

Caroline balançou a cabeça rapidamente.

— Como pode pensar que é unilateral? — A voz dela subiu um tom, pois antes esteve falando baixo.

O marquês a olhou. Quase dois anos e meio haviam se passado e ele definitivamente não queria esperar nada, não tinha o direito, mesmo que seu coração não lhe desse escolha. Porque como dissera, ele gostava de vê-la e gostava há muito tempo. Mais do que podia admitir, mas deveria ter sido platônico o tempo inteiro. O amor tem muitas formas, assim como inúmeras maneiras de ser expressado e ele havia descoberto isso ao se apaixonar por ela. E estava disposto a amá-la da forma que pudesse.

— Milorde não é tolo. Ao menos não muito tolo.

— Eu sou tolo, Caroline. Muito tolo e você me faz sorrir como um tolo — ele disse, franzindo o cenho e prosseguindo com cautela.

— O que acha que estive fazendo nesses dois anos? E nesses meses que se passaram? Eu esperei. Sentei e esperei. Fui à temporada, fui a bailes, fui a passeios e esperei em todas essas ocasiões. E achei que esperaria pelo tempo que ainda vai levar até ser adequado. Eu só não tinha certeza se deveria. Eu sei que as pessoas fazem vista grossa para homens, mas o adequado é guardar um ano de luto. Seis meses até bastam, ainda mais na sua situação, mas devido aos rumores... eles não morreram e sou a fonte deles, portanto acho que realmente deveria esperar que...

Henrik a olhava enquanto ela falava. Era tão rápido que mal respirava. Ele segurou seu rosto e a beijou, interrompendo o fluxo de palavras.

Ao tocar seus lábios, apreciou o toque macio, seu cheiro e os beijos interrompidos que trocaram. Ela o retribuiu imediatamente. Henrik virou mais o rosto e aprofundou o beijo, imerso em necessidade, sentindo novamente o gosto dela e o encontro sensual entre suas línguas. Tudo que guardou na memória esse tempo todo. Agora que a beijava novamente, sua imaginação lhe parecia extremamente inapta se comparada à realidade.

O marquês interrompeu o beijo por um momento, deixando-a recuperar o fôlego, mas não conseguiu se afastar nem mais um centímetro dela.

— Você é tão tolo... — ela murmurou e fungou, sentindo seus olhos arderem por ter esperado tanto sem saber se realmente deveria.

Foi tão difícil se recuperar, ocupar-se com a vida social e ficar dividida, sem saber por quanto tempo duraria a espera e se valeria a pena ou desperdiçaria sua vida nisso. Para piorar, vieram os pretendentes. Talvez ela tivesse a chance de gostar de alguém ou mesmo se aventurar, mas estava esperando silenciosamente e seu coração não conseguia aceitar outra opção. Ela estava em Londres, mas era como se uma parte sua tivesse ficado para trás e ela passava seu tempo esperando reencontrá-la e sentir-se completa outra vez.

Ele acariciou seu rosto, mas acabou beijando-a novamente, porque a necessidade era mais forte do que ele.

— Eu estava definhando por dentro novamente, a cada dia longe de você — ele disse, olhando-a de perto. — Mas não sei como pode me aceitar depois de tudo que aconteceu.

Henrik soltou o queixo dela e seus dedos tocaram seu colo, sobre a marca da tesourada que devia tê-la matado. A manga do vestido cobria a marca leve em seu ombro, mas, se olhasse bem, poderia ver a outra em seu braço.

— Chama-se amor, Milorde. Aprendi com você.

Ele ficou olhando-a. Mal podia piscar e então aproximou o rosto e beijou seus lábios, mas abaixou a cabeça e também beijou a marca em seu colo, aquela que quase a tirara dele para sempre.

— Sabe há quanto tempo não beijo uma mulher?

Ela sorriu, reconhecendo a pergunta.

— Desde que me beijou pela última vez no meu antigo quarto?

— Eu a amei desde a primeira vez que lhe perguntei isso. Só demorei a entender que já havia me trazido de volta naquela noite. E, quando entendi, soube que não podia. Mas eu já a amava tanto que não conseguia lutar, era como deixar de viver outra vez. Depois de você, eu não queria voltar para o fundo do poço. E não tinha mais a capacidade de adormecer meus sentimentos.

Ela encostou o rosto no dele, acariciando-o com o nariz e depois beijando-o.

— Sem você eu não conheceria a felicidade, a dor e a resolução de alguém apaixonado. Nem saberia como é adorar ser tocada pelo homem que amo.

— Nós não vamos esperar esse tempo todo, Caroline. Você já gastou tempo demais da sua vida me esperando. Eu já fiquei preso por muito tempo. Não me interessa a opinião dos outros, não consigo mais ficar longe de você.

Caroline sorriu, ainda bem perto dele.

— Isso se chama liberdade, Henrik. É bom, não é?

— É ótimo e me permite tê-la para mim.

— Prometa que não vai mais se culpar — ela pediu. — Prometa-me isso e assim poderemos começar livres do passado. Eu sobrevivi, Henrik. Posso ter lhe devolvido muitas coisas, assim como você me ensinou muitas outras, mas não consegui lhe tirar essa culpa da consciência.

— Conseguiu sim. E o que mais houver, vou esquecer.

— Mesmo?

— Vou. Ao seu lado, eu sou capaz de esquecer tudo. Não preciso mais de um refúgio, só de você.

Ela se inclinou e o marquês a abraçou apertado, voltando a beijá-la. Alguns minutos depois, a Sra. Neiman entrou novamente na sala de estar para ver se queriam mais alguma coisa. Eles estavam recostados no sofá, beijando-se com tanto fervor que parecia que não haveria amanhã.

— Amigo querido, uh? — disse a senhora, botando as mãos nos quadris. — Eu sabia que deveria ter ficado de companhia!

Eles se sobressaltaram com a voz dela, mas acabaram rindo e ela levou embora o péssimo chá frio.

No dia seguinte, o marquês levou Caroline de volta para Bright Hall. Eles estavam pouco se importando com o que os outros pensariam, porque se casaram assim que o vestido dela ficou pronto. E Lydia nunca teve um dia tão feliz. Ela passou dias dizendo que tinha tudo o que queria na vida. Adorou sua primeira viagem a Londres e divertiu-se como nunca.

Para alegria de muitos e terror de certas vizinhas, os Preston descobriram novamente a vida social. A seu modo, claro. A nova Marquesa de Bridington até dava jantares e adorava oferecer lanches no jardim e não obrigava o marido a usar o maldito lenço. Aliás, ele só comparecia se quisesse. Só que aos poucos o marquês foi se lembrando de algumas regras de etiqueta. Porém, o escritório no bosque sempre continuaria ativo.

304 LUCY VARGAS

## CAPÍTULO 17
*Dez anos depois*
1816

Lydia entrou intempestivamente pela sala de visitas enquanto carregava seu chapéu em uma mão e as luvas na outra. Seu cabelo dourado se soltara parcialmente do penteado e as ondas balançavam em volta dela enquanto andava daquele jeito nada comportado. Ela ainda tinha aqueles grandes olhos verdes, haviam perdido a inocência infantil, mas continuavam doces e adoráveis.

— Sinceramente, eu não sei o que esses almofadinhas estão pensando! — ela disse, irritada. — Onde eles foram criados, em um maldito ovo?

Caroline entrou na sala seguida por Nicole, sua filha caçula de seis anos. Ela adorava as confusões da irmã. Era só escutar a voz dela que chegava correndo.

— Não use esse palavreado, mocinha — disse Caroline.

Bertha entrou correndo também, vinda da rua como Lydia. Ao menos ela ainda usava as luvas e seu vestido parecia menos amarrotado, mas seu chapéu havia sumido. Provavelmente de alguma maneira problemática, porque seu cabelo escuro estava com um lado desfeito.

— Ela derrubou Lorde Keller no chafariz! — anunciou Bertha.

— No chafariz? — indagou Caroline.

— E ele ainda se afogou! — disse Lydia, indignada.

— É possível se afogar em um chafariz? — perguntou Nicole, inocentemente.

— Claro que não! — disse Lydia.

— Bem, pelo jeito é possível — comentou Caroline.

— Ele afundou não sei como. Caiu de pernas para cima e de costas na água. Não foi uma visão bonita — informou Bertha.

Caroline colocou as mãos na cintura.

— Lydia, como foi que derrubou o pobre homem?

— Isso mesmo, como? — disse Nicole, imitando a pose da mãe.

A porta se abriu novamente e Aaron entrou correndo, já para se meter na confusão. Ele tinha oito anos, mas era um garotinho muito participativo.

— O que Lydia fez agora? — ele perguntou.

— Não fiz nada, seu menino fofoqueiro. — Ela segurou o irmão e bagunçou seus cachos escuros. Depois, enfiou seu chapéu na cabeça dele.

— Não, eu quero o chapéu! — disse Nicole, indo pegar o acessório para ela.

O marquês entrou logo depois e deu as luvas ao Sr. Roberson, que conseguira se manter neutro na nova confusão. Eles estavam na cidade para a temporada de apresentação de Lydia, mas ela vivia se envolvendo em pequenas confusões. Bertha estava lá acompanhando-a, mas participava de todas as atividades sociais com ela e parecia muito mais uma dama do que a amiga. Se algum pretendente não se importasse com besteiras como linhagem e dotes e quisesse uma dama como esposa, era melhor ficar com Bertha e se manter longe de Lydia.

— Pelo amor de Deus, isso é uma casa de loucos! Consegui escutá-los lá de fora — disse Henrik.

— Papai, recuso-me a aceitar Lorde Keller ou qualquer um de seus amigos pálidos como companhia de passeio. Eles são tolos, não sabem nadar, suas luvas são mais brancas que as minhas e eles andam a cavalo como daminhas de calças curtas! — dizia Lydia, muito revoltada.

— Você, com certeza, pode vencê-los em uma corrida — opinou Henrik, sentando-se na poltrona mais próxima.

— Não a incentive a fazer pouco dos outros — reclamou Caroline e voltou a se virar para Lydia. — Você não é obrigada a nada, sabe disso. Arranje uma companhia mais adequada às suas preferências.

— Mas onde? — ela indagou.

— Não tenha pressa — disse o marquês, inclinando-se para amarrar o chapéu de Lydia em Nicole. Ele caía por cima dos olhos da menina. — Você é nova demais para isso.

— Se parasse de beliscá-los, talvez encontrasse — sugeriu Bertha enquanto puxava as luvas, em uma pose perfeita.

— Beliscar? — indagou Caroline.

Nicole e Aaron começaram a gargalhar, porque eles conheciam os beliscões da irmã, especialmente em seus traseiros quando aprontavam. Todos acabaram rindo, pois o som da risada das crianças era contagiante demais.

— Lydia, eu não lhe ensinei isso — disse o marquês, em um tom fingido de reprimenda.

— Ensinou sim, papai!

— Bem, então alguém deveria ter "desensinado".

— Essa palavra não existe! — apontou Aaron.

— Eu sei disso! — riu o marquês, esperando que os filhos menores não repetissem a "não palavra" por aí.

— Quem você beliscou, pelo amor de Deus? — perguntou Caroline, já imaginando a situação que teria de remediar.

— Lorde Greenwood... — disse Bertha.

— Sua fofoqueira! — exclamou Lydia.

— Foi um homem? — Caroline indagou e se virou para o marido. — Henrik!

— Está bem... Vai ficar de castigo hoje. E pare de beliscar as pessoas.

— Foi só uma vez — disse Lydia. — E ele foi inapropriado.

— Como assim inapropriado? — perguntou o marquês em um tom mais sério.

Lydia corou e olhou para Bertha, pedindo ajuda silenciosamente.

— Ele a beijou no rosto — a amiga informou.

— Oh, que coisa mais inapropriada — disse Caroline, sarcasticamente. Apesar de serem muito inadequados, os Preston tinham suas próprias ideias. — Cuidado para ele não acabar lhe provando que nem todos os seus pretendentes são bobocas pálidos.

— Darei uma olhada nesse rapaz — decidiu o marquês.

Lydia bufou e foi embora, subindo as escadas com tremendo barulho, algo que deixaria Telma profundamente irritada. Bertha se retirou também, fazendo o mesmo caminho como uma lady.

A preceptora apareceu na sala e lançou seu olhar para Aaron.

— Rapazinho, deixou seu dever incompleto.

Ele gemeu e revirou os olhos.

— E não fique gemendo por aí, fica parecendo um fogão velho.

Ele gemeu mais ainda quando o pai começou a rir dele.

— Estou de férias do colégio — resmungou o garoto enquanto ia para a escada.

— Não está não. É apenas uma licença! Vamos terminar as tarefas.

Telma foi andando lentamente atrás dele.

— Eu não tenho dever! Eu quero dever! — disse Nicole, empurrando o chapéu de Lydia, para conseguir vê-los.

— Você não sabe ler — disse Aaron no meio da escada.

— Sei sim! — respondeu Nicole, irritada e ainda com o chapéu caindo nos olhos.

— Não sabe nada! — Aaron disse de lá. — Não sabe! Não sabe!

— Eu sei! — Nicole bateu o pé e já ia correr para se resolver com o irmão, mas Caroline a agarrou e tirou o chapéu dela antes que esbarrasse em alguma coisa. Depois, olhou de cara feia para Henrik por ter prendido um chapéu tão grande na menina e ainda ter apertado o nó.

Assim que ficou livre, Nicole correu escada acima. O mordomo aproveitou o fim da confusão para sair de seu posto e parar no meio da sala.

— Devo imaginar que não haverá mais nenhuma alteração por hoje — disse o Sr. Roberson —, pois gostaria de lembrá-los que teremos visitas para o jantar.

— Ah, é mesmo! — lembrou Caroline. — Rebecca!

— Ela não vai trazer aquelas pestes, vai? — perguntou Henrik, referindo-se aos dois filhos de Rebecca com lorde Grindale.

— Henrik, nós temos três pestes em casa — disse Caroline, em um tom de lembrete.

Ele se levantou e ficou sorrindo para ela.

— Vamos conversar sobre isso antes do jantar — ele disse, oferecendo a mão a ela.

Caroline a pegou e se levantou.

— Será que vamos sobreviver a esse período aqui sem um grande escândalo? — ela perguntou enquanto ia com ele para o escritório.

— Com Lydia beliscando cavalheiros?

— Ah, Deus...

— A única pessoa que não causará escândalos será Bertha — riu o marquês.

— Não sei, não... Sabe, eu era como ela quando debutei. E mesmo assim os escândalos me encontraram.

— Minha mãe sempre disse que ambas nos trariam problemas em Londres. E que aquela mocinha comportada nunca a enganou! — disse o marquês, divertindo-se ao se lembrar da marquesa viúva, que estava muito idosa e não fazia mais tantas viagens, preferindo descansar no campo.

Henrik abriu a porta do escritório e colocou Caroline para dentro, entrando logo depois e trancando-a. Com todas aquelas pestes em casa, era difícil ter um momento do dia a sós.

— Agora, você é o meu escândalo. — Ele a levou pela cintura.

— E você continua bronzeado demais — ela implicou.

— Ora essa, pensei que gostasse. Ao menos é o que tem me dito por todos esses anos. — Ele se fingiu de escandalizado enquanto a puxava para o fundo do cômodo.

— Eu gostaria de saber como consegue manter-se assim se estamos aqui. Não tem andado sem camisa pelo Hyde Park, tem?

— E expor as joias da família? Meu lado selvagem é só seu. Não tenho mais idade para isso. — Henrik ainda sorria quando passou os braços em volta dela.

— Claro que tem. Conheço várias damas querendo ver melhor o que tem por baixo desse botão aberto.

— Ele está fechado.

— Estava! — riu Caroline, segurando o colarinho dele e abrindo o botão.

Eles com certeza teriam problemas em suas temporadas e seus filhos também viriam a ter, porque eram crianças livres, criadas com as ideias deles. Afinal, eles tinham liberdade de escolha.

Henrik e Caroline escolheram viver juntos a liberdade que encontraram um no outro. E seria sempre assim para eles e sua família. Claramente, nunca mais perderiam a fama de selvagens inadequados. E felizes.

*Fim*

O REFÚGIO DO
*Marques*  311

# Editora
# Charme

Entre em nosso site e viaje no nosso mundo literário.
Lá você vai encontrar todos os nossos
títulos, autores, lançamentos e novidades.
Acesse www.editoracharme.com.br

Você pode adquirir os nossos livros na loja virtual:
loja.editoracharme.com.br

Além do site, você pode nos encontrar em nossas redes sociais.

https://www.facebook.com/editoracharme

https://twitter.com/editoracharme

http://instagram.com/editoracharme

@editoracharme